# Mireille Calmel

Née en 1964, Mireille Calmel écrit depuis l'âge de 8 ans. Ses romans aux héroïnes entières, fières et courageuses connaissent un immense succès : rappelons *Le Lit d'Aliénor*, *Le Bal des Louves*, *Lady Pirate*, *Le Chant des sorcières*, *La Reine de lumière*, *Aliénor*, *Richard Cœur de Lion* ou encore *Les Lionnes de Venise*, vendus à près de trois millions d'exemplaires et traduits dans quinze pays. Son nouvel opus, *La Fille des Templiers*, a paru en 2018. Tous ses ouvrages sont publiés chez XO. Mireille Calmel vit en Aquitaine avec son mari.

**Retrouvez toute l'actualité de l'auteur sur :**
**www.mireillecalmel.com**
**www.facebook.com/mireillecalmelofficiel**

## MIREILLE CALMEL

Née en 19[illegible], Mireille Calmel écrit depuis l'âge de [illegible] [illegible] [illegible] [illegible] [illegible] [illegible] [illegible] [illegible] et [illegible] [illegible] [illegible] [illegible] [illegible] [illegible] *Le Lit d'Aliénor*, [illegible] *Le Bal des Louves*, *Lady Pirate*, [illegible] [illegible] [illegible], *La Reine de* [illegible] [illegible] [illegible] [illegible] [illegible] [illegible] [illegible] [illegible] [illegible] [illegible] [illegible] [illegible] [illegible] près de trois millions d'exemplaires et traduits dans quinze pays. Son dernier opus, *La Fille des* [illegible] [illegible] [illegible] en 201[illegible]. [illegible] ses ouvrages [illegible] [illegible] [illegible]. Mireille Calmel vit en Aquitaine avec son [illegible].

Retrouvez toute l'actualité de l'auteur sur :

www.mireillecalmel.com

www.facebook.com/mireillecalmelofficiel

# LES LIONNES DE VENISE

Tome 1

DU MÊME AUTEUR
*CHEZ POCKET*

LE LIT D'ALIÉNOR
(2 tomes)
LA RIVIÈRE DES ÂMES
LE CHANT DES SORCIÈRES
(3 tomes)
LA MARQUISE
LES LIONNES DE VENISE
(2 tomes)

**ALIÉNOR**
LE RÈGNE DES LIONS
L'ALLIANCE BRISÉE
UN DERNIER BAISER AVANT LE SILENCE

**LE BAL DES LOUVES**
LA CHAMBRE MAUDITE
LA VENGEANCE D'ISABEAU

**LADY PIRATE**
LES VALETS DU ROI
LA PARADE DES OMBRES

**LA REINE DE LUMIÈRE**
ELORA
TERRA INCOGNITA

**RICHARD CŒUR DE LION**
L'OMBRE DE SALADIN
LES CHEVALIERS DU GRAAL

MIREILLE CALMEL

# LES LIONNES DE VENISE

## Tome 1

ROMAN

XO EDITIONS

MIXTE
Papier issu de
sources responsables
FSC® C003309

Pocket, une marque d'Univers Poche,
est un éditeur qui s'engage pour la préservation
de l'environnement et qui utilise du papier fabriqué
à partir de bois provenant de forêts gérées
de manière responsable.


ISBN : 978-2-266-28286-4
Dépôt légal : novembre 2018

*À la mémoire de Sébastien Claret,*
*trop tôt englouti dans les eaux*
*douloureuses du silence...*

*Quand l'escriture D.M. trouvée,*
*Et cave antique à lampe descouverte,*
*Loy, Roy & Prince Ulpian esprouvée,*
*Pavillon Royne & Duc sous la couverte.*

NOSTRADAMUS, *Centuries* VIII, LXVI

**Guerre du royaume de France contre le royaume d'Italie.**
**19 septembre 1555**

Du sang.

Du sang comme des torrents de larmes.

Du sang sur les étendards français qui claquent. Sur les armures. Partout dans la ville d'Ulpian que les soldats viennent de forcer, dans le château où elle se croyait en sécurité.

Du sang qui s'écoule et s'élargit sous elle, étendue sur le plancher de sa chambre, aux pieds de ces deux hommes, acharnés.

— Parle ! Où l'as-tu caché, sorcière ?

Elle n'est pas une sorcière. Serait-elle à leur merci sinon ? Elle ne sait pas faire le mal. Elle ne veut pas. Mais eux ? Que feront-ils, que deviendront-ils, sinon pires encore ? Des démons de chair, avides de sang, de richesses, de puissance…

Tout cela, oui, si elle leur donnait ce grimoire et avec lui l'arme absolue.

Ils ne l'auront pas. Personne. Jamais. Elle est résignée à mourir.

Elle a eu le temps de mettre sa fille en sécurité dans l'une des alcôves secrètes du palais. Quand il rentrera, César[1] l'éloignera de leur folie, de leur convoitise.

*César... César, mon amour...*

Elle n'a pas peur. Elle veut juste que cela s'arrête. Elle peine à respirer, à bouger. Elle a mal. On lui écrase une main avec des chaussures à boucle. Celui qui les porte n'est pas un guerrier. Elle ne l'avait jamais vu. Il se contente d'obéir aux ordres de Claude de Guise, le duc d'Aumale qui a mené le siège de la ville et qui pointe une hallebarde près de son nez.

Du sang. Ils vont à nouveau le faire couler. N'y en a-t-il pas eu assez ?

Et cette douleur, ce vrombissement à l'intérieur de son crâne.

Doit-on encore la frapper ?

Ne voient-ils pas que c'est inutile ?

L'homme aux souliers à boucle s'accroupit. Elle sent la caresse de ses doigts dans ses cheveux épars, puis le signe de croix qu'il trace sur son front.

La douceur. Après la violence.

— Parle, qu'on en finisse.

Il soupire, se redresse. Elle voit apparaître des pointes de bottes dans l'encadrement de la porte.

---

1. César Maggi, dit César de Naples, gouverneur d'Ulpian.

— Le grimoire ? entend-elle le duc d'Aumale s'enquérir.

— Non, monsieur. Mais nous avons trouvé une fillette en sondant les murs. Muette aux dires des domestiques.

*Bianca...*

C'est à cet instant que cette douleur contenue, maîtrisée, admise, explose dans son cœur qui tambourine, dans son ventre violé, percé, sous son crâne martelé. Elle imagine soudain Bianca, là, à sa place, forcée, battue, torturée.

Une peur panique, viscérale, s'empare d'elle.

Elle éructe une gorgée de sang. Sa vue se brouille.

— Vos ordres, monsieur ? demande le soldat.

— Je viens. Continuez à chercher, ordonne le duc.

Elle ramasse son courage dans un dernier élan pour tendre ses doigts, grappiller les quelques pouces qui les séparent de la pointe du soulier à boucle. Elle s'y accroche.

L'homme recule.

Ses ongles retombent sur le plancher. La souffrance la submerge, comme une visiteuse immobile. Ils n'auront pas de pitié.

— Nous n'avons plus besoin d'elle, lâche le duc.

Elle voit la crosse de la hallebarde se soulever.

*Bianca...*

Sa tête roule sur le parquet.

# 1.

— *Ma quale idiota ! Scusatemi, signorina, scusatemi !* s'époumona Giuseppe de Seva en poursuivant son apprenti à grands coups de main et de pied depuis l'intérieur de l'imprimerie jusque sur le *campo* Santa Fosca.

Midi.

Les cloches du campanile attenant à l'église voisine s'envolèrent dans le ciel limpide, se mêlant aux éclats de voix. Alertées, une quinzaine de personnes s'étaient déjà arrachées à leurs occupations pour s'attrouper devant la façade de l'atelier. En quelques secondes, on se mit à caqueter et à rire sur la petite place carrée bordée de canaux, se moquant tour à tour de l'imprimeur qui s'agitait et du jeunot qui tentait de s'esquiver.

Isabella Rosselli laissa passer l'orage.

Il était à l'image de la république de Venise, une démesure chérie par la commedia dell'arte, songea-t-elle, sa contrariété vaincue.

— *Va bene*, finit-elle par murmurer dans un discret rire de gorge.

Elle regagna l'ombre bienfaisante du bâtiment coloré, encombré par l'énorme presse. De hautes piles de papier étaient entreposées partout, y compris sous l'escalier aux moulures aguicheuses.

L'odeur désagréable de l'encre se mêlait à celle de la graisse lubrifiant le levier. Tout en était imprégné, taché, jusqu'aux tabliers des deux hommes.

Si elle avait su que ce Luigi venait malencontreusement d'abîmer la platine exerçant la pression, elle se serait adressée à l'imprimeur voisin.

*Trop tard maintenant. Ils ont vu la gravure. Ce serait trop risqué de la montrer à d'autres. De toute façon, j'ai tout mon temps pour la remettre en place, Claude de Mesmes ne sera pas de retour avant demain midi,* se rassura-t-elle. *Et puis, ces deux idiots sont si marris et inquiets à l'idée de perdre leur renommée qu'ils seront plus enclins encore à la discrétion.*

Avisant un fauteuil de cuir rouge, propre, près d'un tas d'ouvrages en attente de livraison, elle s'y installa le temps que Giuseppe de Seva achève de disperser les curieux.

Essoufflé par son éclat, le petit homme à l'embonpoint conséquent finit par se poster devant elle, répétant ces courbettes embarrassées qui l'avaient accueillie quelques minutes plus tôt.

Elle les arrêta d'un élégant geste de la main.

— Quand ?

Il leva encore un poing rageur en direction de son apprenti qui s'empressa, le fessier marqué d'une empreinte de chaussure, de gagner le fond de la pièce.

— Demain, à l'aube. Et vous ne paierez rien.

*J'y comptais bien*, se réjouit Isabella, désormais certaine que l'homme ne se vanterait jamais de cette mauvaise affaire.

— Si tu faillis à ta parole… insista-t-elle pourtant.

L'homme blêmit sous sa couperose.

— Je travaillerai toute la nuit pour réparer la presse.

Dans le froissement de soie de sa robe écarlate, elle se redressa, sensuelle, nota le roulement de la pomme d'Adam sous le cou de l'imprimeur et conclut, comminatoire :

— Ne bâcle pas l'ouvrage.

Il secoua sa grosse tête à la calvitie prononcée, raccompagna sa cliente à la porte, s'attarda quelques secondes pour s'assurer qu'elle s'éloignait assez, puis, ayant refermé, pivota sur ses talons, penaud.

Luigi s'était rapproché, la mine sombre.

Une tristesse plus grande encore étreignit le cœur de Giuseppe de Seva.

Son apprenti venait tout juste de fêter ses vingt-quatre ans. Giuseppe se souvenait encore de ce gaillard timide qui avait franchi le seuil trois ans plus tôt en torturant son bonnet, lui demandant s'il était bien le fils de Pierre de Seva dont l'imprimerie portait toujours le nom. Giuseppe avait opiné, la gorge nouée d'entendre prononcer le nom de son père disparu. Ils étaient restés là, tous deux, à se contempler, Luigi déconcerté par son mutisme et lui, ému. C'est à cet instant que Lucia avait déboulé du premier étage. Lucia, sa si chère et pétillante fille, de quatre ans plus jeune que Luigi. Il avait vu le visage du jeune homme s'éclairer. Giuseppe en avait retrouvé sa gouaille et l'affaire avait été conclue.

Luigi, l'orphelin en quête d'une formation d'imprimeur et, Giuseppe l'avait senti, d'une famille, n'avait plus quitté leur maison.

Depuis, pas une fois il n'avait eu à s'en plaindre. Le jeune homme, au travail précis, méticuleux, était attentionné, sérieux, empressé à plaire. Surtout à Lucia dont, Giuseppe l'avait vite deviné, il était tombé amoureux au premier regard. Au point que, six mois à peine après son arrivée à Santa Fosca, il avait frotté le cuir du fils de leur voisin auquel la jouvencelle de dix-sept ans était fiancée depuis l'enfance.

Giuseppe soupira dans l'air tendu de l'atelier.

Pour maintenir de bonnes relations de voisinage, il n'avait toujours pas rompu cet engagement, même si sa préférence allait nettement à Luigi, dont Lucia partageait désormais les sentiments.

Fort heureusement, songea-t-il, elle était au marché et n'avait pas assisté à cet échange grotesque, aussi injustifié que cuisant pour l'apprenti.

Il déglutit.

— Je te demande pardon, mon garçon. Je n'avais pas le choix.

Un sourire triste se dessina sur le visage fier.

— Je l'avais compris, maître. Ne vous affligez pas davantage. C'est déjà oublié.

— Je saurai me faire pardonner. Sois-en sûr.

Luigi hocha la tête, avant de regagner son poste à la presse qui, contrairement aux déclarations de Giuseppe à Isabella Rosselli, n'avait pas été malmenée.

Extirpant un mouchoir de la poche de son tablier de cuir, Giuseppe de Seva essuya la sueur qui humectait son front. Non, décidément, l'injustice et le mensonge dont il avait usé pour gagner ces quelques heures supplémentaires ne lui ressemblaient pas. Pas davantage que ces simagrées.

Fallait-il donc que ses souvenirs aient été bousculés et son émotion vive !

D'un pas alourdi par la culpabilité, il revint se placer au-dessus de la gravure que sa prestigieuse cliente venait de lui confier pour en tirer une estampe. Il l'aurait fait dans l'instant s'il n'avait reconnu là l'objet qui avait obsédé son père. Au point qu'un matin de l'an 1600 Pierre de Seva l'avait fourré dans ses bagages, assurant qu'il reviendrait quelques mois plus tard, enfin délivré du secret qu'il dissimulait. Vingt-sept ans s'étaient écoulés depuis, sans qu'il reparaisse ni ne donne signe de vie. Giuseppe s'était bien essayé à le retrouver, mais, n'ayant pu seulement dire quelle direction il avait prise, aucun capitaine ou matelot n'avait été capable d'affirmer qu'il l'avait embarqué. *Idem* pour les voies de terre. Giuseppe avait fini par renoncer.

Et voici que cette plaque refaisait surface entre les mains d'une courtisane vénitienne dont la renommée n'était plus à faire.

Le trouble de Giuseppe avait été tel qu'il avait agi sans réfléchir. Encore maintenant, alors qu'il contemplait ces sillons en clair-obscur, ses doigts se mirent à trembler.

Isabella Rosselli savait-elle vers quel trésor cette gravure menait ? Était-elle, elle aussi, à sa recherche ?

*Père... Quel chemin avez-vous emprunté pour que ce bien vous échappe ? Vous y teniez plus qu'à cette place, plus qu'à moi, plus qu'à votre vie... Je le soupçonnais, en voici la preuve. Si vous avez perdu l'une, c'est que l'autre s'est enfuie*, en conclut tristement Giuseppe de Seva avant de saisir une matrice vierge.

Son tracé était agile. Il s'userait les yeux, mais irait jusqu'au bout.

Malgré la lumière qui perçait la vitre au-dessus de sa planche de travail, il alluma une seconde lampe. S'il voulait duper son commanditaire, il devait s'appliquer plus que de coutume.

Derrière lui, Luigi venait de réveiller la presse pour achever une commande.

Giuseppe plaça les deux plaques l'une à côté de l'autre, puis tira son fauteuil de cuir usé pour s'installer devant.

Terminer puis imprimer avant l'aube le faux qu'il s'apprêtait à graver relèverait du miracle.

Mais, depuis vingt-sept ans, Giuseppe de Seva n'était plus à une prière près.

## 2.

Lucia de Seva revenait du Grand Canal par un court *rio* transversal, lorsque son regard s'était arrêté sur l'attroupement, devant l'atelier de son père. Aussitôt, son cœur s'était emballé. Descendant de la barque en toute hâte, elle aperçut le vieil homme disperser les badauds, rentrer chez lui, puis presque aussitôt reconduire une femme, d'une rare élégance, sur le pas de sa porte.

*Une courtisane*, en conclut Lucia, soulagée.

Bien que nombreuses à Venise, ces dames, aussi libres de manières que d'esprit, attiraient toujours l'œil. Et plus encore depuis que, délaissant cette mode austère des dentelles amidonnées jusqu'au menton et des manches à soufflets, elles imposaient la leur, plus près du corps, révélant sa volupté.

Pour susciter autant d'intérêt sur le *campo* bordé d'ateliers d'imprimerie, il fallait que la notoriété de cette cliente soit remarquable.

*La régulière d'un haut patricien ?*

Ce n'était pas fréquent que l'une d'entre elles s'égare dans ce quartier. D'ordinaire, les puissants envoyaient leurs valets.

La curiosité de Lucia monta d'un cran.

Après avoir récupéré ses paniers des mains du barcarol, elle s'avança sur la rampe d'appontement caressée par les vaguelettes du *rio*. Suivie par une poignée de jeunes hommes, la courtisane s'en approchait. Elles n'allaient pas tarder à se croiser.

*Aucun doute possible*, conclut Lucia lorsqu'elle fut à sa hauteur.

La langueur amoureuse n'était pas un état à Venise. C'était une règle. Et, à en juger par la sensualité animale qui se dégageait d'elle, cette femme en maîtrisait toutes les nuances.

*Quel âge peut-elle avoir ?* se demanda-t-elle en retenant son pas pour mieux l'observer à la dérobée.

*Vingt ans ? Vingt-deux tout au plus...*

Lucia ne put s'empêcher de ressentir une pointe de jalousie en détaillant ses atouts : tour de hanches parfait ; taille ciselée par le corset baleiné ; cou d'albâtre dégagé, mis en valeur par la fine cape recouvrant ses épaules, jusqu'à la naissance d'une gorge opulente soulignée d'un élégant liseré de dentelle ; visage régulier, nez fin, pommettes hautes, boucles blondes relevées en un savant chignon apparaissant sous la coiffe. Quant au gris cendré de ce regard qui se désintéressa du sien sitôt croisé, il insufflait l'audace aux plus timides et toisait les pédants, se désola Lucia.

*Comment faire le poids face à semblable beauté ! Pourvu que Luigi n'y ait pas succombé !*

Si, d'ordinaire, les hommes semblaient attirés par ses jambes qu'elle jugeait trop maigres, ces bourgeons qui lui servaient de poitrine et ces taches de rousseur qui mangeaient son visage, seul le regard de l'apprenti de son père lui importait.

Elle ploya un instant sous le poids de sa charge avant de redresser le menton. Elle comptait toujours un atout : sa fierté.

*Au lieu de se comporter en* cretini, *ils feraient mieux de m'aider !* pensa-t-elle en se frayant un passage au milieu de ses jeunes voisins, volubiles abeilles entourant la *bellissima*.

Elle se consola en pensant qu'ils seraient bientôt, eux aussi, renvoyés à leur médiocrité : la gondole richement ornée qu'elle avait aperçue en aval se rapprochait de la berge.

Pietro, le fils de l'imprimeur voisin auquel elle était « fiancée » depuis l'enfance, sembla soudain remarquer sa présence. Alors qu'elle venait froidement de le dépasser, il se tourna vers elle.

— Ton père vient de corriger Luigi ! Jusque devant l'église ! s'époumona-t-il en guise de bonjour.

Lucia faillit en lâcher ses paniers. Voici qui ne ressemblait pas à son père, songea-t-elle en observant l'œil de Pietro étinceler de satisfaction au souvenir de cette scène.

Vexée par procuration, elle s'empourpra.

— Prends donc ça, idiot !

Un rire éclata dans son dos tandis que son « promis » s'encombrait des victuailles qu'elle avait achetées : Filippo ! Un garnement qui cherchait le moindre prétexte pour éviter d'aider son oncle, le seul menuisier du *campo*.

Lucia se retourna vivement.

— N'as-tu rien de mieux à faire qu'à traîner sur le pavé ?

Il renfonça la tête dans les épaules et s'esquiva, comme pourchassé par un essaim de guêpes.

L'œil de Lucia rencontra de nouveau celui de l'inconnue qui venait de poser le pied sur sa gondole. L'indifférence décelée quelques secondes plus tôt avait été remplacée par un sourire accompagné d'un élégant signe de tête. Lucia les lui rendit de mauvaise grâce.

*Quelle mouche a donc piqué papa ?* s'inquiéta-t-elle en forçant l'allure pour rattraper Pietro.

Lorsqu'elle atteignit l'atelier, son promis venait de déposer les paniers devant la porte. Hélé par son aîné, furieux qu'il ait déserté sa tâche, il s'empressait d'y retourner, sans seulement un regard pour elle.

*Décidément*, se renfrogna Lucia qui avait l'habitude de le voir s'attarder et en jouait pour attiser la jalousie de son « aimé », *tout va de travers aujourd'hui !*

## 3.

La porte fit tinter un joli carillon. Un seul regard de biais suffit à Lucia pour découvrir son père devant la fenêtre, penché au-dessus de sa planche à graver. Malgré la lumière du jour qui traversait les carreaux sertis de plomb, il avait ajouté deux lampes à huile pour gagner en clarté.

Elle trouva plus étrange encore qu'il ne relève pas la tête de son ouvrage en l'entendant entrer.

D'habitude, incorrigible gourmand, Giuseppe de Seva ne pouvait s'empêcher de se précipiter. Il soulevait les rabats d'osier, tâtait les fruits, débouchait le flacon d'huile d'olive pour en humer le parfum, vérifiait la fraîcheur des légumes ou du pain de viande, la vivacité de l'œil d'un poisson. Il humait le fumet s'échappant du sac du rôtisseur, attirant aussitôt près d'eux les trois chats de la maisonnée. Théâtral, il décidait du menu, puis promettait ses futurs restes aux félins qui s'enroulaient à leurs jambes en miaulant de convoitise.

Depuis qu'elle était enfant, pas une fois il n'avait dérogé à ce rituel, songea Lucia en le regardant froncer les sourcils sur sa tâche.

— Je suis là, papa, tenta-t-elle.

Il ne répondit pas.

Elle sentit sa gorge se nouer.

*Il se passe quelque chose. Quelque chose de grave.*

Luigi manœuvrait la presse pour imprimer un exemplaire des sonnets luxurieux de l'Arétin, commandé la veille par un patricien de la famille Foscari, l'une des plus illustres de Venise. Seule une discrète crispation de la mâchoire qui aurait pu passer pour de la concentration trahissait sa contrariété.

Un frisson désagréable lui courut le long du dos.

*C'est cette courtisane. Elle leur a jeté un sort. Au* campo *tout entier !*

Elle avança d'un pas entre les piles d'ouvrages, tout en exhalant un long soupir pour tenter, une fois de plus, d'attirer l'attention de son père.

Elle ne reçut en retour que le sourire chaleureux de Luigi.

— J'arrive, lui lança ce dernier comme s'il voulait excuser son maître.

Il se hâta de déplacer le chariot portant la forme. Il ne fallait jamais tarder à appliquer la pression sur la seconde moitié de la feuille, au risque que l'encre de la première ne sèche et que le résultat ne soit pas uniforme. Un client aussi exigeant que Foscari n'aurait pas manqué de le remarquer et de refuser de payer.

Lucia déposa ses paniers au sol. Elle eût pu sans peine les monter seule, mais toute occasion d'un peu d'intimité avec Luigi la ravissait. Elle pencha la tête de côté pour suivre le mouvement du vérin, s'attardant en réalité sur les muscles saillants de l'apprenti que révélaient ses manches roulées à mi-coude. Il la dépassait grandement en taille et en âge, mais pas un seul instant elle ne s'était sentie petite à ses côtés.

L'art de l'imprimerie n'avait aucun secret pour elle. Depuis sa plus tendre enfance, elle qui n'avait pas connu sa mère, morte en la mettant au monde, était l'ombre de son père. Il disait d'ailleurs qu'elle valait les meilleurs d'entre eux. Malheureusement, les maîtres compagnons n'admettaient pas les femmes. Lucia le regrettait, car Luigi, avec les amandes rieuses de ses yeux, son nez retroussé, ses boucles sombres, ses épaules larges et son sourire franc, lui plaisait bien plus que Pietro. Elle se serait bien vue allant de ville en ville pour parfaire le métier. Ils seraient ensuite revenus ici, ensemble, auraient soulagé son père devenu trop vieux, puis fondé une famille dont Giuseppe de Seva aurait été fier. Une vie simple, saine. Depuis que Luigi était apparu, elle avait cessé d'en rêver une autre.

Son estomac gargouilla, lui rappelant l'heure tardive. *Ils doivent être affamés, eux aussi. Allez, Lucia, aux fourneaux ! Tu trouveras bien le moyen de leur arracher les vers du nez pendant le déjeuner ! Si encore papa consent à quitter ses gouges*, douta-t-elle en le voyant suer à grosses gouttes.

*Que se passe-t-il ici ? Vous le savez, vous ?* demanda-t-elle d'un regard aux félins empressés. Elle n'obtint qu'un clignement de paupières sur les pupilles mordorées.

*Oui, oui, patience, patience ! Vous en avez moins que moi, satanés chats de gouttière*, s'amusa-t-elle en les voyant tenter de soulever du museau le rabat des paniers.

— Hep hep hep ! s'exclama Luigi en s'emparant de l'anse.

Ils s'écartèrent, pour aussitôt se ruer dans l'escalier.

— Des ventres sur pattes, se mit-il à rire.

— Comme toi, se moqua Lucia en lui emboîtant le pas.

Il ne répondit pas.

*Preuve*, nota Lucia, *que, malgré sa désinvolture, il est préoccupé. Patience*, se répéta-t-elle pour contraindre son tempérament.

Peine perdue. À peine attendit-elle de refermer derrière eux la porte séparant le logis de l'atelier, pour lancer :

— Est-ce vrai qu'il t'a battu ?

L'apprenti déposa sa charge sur la table de la cuisine et se tourna vers elle, le front plissé cette fois d'une barre amère.

— Les nouvelles vont vite… Pietro, je présume.

Devant l'œil sombre de Luigi, elle haussa les épaules.

— Je me moque bien de ce qu'il pense. Que s'est-il passé ?

Croisant les bras sur sa poitrine, Luigi s'adossa à la fenêtre qui s'ouvrait, avec un à-pic d'environ trois toises, sur le *rio* San Felice[1].

— Juste une mascarade pour donner le change à une cliente.

Les yeux de Lucia s'arrondirent.

— La courtisane que j'ai croisée en arrivant ?

1. Toute cette zone est aujourd'hui complètement transformée. Voir sur Internet une carte de l'époque : Mérian, 1650.

— Isabella Rosselli. La maîtresse de Claude de Mesmes, l'ambassadeur de France… et de quelques autres, tout aussi prestigieux.

Il se décolla du mur.

— Pour les détails, mieux vaut que tu t'adresses à ton père, mais pas avant qu'il n'ait achevé. De ce que j'en sais, sa taille est très minutieuse et ne souffre aucun retard. Or, tu l'as constaté par toi-même à son attitude, le temps lui manque déjà. Et à moi aussi si je veux que cette commande soit livrée ce soir.

Elle hocha la tête, rassérénée par l'éclat tendre de son regard.

Si sensuelle que fût cette courtisane, « son » Luigi ne lui avait pas succombé.

Son sourire retrouvé, elle déballa ses achats. Quel que soit le mystère dont cette demeure s'était encombrée, il n'aurait pas, de toute façon, plus de saveur qu'un baiser. Le premier que Luigi lui donnerait.

Elle entrouvrit la porte.

Retourné à son ouvrage, il s'était mis à chanter.

# 4.

Au grand désarroi de sa fille, Giuseppe de Seva ne s'accorda que le temps de croquer une pomme. Il l'empêcha même de regarder son travail, lui promettant de tout lui expliquer une fois qu'il l'aurait achevé. Mais il était encore au-dessus de sa planche à graver lorsqu'elle monta se coucher, frustrée. Elle avait passé le reste de la journée à aider Luigi à la presse, puis à préparer le repas du soir tandis que ce dernier livrait la commande du palais Foscari.

Aux prémices du jour, les yeux cernés par le manque de sommeil, la curiosité aiguisée par des suppositions abracadabrantes échafaudées pendant sa courte nuit, elle rejeta ses couvertures, s'habilla, puis descendit l'escalier.

Elle trouva son père endormi le nez sur sa table, à côté des chats et de deux gravures de huit pouces au carré, semblables en tous points, à l'exception d'un des angles légèrement ébréché. Luigi devait avoir veillé tard lui aussi, car aucun bruit ne perçait la cloison de sa chambre, mitoyenne de l'escalier.

Lucia hésita quelques secondes devant le souffle régulier de son père, puis, jugeant qu'il avait suffisamment couru après le temps pour ne plus en perdre, et encore moins la laisser dans l'expectative, elle lui secoua affectueusement l'épaule.

Giuseppe de Seva s'arracha dans un cri au rêve qui le tenait, forçant les félins à soulever un œil.

— J'ai du café, papa.

Un large sourire éclaira le visage de l'imprimeur. Bien que depuis une dizaine d'années le breuvage fût d'usage courant à Venise, son coût extrêmement élevé le réservait à la noblesse. Pourtant Lucia parvenait toujours à en rapporter, négociant jusqu'à obtenir un prix raisonnable qu'elle compensait par du travail de façon ou par un livre.

— Il va m'en falloir plus d'une tasse, ma fille, s'étira-t-il tandis qu'elle déverrouillait la fenêtre, à l'appel d'un des matous.

Les deux autres, attirés par l'air vif, se hâtèrent de s'y faufiler.

— Tu dois être aussi affamé qu'épuisé, s'attendrit-elle, le battant refermé, en le voyant passer une main sur son estomac rebondi, l'autre sur son crâne dégarni.

— Ma foi !

Il l'embrassa sur le front.

— Je m'en inquiéterai plus tard.

— Cette commande…

Il récupéra l'une des plaques et la lui tendit.

— Pour toi. C'est l'original, celui que m'a confié la courtisane que tu as croisée hier, en revenant du marché. Le second est un faux que j'ai réalisé et que je vais lui remettre à la place. J'en ai supprimé certains détails. Elle ne verra pas la différence. Du moins, je l'espère.

Lucia fronça les sourcils. Au lieu de se dissiper, le mystère s'épaississait.

— Je ne comprends pas. Toi, si respectueux des lois de la République ? Qu'a donc cette gravure de si particulier pour que tu les transgresses en t'appropriant le bien d'autrui ?

Il se troubla un instant. Jusque-là, cela ne l'avait pas effleuré. Puis soupira.

— Je ne vole pas, Lucia. J'échange. Cette matrice appartenait à ton grand-père. D'aussi loin que je m'en souvienne, je l'ai vu l'observer, l'étudier à s'en user les yeux, jusqu'à disparaître en l'emportant pour seul bagage. Je ne sais pas s'il a finalement découvert ce qu'il cherchait, mais voir ressurgir cet objet… c'est comme si tout à coup j'avais, devant moi, la preuve qu'il était bel et bien mort. Certes, depuis vingt-sept années, j'en avais admis l'idée mais là, c'est…

Sa voix venait de se briser, laissant au cœur de Lucia la même évidence.

— … Comme si tout ce qu'il te restait de lui, c'était cette gravure… une sorte d'héritage…

Giuseppe lui retourna un sourire fatigué. Dans ses yeux cernés elle perçut autant de tristesse soudaine que de tendresse.

— Oui. Comme s'il avait voulu qu'elle me revienne, qu'elle m'aide à trouver ces réponses que j'ai tant cherchées, tu comprends ?

— Bien sûr, mon petit papa. Pourquoi n'as-tu pas simplement offert de l'acheter ?

Il haussa les épaules.

— Parce que Isabella Rosselli m'a demandé d'en tirer deux estampes, puis d'oublier les avoir jamais vus, elle, mon travail et la gravure.

— Bigre ! L'affaire est donc discrète et d'importance. Autant, j'imagine, que ce qui a perdu grand-père.

— Je le crois. Isabella Rosselli est une personne influente. Elle travaille pour Giorgio Cornaro.

Lucia sursauta.

— Le fils du doge ?

— Tu sais à quel point cette famille est corrompue et dangereuse. Isabella Rosselli l'est donc au moins autant. Je brûlais de questions, j'ai préféré ne pas éveiller sa méfiance et trouver les réponses par moi-même. Est-ce préjudiciable à tes yeux ?

Lucia lui bisa la joue.

— Non, papa. Bien sûr que non. Un secret, dis-tu ? Caché dans la gravure ? Un secret qui nous priva, toi d'un père, moi de mon grand-père ? Je n'aurais pas agi différemment, rit-elle en ourlant un œil gourmand sur l'original qui pesait entre ses mains.

an. 32. usq. ad an. 48.

[illegible]

[illegible] que [illegible]

[illegible]

[illegible] pour [illegible]

[illegible] forme et [illegible]

[illegible]

# 5.

La scène représentait une famille entourée de valets posant devant un château : une femme, quatre enfants et un vieil homme accoudé à un guéridon sur lequel se tenait un livre ouvert.

Giuseppe passa l'index sur ce dernier.

— Ton grand-père était convaincu qu'il reproduisait un grimoire à la magie extrêmement puissante. D'autant plus convoitée qu'elle ouvrirait les portes de la vie éternelle. Il a passé des années à chercher ce qui, dans ce décor, ou ces personnages, pouvait indiquer sa cache.

— Une sorte de code ? s'emballa Lucia.

— Exactement. Il ne songeait qu'à cela, compulsant tous les ouvrages qu'il trouvait, s'absentant régulièrement pour de courtes ou de longues périodes. Je soupçonne même que c'est cette quête qui nous a conduits à Venise, mais je n'en ai que trop peu de souvenirs, hélas, pour l'affirmer. Tout juste me reste-t-il de ma petite enfance un parfum de lavande, une bâtisse longue et aveugle au milieu d'un champ d'oliviers, une malle chargée sur une vieille mule, le tangage d'un navire. Dans quelles circonstances avons-nous quitté la France ? Il est toujours resté muet, affirmant que c'était sans importance, que les morts n'ont plus de nom. Tu le sais bien. Même celui de ma mère, au doux visage penché sur le mien, je ne le connais pas ! En réalité, Lucia, seule cette gravure et son secret comptaient vraiment pour lui.

— Pourtant tu ne m'en as jamais parlé, s'étonna-t-elle.

Il l'attira dans ses bras.

— C'est vrai, ma fille. Peut-être parce qu'elle m'avait fait souffrir. Elle m'a volé son amour, son attention. Elle m'a laissé sans famille, peu de temps avant que tu deviennes la mienne et que je perde ta mère. Parfois de petits objets peuvent prendre beaucoup de place. Je n'ai pas voulu que ta curiosité ou ton impétuosité naturelle t'amènent à la rechercher, fût-ce en pensée. Pourtant, la voici, bien réelle. Et, Dieu me pardonne, j'ai été incapable de la laisser filer.

— Si le secret de cette gravure nous permet de comprendre ce qui est arrivé à grand-père, alors il ne nous désunira pas. Au contraire, mon petit papa. Je te le promets.

Il la serra plus fort. Une enfant. Malgré son corps de femme, il la ressentait toujours comme une enfant. La sienne, chérie. Tout ce qu'il possédait. Jamais, à l'inverse de Pierre de Seva, il ne laisserait quoi que ce soit l'en détourner.

Il plongea dans son regard.

Rien n'avait réussi à en éclipser l'éclat. Sa fille n'était que soif de connaissance. Sans doute était-ce cela qu'elle avait hérité de son grand-père. Avant ses neuf ans, elle savait le français aussi bien que le vénitien ou le toscan. À dix, elle lisait chacune de ces langues, s'émerveillait de Thalès, Pythagore, Euclide. À treize, désespérant l'abbé de l'église voisine qui eût préféré la voir uniquement ânonner les Saintes Écritures, elle déclamait Virgile, Horace, dissertait de Platon, d'Ovide avec leurs clients. Si elle s'émouvait pudiquement de l'histoire tragique de Roméo et Juliette, elle ne détournait jamais les yeux d'une œuvre érotique, estimant que l'art n'était jamais salace ou vulgaire et que l'on pouvait respecter la morale sans céder à la pudibonderie. Et il en était ainsi pour tout, le métier d'imprimeur, l'escrime, le théâtre, les sciences, la géographie…

Il sourit. Confiant. Aimant.

— Quelques jours avant son départ, ton grand-père avait enfin découvert son erreur. Il cherchait à décrypter le décor, les allures des nombreux personnages, alors que le code se dissimulait… là…

Il s'empara de son index et le promena sur certaines parties, d'apparence anodine.

*Des empreintes de mouches, au cœur même de la taille*, sentit Lucia tandis que le regard de son père étincelait.

— Des lettres, minuscules, désordonnées. Cela va demander un temps considérable pour les rassembler et les étudier. Luigi et toi, vous allez m'y aider…

Le cœur de Lucia bondit d'enthousiasme dans sa poitrine tandis que Giuseppe concluait :

— Sans cet original, personne ne peut remonter jusqu'au grimoire.

— À part nous ! se réjouit-elle plus encore.

Il lui enveloppa la joue de sa main, chaleureuse et épaisse.

— À condition de savoir ce que nous recherchons. Cette dangereuse magie et son pouvoir d'absolu, ou la trace de celui que nous avons perdu.

— Tu connais déjà la réponse, papa.

Il lui retourna un œil rieur.

— J'espère que Luigi la partagera, car je compte bien reprendre ma parole à notre cher voisin. Si nous partons en quête du passé de notre famille, je crois qu'il est temps plus encore de lui donner un avenir.

Transportée de joie, elle se jeta à son cou.

Il la pressa de nouveau contre lui, rappelé à tout ce qui lui avait manqué, enfant.

— Rien ne sera jamais plus cher à mes yeux que ton bonheur. Aucun mystère, aucun trésor, Lucia.

— Je le sais, mon petit papa.

Il la repoussa délicatement, empli de ce puissant élan de tendresse.

— Il fera bientôt jour. Va donc ranger cette « relique » puis me préparer ce délicieux café. La Rosselli ne tardera pas.

Fébrile, Lucia s'élança vers l'escalier, notant au passage le rai de lumière qui filtrait sous la porte de la chambre de Luigi.

Son cœur s'emballa.

*Mariée. Bientôt. Que vas-tu dire de cela, mon bel amour ?*

Confiante, elle se hâta de remonter à l'étage.

Renonçant pour quelques instants à obéir à son père, elle déposa la gravure sur la table, s'installa devant, puis, calant le moulin à café entre ses cuisses, entreprit de moudre les grains. L'œil rivé à la scène, aux paysages, elle imprima dans sa rétine chacune des minuscules tailles. Elle parvint à détacher un mot qui aiguisa plus encore son attention : Lucia.

Lucia comme son prénom.

Lucia qui signifiait « lumière ».

*Magnifico !*

Elle était forcément sur la bonne voie !

Elle se hâta de garnir la cafetière puis de la déposer sur la plaque qui recouvrait les braises du foyer.

Il faudrait bien une dizaine de minutes avant que le café ne monte. Dix minutes que, tout à son excitation et à sa joie grandissantes, elle entendait bien utiliser.

# 6.

Un fumet corsé emplissait la pièce, lorsqu'il lui sembla entendre le tintement de la clochette de la porte de l'atelier derrière le sifflement qui se dégageait du couvercle.

Par la fenêtre, le jour peinait à se frayer un passage au-dessus des toitures. Seul un voile poudré atténuait l'obscurité.

*Eh bien, la Rosselli n'a pas traîné !* nota-t-elle, avant qu'un nouveau mot, « Ulpian », qu'elle était parvenue à discerner et dont la signification lui échappait, retienne son attention.

Le sifflement s'amplifia, annonçant que le café était prêt. À regret, elle se détacha de son observation pour se tourner vers la cheminée.

C'est alors qu'un bruit sourd remonta jusqu'à elle, aussitôt suivi de la voix, peu amène, de son père :

— Certainement pas !

La Rosselli se serait-elle aperçue de la falsification ? Soudain inquiète, elle s'immobilisa, le manche de la cafetière à la main.

Une déflagration creva le silence.

Lucia lâcha tout, laissant couler sur ses jupons le café brûlant. Elle étouffa un cri de douleur avant de se précipiter dans la chambre pour saisir son épée, puis dans l'escalier.

À mi-hauteur, elle embrassa la scène : son père, inerte, chargé comme un vulgaire ballot sur l'épaule d'un homme masqué, tandis qu'un deuxième tenait la porte pour les faire passer et qu'un troisième, armé d'un pistolet, renversait, d'un geste, les lampes à huile allumées sur une liasse de papiers. Saisie, elle hurla, attirant l'attention du dernier. Il lui jeta un bref coup d'œil avant de s'esquiver à son tour. Déjà les flammes commençaient à grignoter la pile.

L'urgence était d'éteindre l'incendie. Sans doute l'escomptait-il. Lucia, elle, ne la vit pas.

Bouleversée, elle sauta les dernières marches, traversa la pièce en courant, puis se précipita dehors par la porte laissée ouverte, en appelant à l'aide. Mais il était encore trop tôt pour les Vénitiens. Le *campo* était désert. L'homme qui emportait son père courait vers l'appontement, encadré par les deux autres. Elle devina la silhouette d'une barque sur le court *rio* bordé de bâtisses qui s'ouvrait sur le Grand Canal. Elle s'affola plus encore de n'avoir que sa lame à opposer à leurs pistolets.

— S'il vous plaît ! Luigi ! Luigi ! À l'aide ! hurla-t-elle désespérément, faisant se retourner l'un des agresseurs.

Elle le vit tendre son arme dans sa direction. Instinctivement, elle se rejeta à l'intérieur, le cœur battant à tout rompre.

Elle mesura aussitôt l'ampleur du foyer. Le bois craquait, le papier filait en flammèches qui propageaient l'incendie à la vitesse de l'éclair.

En une fraction de seconde elle comprit. Le temps seulement qu'elle réveille le *campo*, qu'une chaîne s'organise, qu'on emplisse des seaux, tout serait perdu. Un instant hébétée, incapable d'un geste, d'une idée, elle resta prisonnière de ce cauchemar, espérant encore s'en réveiller. Le fracas d'une étagère emplie de bouteilles d'encre la fit sursauter, la forçant à reprendre pied dans la réalité. Des larmes amères, d'impuissance et de rage, roulèrent sur ses joues.

Tout cela n'avait pas de sens. Des voleurs auraient emporté leurs biens, pas son père. Qui étaient-ils ? Pourquoi avaient-ils tiré ? Sur qui ? Luigi ? Parce qu'il s'était interposé ?

Elle l'appela de nouveau, fébrilement, sonda le rideau de flammes en direction de sa chambre. La porte en était ouverte, mais rien ne bougeait. Nulle part.

*Veuve. Avant même d'être mariée ?*

Bouleversée plus encore, elle sentit ses jambes flageoler sous elle, en refusa l'idée.

*Réfléchis, Lucia. Réfléchis. Vite !* s'imposa-t-elle, le souffle court.

Une liasse s'enflamma à sa droite, projetant une flammèche sur sa manche. Elle l'étouffa d'un battement de main frénétique.

*La nature, la couleur de leur embarcation, leur allure... Autant d'indices pour retrouver papa et le délivrer.*

*Je dois y retourner avant qu'ils atteignent le Grand Canal.*

Elle ouvrait déjà la porte, lorsque, au-delà du rempart ardent, elle aperçut un mouvement près de la presse.

— Luigi !

L'apprenti tentait de se redresser péniblement, mais ne parvint qu'à retomber lourdement à terre.

— Luigi !... Luigi ! insista-t-elle.

Il n'esquissait plus le moindre geste.

*Il est blessé. Il ne pourra pas sortir seul.*

Perdue dans ses priorités, elle n'hésita qu'un instant avant de trancher. Elle ne pouvait le laisser brûler vif. Enhardie, déterminée, elle se protégea le visage de ses deux bras repliés et s'élança dans une trouée de flammes.

Elle s'agenouilla pour mieux l'examiner. Du sang lui avait coulé du nez. Sa lèvre inférieure était fendue. Rien qui ait pu le réduire à merci.

— Luigi ! Luigi ! le secoua-t-elle, n'obtenant qu'un gémissement en retour.

*Inutile d'espérer le ranimer ici.*

— Tiens bon, mon amour !

Elle s'arc-bouta, hirsute, puis, abandonnant le brasier à sa gourmandise, traîna péniblement son aimé jusqu'au bas de l'escalier qui menait à la cale.

Là, elle trouva encore la force de le hisser sur la gondole, puis d'actionner la poulie qui remontait la herse, plongée dans les flots sombres. Elle allait embarquer à son tour, lorsqu'elle se ravisa.

À Venise, tout s'achetait, le silence comme les informations. Il allait lui falloir porter plainte auprès de la Quarantia Criminale, certes, mais ses agents seraient bien moins inquiets du sort d'un imprimeur que de celui d'un puissant. À plus forte raison si l'un d'entre eux était impliqué dans cette affaire ! Elle allait devoir survivre. Mener son enquête par elle-même. Payer les soins de Luigi.

*Je dois récupérer notre pécule. Et l'original de la gravure aussi, c'est le seul moyen pour papa de remonter le fil du passé. Encore un peu de cran, Lucia.*

Retenant de ses doigts crispés le bas de son jupon maculé de sang, de café, de sueur et de poussière, elle remonta en courant dans l'atelier. L'air devenait irrespirable. Elle se couvrit le nez d'un revers de manche.

*Ne panique pas. Reste concentrée, efficace. Tu as du temps. Fais ce que tu dois. On peut toujours ce que l'on doit, dit papa.*

Bravant les langues ardentes qui grignotaient déjà la rampe, elle gagna l'étage, s'en fut récupérer les économies de son père dans son armoire, puis passa dans sa chambre. En hâte, elle ouvrit le tiroir de son chevet, ramassa les quelques bijoux hérités de sa mère, puis vida le contenu des deux cassettes dans une aumônière. Enfin, refusant de s'alarmer de la trop grande chaleur sous ses semelles, elle ouvrit grand la fenêtre ainsi que les volets qui donnaient sur le *campo*.

L'aube embrasait Venise. On s'agitait sur la place, alerté par ses hurlements. Pietro courait vers le campanile, probablement pour actionner les cloches.

Ayant assuré ses voisins qu'elle pouvait sortir, elle referma, hantée par ces consignes entendues des centaines de fois : contenir l'incendie en ses propres murs pour l'étouffer, limiter sa propagation. Sauver, autant que possible, le logis des autres.

Malgré la bouffée d'air frais qu'elle venait d'absorber, elle suffoquait. Les yeux larmoyants, la gorge irritée, elle traversa le couloir, gagna la cuisine, les souliers léchés par le haut des flammes qui caressaient à présent le parquet. Derrière la porte, le brasier rugissait. L'escalier était perdu.

*Au moins*, songea-t-elle, *Luigi, lui, est en sécurité.*

Elle ajouta dans l'aumônière la gravure qui trônait toujours sur la table, l'attacha solidement sous son jupon pour plus de discrétion, puis se déchaussa et ouvrit la fenêtre qui donnait sur le *rio* San Felice.

Elle n'hésita qu'une fraction de seconde face au vide béant sous ses pieds. À l'instant où s'ébranlèrent les cloches de Santa Fosca, elle sauta en priant pour qu'il y ait assez de fond et ne pas périr enlisée.

# 7.

De longues secondes d'apnée s'écoulèrent avant qu'elle puisse, alourdie par son fardeau et ses vêtements, remonter à la surface, les poumons à vif, rattrapée subitement par un profond sentiment de désarroi et de solitude. Sa tête lui sembla prête à exploser. Elle dut battre des mains pour rester à flot, apaiser sa respiration, s'exhorter au calme.

*Nage tranquillement. Tu es hors de danger. Regarde. On s'attroupe déjà en face. On te fait signe. Tu peux y arriver.*

À bout de souffle, elle parvint enfin à s'accrocher au montant de la grille et à s'engouffrer dans la cale. Au-dessus d'elle, la bâtisse craquait comme un vaisseau en perdition. Des scories incandescentes pleuvaient de l'escalier en flammes.

Une lame de fond lui balaya le cœur. Elle dut de nouveau se faire violence pour ne pas en être submergée ; se couler, glacée et dégoulinante, dans la barque.

Luigi n'avait pas bougé.

*Pas le moment de mollir*, se fustigea-t-elle devant cet étau qui, lui enserrant toujours le crâne, menaçait de lui faire, à son tour, perdre connaissance. Son cœur tambourinait à un rythme effréné.

Rassemblant sa volonté, refusant la pression, elle enquilla sa rame dans la *forcola*, manœuvra, et dégagea enfin l'embarcation de cet antre, devenu infernal.

En face, prévenus par les coups aigrelets et furieux de la cloche, les habitants accouraient, de plus en plus nombreux.

Lucia vit les gondoles s'emplir de gens hirsutes, habillés à la hâte, munis de seaux, pressés de rejoindre le Grand Canal, six maisons en aval, pour contourner les bâtisses et revenir sur Santa Fosca par la voie qu'avaient prise les agresseurs.

De nouveau elle hésita. Tenter de rattraper ces derniers ? Ils avaient déjà dû gagner l'artère fluviale et se fondre à son flux. Elle perdrait son temps quand celui de Luigi était peut-être compté.

Trompant sa détresse, elle renonça et se mit à ramer dans la direction opposée, vers le monastère de San Felice qui se situait à l'embouchure du *rio*, l'un de ceux qui ramenaient vers Muran[1].

Elle croisa plusieurs canots garnis d'hommes qui, l'ayant vue sauter, saluèrent son courage. Elle les exhorta à la prudence, refusa leur aide.

Ils avaient mieux à faire.

Éviter le pire. Pour les autres.

---

1. On ne trouve la graphie « Murano » sur les cartes qu'à partir de la fin du XVII^e^ siècle.

Cette simple pensée griffa sa volonté. La douleur devint si prégnante qu'elle lui colla davantage à la peau que ses vêtements trempés.

Jamais plus qu'en cet instant elle n'aurait voulu que son père soit auprès d'elle.

De longues minutes durant, refusant de céder à sa tempête intérieure, elle s'éloigna, oscillant entre la colère, l'abattement, la peur pour son père, pour Luigi qui persistait dans ses limbes.

Elle s'approchait enfin de l'appontement du monastère, depuis lequel déjà des moines, avertis par le tintamarre des cloches, affluaient, lorsqu'un craquement sinistre, brutal, la fit se retourner. Le plancher de l'étage avait dû céder. Des langues gourmandes jaillissaient de la fenêtre par laquelle elle avait sauté. Leur éclat dansait farandole sur les eaux sombres et agitées par les barques du *rio*, tandis qu'une fumée noire crépitant d'étincelles rejoignait un ciel d'ambre et de carmin.

Ce matin du 20 octobre, elle ne vit pas la beauté de l'aube, cette aube qu'elle aimait tant admirer avec son père. Elle ne ressentit que la morsure de son feu ardent dans son cœur déjà déchiré.

Lors, consciente que tout ce qui lui restait était son courage et sa détermination à l'arracher aux griffes de ses agresseurs, à sauver Luigi, elle tourna le dos à son passé et appuya plus encore sur ses rames.

Une main se tendit vers la tête de sa gondole comme elle touchait le quai. Un des moines, qu'elle avait appelé à la rescousse, l'aida à l'immobiliser, à descendre.

— Êtes-vous blessée aussi ? s'enquit-il, le visage aussi grave qu'inquiet.

Elle ne sut que répondre. Il lui sembla qu'une part d'elle était morte en quittant sa maison, quand une autre, aussi vorace que l'incendie, cherchait à naître, pour survivre et atteindre l'objectif qu'elle s'était fixé.

Elle finit par secouer la tête.

Il lui pressa le haut de l'épaule.

— Ne vous inquiétez pas. Nous nous occupons de lui. D'ailleurs, le voici qui reprend connaissance.

Fouettée d'un regain d'espoir, elle pivota d'un bloc.

Luigi avait ouvert les yeux. Indifférent aux questions que lui posait un second moine accroupi près de lui, il semblait si désespéré qu'elle en oublia sa propre misère.

Elle se précipita, menaçant l'équilibre de la barque, obligeant les deux religieux à contrebalancer, l'un depuis le quai, l'autre depuis le fond. Elle entendit à peine leurs invectives.

Elle s'écroula devant lui.

— J'aurais tant voulu que ce soit autrement, murmura-t-il tandis qu'elle lui prenait la main pour s'en envelopper la joue.

Il était si pâle, si défait qu'elle le comprit prêt à s'évanouir de nouveau. Elle ne songea qu'à le rassurer.

— Ils vont prendre soin de toi. Je m'occupe de tout. Tu sais de quoi je suis capable. Je vais nous ramener papa.

— Allons, écartez-vous maintenant, lui assena le religieux, qui avait manqué choir dans l'eau et conservait un équilibre précaire.

Luigi referma les paupières, un rictus douloureux à ses lèvres tuméfiées.

Elle n'insista pas.

Le quai regagné, elle donna leurs deux noms, puis, ayant raconté son infortune, assura qu'elle reviendrait sitôt qu'elle aurait déposé plainte.

— Avez-vous quelque famille chez qui vous réfugier ? s'enquit le moine qui l'avait accueillie.

Le cœur de Lucia se serra de nouveau. Elle secoua la tête.

Répugnant à révéler le trésor qu'elle dissimulait sous ses jupons, elle désigna la barque sur laquelle on s'affairait autour de Luigi.

— J'ai tout perdu et ne peux vous céder que cette embarcation. Sera-ce suffisant ?

— Je m'en contenterai. Un passeur vous déposera sur la rive opposée, de là vous pourrez sans peine rejoindre le palais des Doges à pied. Puis-je autre chose pour vous ?

— Me fournir des vêtements secs, le froid me transperce.

Il soupira.

— Hélas, nous n'avons rien ici qui puisse vous convenir. Mais vous trouverez refuge et assistance chez les nonnes de Santa Catarina, en face…

Il s'interrompit pour laisser passer le brancard sur lequel gisait Luigi. Lucia s'attarda sur les traits tirés de son aimé.

— Est-ce grave ? s'angoissa-t-elle de nouveau, une fois que les moines se furent éloignés.

— Je ne suis pas médecin, ma fille. Mais Dieu veille. Priez…

Elle le remercia et le laissa prendre congé. C'est en voulant récupérer son épée dans la barque qu'elle se souvint de l'avoir posée près de la presse au moment d'examiner Luigi. Une vague de lassitude lui écrasa les épaules. Dans son inquiétude et son empressement à l'arracher aux flammes, elle l'y avait abandonnée.

*Tant pis*, se fustigea-t-elle en se dirigeant vers le passeur, *aux armes préférer la ruse, dirait papa. Espérons que ce soit assez.*

# 8.

Le sentiment de solitude, qui avait étreint Lucia après son plongeon, la rattrapa de plein fouet sitôt qu'elle fut sur l'autre rive. Elle aurait voulu ne pas se retourner, mais, alors qu'elle avait tenu bon durant la traversée, ce fut plus fort qu'elle, comme si cette goulue qui lui dévorait les entrailles n'était pas encore rassasiée de malheur. La légère oblique du *rio* ne suffit pas à lui en masquer le spectacle. Le feu avait gagné la maison de Pietro. De la sienne rugissait un volcan. Si les flammes se confondaient parfois à celles du levant, la fumée, épaisse, précipitait jusqu'à elle ses relents monstrueux.

Elle ne put en supporter davantage. Réclamer asile au monastère voisin, se changer, avaler un bouillon chaud ? Elle n'y songea plus. Relevant ses jupons, elle s'enfuit de l'avant, comme si le diable lui-même s'était échappé de cet enfer dans le but de la reprendre.

À peine prit-elle conscience de bousculer les badauds qui, trop éloignés pour s'inquiéter du risque quand d'autres ne songeaient qu'à le contenir, se pressaient en direction du quai.

Elle ne cessa sa course que lorsque ses jambes, battues méchamment par l'aumônière, refusèrent de la porter.

Prise d'un vertige, elle s'appuya à la pierre d'un pilastre, reconnut le portail de l'église San Canciano.

Elle en franchit le seuil en titubant et se laissa choir sur le premier banc qui s'offrit à portée.

Un parfum d'encens emplit ses narines, agressées encore par les relents de la lagune et de la fumée. Elle ferma les yeux, tenta de regagner son souffle et son courage dans la sérénité qui se dégageait de l'endroit, désert.

En pure perte.

Un sanglot remonta de sa gorge, vint enfin crever dans ses paumes jointes, briser le silence de la voûte romane ornée de fresques.

Lucia demeura ainsi de longues minutes, secouée de spasmes nerveux, hoquetant, gémissant, s'étouffant sous ses larmes, épuisant cette tension qui lui avait permis d'agir. Puis, peu à peu, la détresse céda place à la colère.

La cause de tout, c'était cette gravure et le code secret qu'elle dissimulait ! Quelqu'un – en plus d'Isabella Rosselli ? – était à la recherche de ce grimoire, comme le fut autrefois son grand-père. Le cœur de Lucia se suspendit dans sa poitrine. Il était fort probable qu'à cette heure les ravisseurs ignorent encore qu'ils avaient saisi un faux.

*Que feront-ils lorsqu'ils le comprendront ?*

L'idée de son père torturé lui glaça le sang.

*L'original est ma seule monnaie d'échange avec eux si je ne le retrouve pas, si je ne l'arrache pas à leurs griffes avant. Mais à qui faire confiance, si j'ignore qui ils sont ?*

Certainement pas à Camillo Valaresso, le chef de la Quarantia Criminale. Il avait été nommé à cette haute fonction un mois plus tôt par le vote du Grand Conseil, mais la rumeur prétendait que c'était surtout grâce à ses accointances avec Giorgio Cornaro, le fils du doge, bellâtre cupide dont les affaires violaient sans scrupules les lois commerciales de la Sérénissime.

Elle n'avait d'autre choix que de suivre la procédure, mais elle se demanda si elle ne se jetterait pas, du coup, dans la gueule de loups plus affamés encore que ceux qui avaient forcé leur porte au matin.

*Pas question d'évoquer la visite de la courtisane, puisqu'elle a exigé la plus grande discrétion. Si Giorgio Cornaro n'est au courant de rien, attirer son attention risque davantage de nuire à papa que de l'aider. Je n'aurai qu'à raconter ce que j'ai vu, jouer les naïves. Vite me débarrasser de ces formalités pour mener ma propre enquête. Le tout est de savoir par où commencer...*

Alertée par un bruit derrière elle, elle releva la tête. Une vieille femme était entrée. Courbée, un fichu, aussi noir que ses vêtements, noué sous le menton, elle se dirigeait d'un pas lourd vers l'une des absidioles.

Lucia la regarda glisser une pièce dans la fente d'une urne, saisir un cierge d'une main tremblotante, l'allumer à un autre puis joindre ses mains en prière devant une imposante statue de la *Madonna*.

Cette image, apaisante, la renvoya aux offices de Santa Fosca, à cette ferveur qu'elle partageait alors avec son père. Bien que privée de mère, sa vie n'avait été qu'une succession de petits bonheurs dont il avait été la clef. Elle n'avait manqué de rien, et surtout pas de tendresse. Personne ne s'était jamais plaint de Giuseppe de Seva, ni en ni hors les murs du *campo.* Son travail était toujours irréprochable, son humeur inaltérable. On louait son amitié, sa gouaille généreuse et altruiste. Et ce n'était que la veille au soir qu'elle l'avait découvert capable d'enfreindre une règle.

*Qui pouvait savoir pour grand-père et la gravure ? Certainement pas la Rosselli, sans quoi elle aurait fait saisir papa au lieu de la lui confier. Si dangereuse soit-elle, je dois la rencontrer. Elle saura forcément qui a voulu la doubler. Mais auparavant, cacher cette gravure.*

Lucia attendit que la vieille femme ait retraversé la travée de son pas claudicant pour gagner à son tour l'absidiole.

Elle fureta entre le mur en alcôve et la statue, faiblement éclairée par la lumière des cierges. N'y trouva qu'un nid de pigeon, visiblement abandonné. Preuve qu'on ne se souciait guère de cet endroit. Elle le déplaça, glissa son aumônière dessous, puis le refaçonna pour qu'il recouvre le cuir. Un dernier regard au sol, sur les pieds nus de la Sainte Mère. Elle n'y trouva rien. Aucune brindille qui puisse trahir son secret.

Prier, lui avait conseillé le moine.

Elle alluma trois cierges, un pour son père, l'autre pour Luigi, le dernier pour remercier la *Madonna* de sa vigilance. Puis, ayant juste gardé de quoi louer une chambre et se vêtir de sec, elle sortit, à défaut d'être en paix, plus légère qu'elle n'était entrée.

# 9.

La pièce était étroite, à peine un couloir, flanquée de deux portes en vis-à-vis ainsi que d'une fenêtre qui, s'ouvrant sur la cour intérieure du palais des Doges, répandait une lumière blafarde. L'embrasement de l'aurore n'avait pas tenu ses promesses. Le brouillard s'était rapidement levé de la lagune.

Assise sur un banc, adossée au lambris, Lucia avait cessé de compter les heures. Elle s'était résignée à ce que le chef de la Quarantia Criminale ne l'entende que quand il le jugerait bon.

Tout en se frayant un passage entre les bâtisses encore mangées par l'obscurité jusqu'à la *piazzetta* San Marco, elle avait révisé ses priorités.

Non pas au sujet d'Isabella Rosselli, elle ne voyait qu'elle pour la mener rapidement aux ravisseurs de son père, mais sur sa mise. En quittant l'église, soigneusement repérée au milieu de tant d'autres qui s'élevaient dans Venise, elle s'était désolée de voir les devantures des boutiques toujours éteintes. L'idée d'entrer dans une auberge, d'y louer une chambre, de s'y changer lui avait semblé l'unique moyen de reprendre assez de forces pour affronter ses ennemis, quels qu'ils fussent. À commencer par ce Camillo Valaresso dont elle doutait de l'intégrité, tant il était notoire que la famille Cornaro, depuis l'avènement du père, Giovanni, au dogat, croulait sous la corruption et le profit. Au point que l'un des chefs du conseil des Dix, un certain Renier Zen, ne cessait d'alerter le Sénat sur le devenir de la République.

Attendre, au chaud, que les boutiquiers ouvrent ? Lucia n'y avait vu que du temps perdu. Un temps que les agresseurs de son père risquaient de mettre à profit pour le brutaliser, l'éloigner de Venise, ou pis encore…

Elle s'était dit que son aspect misérable appellerait davantage le chef de la Quarantia à l'action. Elle s'était donc fait violence pour conserver sur elle cette robe que lui avait pourtant offerte son père, mais qui, toujours empesée d'eau, lui était devenue carcan. Et avancer, à s'en user la plante des pieds sur les pavés.

Elle était ainsi parvenue, épuisée, devant la porte della Carta, prise entre la basilique et l'imposante colonne trapue qui semblait supporter tout le poids de la façade de marbre blanc et rose du palais. Plus encore que lorsqu'elle venait sur la *piazzetta* avec son père, elle s'était sentie écrasée par la magnificence de cette voûte, dont la statue du doge Foscari, debout devant le Lion de San Marco, ornait le fronton. L'or qui s'enroulait aux colonnettes, aux trèfles, aux statues, le jugement de Salomon sur le bas-relief, à l'angle de l'édifice, tout lui avait soudain semblé faire injure à son dépouillement.

Elle avait hélé un jeune porteur d'eau aux épaules écrasées sous le poids du joug et des seaux. Il lui avait offert un sourire marchand en échange d'une piécette, avait attendu qu'elle vide sa louche en sifflotant, puis l'avait rendue à sa solitude.

Autour d'elle, la brume effaçait les limites de la cité, donnant la sensation que le campanile émergeait d'un cocon, que les nombreux vaisseaux piqués dans la rade flottaient sur des nuages.

Hier encore, Lucia en aurait goûté le spectacle fantomatique, le ballet des pigeons s'élevant, cendrés devant ses pas lourds, cette odeur moussue, salée, qui, étouffée, remontait de la lagune, se mêlait aux fumets, rabattus, des cheminées, du pain chaud.

Mais elle était épuisée.

Elle avait franchi le passage d'un pas lourd, traversé la cour, monté l'escalier dit des Géants, puis le suivant aux fresques sublimes, dont les élégantes marches de marbre n'avaient réussi qu'à lui cisailler davantage les jambes.

Un soldat lui avait demandé son nom, le motif de sa venue, l'avait escortée devant un greffier qui avait consigné son histoire, puis lui avait offert une couverture, pour lui permettre de patienter.

Elle la resserra autour d'elle, frotta ses pieds nus l'un contre l'autre pour les réchauffer. Ses habits avaient à peine cessé de dégouliner. Et ce n'était pas entre ces murs froids qu'elle pouvait espérer les voir sécher.

*Si je ne gagne pas une congestion, il me faudra m'estimer heureuse !* soupira-t-elle.

Bien qu'elle tentât de les endiguer, elle était secouée de spasmes intermittents, de bouffées de fièvre, d'angoisse, d'impatience, entre lesquels s'invitaient de longs moments d'apathie, où plus rien ne semblait l'atteindre, comme si elle était parvenue au bout de sa résistance.

Visiblement, son sort n'importait guère. Chaque minute qui passait lui donnait le sentiment que son père s'éloignait.

*À croire que c'est ce qu'espère Valaresso !* s'enragea-t-elle dans un sursaut.

La porte opposée à celle par laquelle elle était entrée s'ouvrit à cet instant sur le chef de la Quarantia Criminale. Elle sut que c'était lui à cette malformation d'une oreille qui faisait dire à la plèbe qu'il n'entendait que ce qui lui plaisait. Le regard condescendant qu'il lui adressa la remit immédiatement sur ses gardes.

Retrouvant d'un coup sa dignité et son courage, elle se leva et marcha jusqu'à lui en le fixant droit dans les yeux.

# 10.

L'antre du chef de la Quarantia Criminale était lambrissé jusqu'au plafond depuis lequel des anges repoussaient diables et créatures lascives. Écrasant. Deux fenêtres hautes, garnies de verres colorés, laissaient filtrer peu de lumière. Elles encadraient un bureau, qu'on avait installé sur une estrade pour accorder plus de hauteur au maître incontesté de céans, tandis que, au sol, un damier blanc et noir donnait l'illusion aux visiteurs de perdre pied. Lucia nota qu'aucun siège n'avait été prévu pour ces derniers. Sans doute estimait-on qu'ils étaient restés assis trop longtemps. Ou que l'audience serait trop brève pour qu'ils en aient besoin.

Devant tant de condescendance affichée, elle s'étonna que l'homme, retourné au confort de son fauteuil de cuir, se soit fendu du déplacement jusqu'à elle.

*Sauf si Giorgio Cornaro trempe dans l'affaire. Courage, Lucia. Ruse. Tu es là pour ça.*

De ses paumes étonnamment larges, Valaresso venait de recouvrir un feuillet posé sur un sous-main de cuir.

— Lucia, Maria, Francesca, née le 16 juillet 1607, à Venise, de Giuseppe de Seva et Angelina Dissieto, décédée. C'est bien cela ?

Elle hocha la tête, amère. Quatre heures au moins qu'on avait enlevé son père. Faudrait-il qu'elle perde encore du temps à entendre cet homme réciter sa leçon ?

— Bien, décida Valaresso en croisant les doigts. Je vous écoute.

*Enfin ! Mais si tu comptes que je te livre autre chose que les faits...*

Durant les quinze minutes qui suivirent, ce ne fut qu'une série ininterrompue de questions-réponses où elle dut, de moult manières différentes, rapporter les circonstances de l'incendie.

Valaresso revenait sans cesse sur un détail. Des originaux avaient brûlé, pour certains, irremplaçables. Le préjudice était inestimable.

À croire que cela seul lui importait.

Épuisée par ce discours stérile, par le fait de rester debout, immobile, oppressée par la gangue boueuse de ses vêtements qui commençaient à sécher, ulcérée, la gorge asséchée, Lucia finit par planter ses poings sur ses hanches.

— Quand allez-vous vous préoccuper de mon père ?

Une fibrillation à la paupière. Le chef de la Quarantia Criminale afficha un sourire narquois.

— Savez-vous ce que je crois, Lucia de Seva ? Je crois que vous avez inventé toute cette histoire pour couvrir sa fuite.

Durant une fraction de seconde, abasourdie, Lucia resta sans voix. Valaresso en profita pour se lever et la toiser, cynique.

— Bien entendu, je ne pense pas qu'il ait volontairement mis le feu à son atelier. C'était sans doute un accident. Mais qui a coûté leurs biens à quatre familles respectables. Familles qui ont tout perdu.

Une colère froide inonda les veines de Lucia. Elle, une menteuse ? Son père, responsable ? C'était le monde à l'envers !

— Demandez à Luigi, si je mens ! rugit-elle.

Valaresso prit un air navré qui détonnait avec le mordant de son regard.

— Je crains que ce ne soit impossible. Il a succombé à sa blessure.

Fauchée dans son élan justicier, Lucia sentit le sol se dérober sous ses pieds. Un sanglot remonta dans sa gorge. Elle vacilla, assez pour que Valaresso se précipite et la soutienne au coude.

*Luigi...*

Refusant l'idée de sa mort, elle bredouilla :

— Vous devez faire erreur.

Il battit l'air d'une main agacée.

— Un des moines de San Felice vient de m'en informer. Il est évident que vous avez tenté de sauver cet homme, mais ce fut au mépris de vos voisins et de leurs biens. Lesquels, vous en conviendrez, sont aussi désemparés que furieux de savoir que vous avez fui Santa Fosca au lieu de les aider. Quoi de plus normal donc, qu'ils cherchent un coupable ?

Lucia l'entendit à peine appuyer sa diatribe.

Un voile sombre passa devant ses yeux, avalant les contours de la pièce et l'ombre même de cet homme qui la maintenait debout contre son gré. Certes, elle revoyait la pâleur de Luigi, la détresse de ses yeux… sa propre inquiétude, mais elle refusait d'admettre que son avenir aussi soit perdu. N'était-ce point assez qu'on lui ait arraché sa maison, son père ? Fallait-il que son aimé disparaisse lui aussi ?

Et soudain, ses derniers mots lui revinrent : « J'aurais tant voulu que ce soit autrement. »

Avait-il senti, compris, que tout était fini pour lui, pour eux ?

Il lui sembla qu'un poing d'acier lui percutait le ventre. Quelques secondes durant, elle resta vide, hébétée, puis une lame de fond, fruit de sa désespérance et de son instinct de survie, remonta sur sa langue, se mêlant au sel de ses larmes.

Alors qu'elle avait sciemment choisi de feinter, de n'attendre rien de cet homme, elle chercha son regard anthracite, au-dessus d'elle.

— Ce sont les agresseurs de mon père les vrais coupables. Retrouvez-les, monsieur. Retrouvez-le. Je n'ai plus que lui désormais.

Les traits de Valaresso se durcirent.

— Le plus urgent est de calmer vos voisins, affirma-t-il, d'un ton glacial.

*Le plus urgent est de survivre à tout ça,* cretino *!* s'emporta-t-elle de nouveau désespérément.

— Possédez-vous du bien ?

Lucia songea à son pécule. Elle avait eu raison de le dissimuler avec la gravure. Hors de question qu'on le lui prenne, qu'on l'empêche, en plus du reste, de donner une sépulture décente à Luigi.

Elle secoua la tête.

Valaresso soupira.

— En ce cas, je ne vois pour vous que deux options jusqu'à ce que votre père se rende à la justice, ou que nous le retrouvions pour le lui présenter.

Dans un dernier sursaut de courage et d'orgueil, elle s'arracha à son soutien.

— Il a été enlevé, vous dis-je ! Par trois hommes masqués, armés de pistolets.

Le sourcil de Valaresso se souleva. L'espace d'une seconde, Lucia eut le sentiment qu'il allait enfin la croire. Il se contenta de sortir un mouchoir de la poche de sa veste.

— Deux options, disais-je : la prison ou le couvent. Que choisissez-vous ? ajouta-t-il en essuyant l'empreinte crasseuse laissée par la manche de Lucia sur ses mains.

Elle n'en eut pas le temps. Parvenue au bout de sa résistance physique et nerveuse, elle s'effondra.

# 11.

Lucia n'en finissait plus d'arpenter de long en large sa geôle mangée de moisissure, dans laquelle elle avait repris connaissance. Sept pieds, avait-elle compté. Quant à la lucarne, les encadrements en étaient si épais que le jour filtrait à peine. Le plafond bas, la porte étroite et cintrée, bouclée, ne faisaient qu'accroître son sentiment d'oppression et d'injustice.

Elle ne savait plus si c'était le contrecoup du froid, de la peur, de la colère, de l'amertume, la faim, la soif ou simplement la conséquence de son désespoir qui lui dévastait le ventre depuis son réveil.

Lasse de tambouriner au battant, de guetter un mouvement, un bruit, lasse de cette ronde sans fin sous ses pieds nus et gelés, elle se laissa choir sur la planche surélevée qui servait de couche.

*Patience*, semblait ricaner son cachot.

Elle le défia d'un œil noir.

— Tu ne m'auras pas. Ni toi ni personne. Si tu crois que tu vas pouvoir longtemps me retenir ! grinça-t-elle.

Elle était au comble de la fureur.

— Ah, on veut me briser ! Ah, on veut m'enlever tout moyen de retrouver mon père par moi-même, d'enterrer Luigi ! Ah, on croit que je vais me laisser faire ! Eh bien, non, non et non ! Jamais ! Jamais, tu m'entends !

Elle haussa le ton, espérant forcer l'épaisseur du battant.

— Qui que tu sois derrière ton masque, prépare-toi ! Je vais te l'arracher ! En faire des confettis pour le prochain carnaval ! Je n'ai plus rien à perdre maintenant !

Elle croisa les bras sous sa nuque, les lèvres pincées, le sang échauffé par l'arbitraire de Valaresso, trompant la détestable sensation d'humidité que dégageait toujours sa robe. Robe qu'on n'avait pas daigné lui échanger contre une sèche ! Même la couverture, que l'agent avait eu la délicatesse de lui concéder, lui avait été retirée. Valaresso eût voulu la voir succomber à une congestion qu'il ne s'y serait mieux pris.

Elle ne supportait pas d'être enfermée là, comme une criminelle, alors que l'urgence voulait qu'elle se précipite chez la courtisane ! Alors que les ravisseurs risquaient de découvrir que son père ne leur servait à rien sans le code !

Si encore elle trouvait moyen de s'évader, faire savoir qu'elle avait survécu, que l'original n'avait pas brûlé. Gagner du temps ! Celui qui lui manquait pour déjouer ces démons ! Mais non. Rien à faire !

Son regard sonda la vitre qu'elle avait tenté de nettoyer d'un revers de manche. Barreaux derrière. Un pêne si rouillé qu'il s'était avéré impossible à déplacer. Et quand bien même, seule la mer battait la muraille au-dessous, jusqu'à mordre, loin à l'horizon, la frange de terre du continent. Ce qui indiquait qu'elle ne se trouvait pas dans un des *pozzi*[1] du palais des Doges ni même dans la nouvelle prison de la Sérénissime. Une preuve supplémentaire de l'irrégularité de son incarcération.

Où la cachait-on ? Dans le soubassement de quel palais ? Impossible de le déterminer. Et par conséquent, d'envisager une stratégie pour en sortir.

*Je trouverai ! Je trouverai et je le leur ferai payer !*

Et non, non, non, elle ne leur donnerait pas la gravure ! S'ils étaient capables de tant de cruauté pour satisfaire leur cupidité, qu'en serait-il une fois qu'ils entreraient en possession de ce grimoire dont son père lui avait assuré la puissance ? Ils les balaieraient tous deux. Et combien d'autres, dressés sur leur chemin ?

Sitôt arrachée de là, sitôt son père délivré et lavé des accusations mensongères de Valaresso, elle irait se plaindre des manières de ce dernier à la seule personne qui, à Venise, l'entendrait. Ce Renier Zen qui accusait ouvertement le doge, ses enfants et leurs sbires de violer outrageusement les lois de la République !

*Je dois me guérir du chagrin, regagner sang-froid, lucidité. Je dois réfléchir, me reprendre. Survivre et, par la ruse, quitter cet endroit.*

Elle s'y appliqua.

Mais les heures s'écoulèrent, mornes et silencieuses, l'épuisant de ne se heurter qu'à elle-même et aux images écrasantes des derniers événements.

1. Les puits. Neuf cellules situées les unes au-dessus des autres sur deux niveaux, presque à ras d'eau pour les plus basses. On y accède par le palais ducal.

L'ombre descendit dans la pièce, que nul ne s'était encore présenté.

L'angoisse la submergea. On allait la laisser s'éteindre lentement, sûrement, privant son père de tout secours, de tout espoir quand, au-delà de tout ce qu'il devait endurer, elle se doutait qu'il pensait à elle avec autant d'inquiétude qu'elle pensait à lui.

Cette évidence lui creva le cœur. Grelottante dans la froideur grandissante de la geôle, elle se recroquevilla vers le mur, noua ses bras à ses genoux et s'abandonna de nouveau à ces sanglots qu'elle avait, dans la fureur, espéré dompter.

# 12.

Elle ne se souvint pas de s'être endormie. Elle sursauta d'autant plus violemment sous la pression à son épaule. La cellule était traversée par un rai de lumière et un homme était assis à son chevet.

— Pardonnez-moi, je ne voulais pas vous effrayer.

Les traits étaient aussi avenants que la voix, l'œil empreint d'empathie, nota Lucia, encore embrumée.

L'homme s'écarta pour lui laisser davantage d'espace.

— Je me nomme Giorgio Cornaro, se présenta-t-il, ramenant aussitôt en elle un détestable frisson.

Lucia s'assit, le dos solidement calé contre le mur, pour mieux soutenir le regard du fils du doge.

*La rumeur n'a pas menti. C'est un bel homme*, constata-t-elle devant ces grands yeux bleus, cette bouche gourmande, ces traits réguliers, cette taille haute et musculeuse marquée par un long pourpoint d'azur ceinturé, ces jambes fuselées, au côté desquelles pendaient une rapière et une dague, toutes deux à la garde savamment ouvragée.

*Une élégance naturelle, racée. Pas étonnant que toutes les femmes en soient folles.*

Elle ne s'y laissa pas prendre. Valaresso l'avait livrée à l'homme qui avait peut-être commandité le tirage de la gravure. Détenait-il son père ? Ce dernier était-il là, tout près, dans une geôle voisine ? Son cœur s'emballa dans sa poitrine. Si c'était le cas, elle allait devoir jouer serré pour les arracher de là, elle et lui, car, de toute évidence, ce que son visiteur espérait, c'était l'original.

Retrouvant soudain toute son acuité, elle releva le menton d'un air de défi.

— Suis-je votre prisonnière ?

Il tiqua.

— Non. Quelle idée !

*Il ment. Pourquoi ?*

Giorgio Cornaro retira un mouchoir d'une poche de son pourpoint, puis s'en tamponna les narines. L'espace de quelques secondes la pestilence du lieu s'effaça dans un parfum de violette.

— Il semble que nous ayons des intérêts communs, vous et moi. Je suis donc venu vous proposer mon aide pour retrouver votre père. Et voici que je découvre qu'on vous a laissée croupir de la plus méchante manière. Indigne en tous les cas de la réputation de ce couvent !

Lucia fronça les sourcils.

Un couvent ? Comment avait-on pu l'abandonner au froid, à la faim, à la soif dans un couvent ? Ce traitement contrevenait à tous les principes religieux. Et lavait le patricien de tout soupçon. Pour autant, mieux valait rester sur ses gardes. Giorgio Cornaro ne passait pas pour un homme d'« honneur ».

— Je ne comprends pas…

Giorgio Cornaro lui tendit une main gantée au poignet garni de dentelle.

— J'avoue, ma chère, que je partage votre sentiment. Permettez que nous éclairions ces zones d'ombre ensemble, mais pas avant que vous ne vous soyez sustentée copieusement. Et ailleurs qu'en ce trou infâme.

Lucia se tendit comme un arc.

*Sortir.*

Ami ou ennemi, Cornaro, pour l'heure, possédait ce pouvoir-là. Elle lui rendit son sourire, s'accrocha d'autant mieux à son bras qu'elle sentit ses jambes se dérober sous elle.

— Depuis combien de temps n'avez-vous rien avalé ?

— Depuis que mon père a été enlevé.

— Quarante-huit heures, donc.

*Quarante-huit heures !*

C'était plus qu'elle n'avait imaginé.

Giorgio Cornaro saisit sa main pour lui éviter de chuter. Lucia lui en sut gré lorsqu'elle avisa, la porte franchie, les deux premières marches, baignées de pénombre, d'un étroit escalier.

Au sommet, la lumière qui soulignait les lignes rectangulaires d'un cloître lui explosa au visage. Elle dut plisser les yeux. Tout aussitôt l'éclat du soleil pénétra ses vêtements, adoucissant leur raideur, apaisant les grattements que la boue du *rio* lui avait causés.

Des nonnes trottinaient le long des dalles pour rejoindre l'abbatiale, en face. Toutes inclinèrent la tête devant Cornaro, certaines en étouffant un pouffement ou un regard de biais, d'autres après lui avoir adressé un franc sourire. Aucune, pourtant, ne sembla s'étonner de sa présence en ces lieux, de sa piteuse mine ni même de l'endroit d'où Cornaro la sortait.

*Complices ! Elles sont toutes complices. Mais de qui ? De lui ? du chef de la Quarantia ? de l'abbesse ?* Santa Madonna ! *Quel Dieu prie-t-on ici ?*

— Vous êtes au couvent Santa Maria degli Angeli sur l'île de Muran, expliqua Cornaro, devançant sa question.

Lucia ne se souvenait pas du voyage en barque qui, depuis Venise, avait nécessairement dû l'y conduire.

— Pourquoi ici ? demanda-t-elle, agacée par ces petits pas menus et chassés, ces mains jointes, ce simulacre de piété démenti par les fards sur les joues.

*N'ont-elles rien d'autre à faire qu'à s'intéresser à lui et se désintéresser de moi ?* observa-t-elle, excédée.

— Possédez-vous encore quelque bien ?

— Non, grinça Lucia, préférant la prudence.

— Alors vous avez votre réponse, ma chère.

Elle se renfrogna. Des filles perdues. Voici donc où elle se trouvait : dans un de ces couvents où l'on recueillait des orphelines, des veuves et où des hommes comme Cornaro venaient s'en satisfaire en échange d'une participation à leur entretien. Si la rumeur affirmait leur existence, le prêtre de Santa Fosca l'avait toujours niée.

*Je me serais bien passée de cette leçon particulière !* se désola-t-elle un instant avant de se reprendre.

Elle n'avait rien de semblable avec ces nonnes délurées. Elle allait retrouver son père vivant et quitter cet endroit.

*Des intérêts communs*, avait souligné Cornaro. Elle était assez érudite et fine pour obtenir que les siens soient respectés.

D'autant que l'air sain, la chaleur, le pas mesuré du patricien lui faisaient du bien. Elle redressa la tête, remonta la façade où se trouvait le cachot, nota l'escalier droit qui, au bout, desservait l'étage, obliqua dans le carré du cloître, et atteignit les cuisines avec plus de force dans les jambes qu'elle ne l'avait escompté.

Il ne fallut que quelques minutes avant qu'elle soit installée devant de belles tranches de jambon, du vin, une potée de légumes et une corbeille de fruits. Bien loin, soupçonna Lucia, de ce que devait être l'ordinaire du couvent.

Qu'importe ! Plus rien à cet instant ne compta que de remplir ce vide immense en elle, ce trou béant que la désolation avait creusé. Cornaro s'assit en face d'elle, à l'autre bout de la longue table.

Il patienta en silence, sirotant son verre de vin épicé, jusqu'à ce qu'elle ait enfin reposé sa cuillère.

— Comment vous sentez-vous ?

— Mieux, merci.

Il sourit, dévoilant une fossette à la joue gauche qu'elle n'avait pas remarquée tantôt.

— Je présume qu'un bain et des vêtements propres contribueraient à faire de ce mieux un bien.

Elle lui retourna son sourire.

— Je suis prête à essayer.

Il pivota vers la sœur cuisinière qui attendait en retrait, les bras dans le dos telle une servante.

— Il se trouvera bien l'une d'entre vous pour répondre à cette exigence…

Au-dessus des lois de la République, Giorgio Cornaro était-il aussi au-dessus des instances religieuses ?

Tandis que la moniale disparaissait derrière une porte, Lucia fut piquée de curiosité :

— On vous supporte en ces lieux, on vous obéit, on vous craint… Puisque vous n'êtes pas Dieu, seriez-vous le diable, don Cornaro ?

Il éclata de rire, d'un rire qui emplit la voûte de la cuisine, à en faire résonner les casseroles pendues aux murs. Lucia se sentit soulagée. Une fraction de seconde, elle avait craint d'avoir, selon sa fâcheuse habitude, osé tout haut ce que d'autres pensent tout bas.

Son éclat retombé, Cornaro reposa sur elle un œil réjoui.

— Vous me plaisez, Lucia.

— Ce n'est pas ce que je souhaite.

Il souleva un sourcil.

— N'aimez-vous pas les hommes ?

Le souvenir de Luigi lui darda le cœur.

— Je n'en ai aimé qu'un et je l'ai perdu en même temps que mon père. C'est à lui que je me réservais.

Cornaro se resservit une rasade de vin.

— Vierge, donc… eh bien, vous voici parfaite pour la vie monastique.

*Il te teste. Continue de jouer les mijaurées.*

— Ce n'est pas ce à quoi j'aspire, monsieur.

— Et à quoi aspirez-vous, Lucia ?

— À retrouver mon père. N'est-ce pas cette aide-là que vous venez de m'offrir ?

De nouveau il éclata de rire. Mais cette fois, le regard agacé de Lucia éteignit le sien. Sans avoir seulement touché son verre, il se leva.

— Venez, dit-il. Nous avons quelques détails à régler avec l'abbesse tandis que l'on prépare vos ablutions.

— Vous n'avez pas répondu à ma question, insista Lucia en se redressant à son tour.

— Vous voulez la vérité ? Je la cherche aussi. Pour d'autres raisons. Une personne qui m'est chère a disparu la nuit de l'incendie. Elle devait se rendre chez vous, pour mon compte.

Le sang de Lucia se mit à pulser à ses tempes.

— Isabella Rosselli, laissa-t-elle échapper.

Les traits de Cornaro se durcirent.

— Veillez à ne plus prononcer son nom ici.

# 13.

À l'instant même où son œil se posa sur la mère supérieure, Lucia sut. Même nez droit, même regard aux cils longs, épais, même forme des sourcils et des pommettes, hautes. Même beauté froide, aussi captivante que dangereuse. Cette femme, dont l'habit soulignait encore le charisme, était une Cornaro. Une sœur, une cousine de Giorgio ? Comme lui, elle ne semblait pas avoir plus d'une quarantaine d'années, mais le voile qui dissimulait sa chevelure tirait suffisamment ses traits en arrière pour en étouffer les rides.

*Pas étonnant qu'il ait ses entrées ! Bah, quelle importance, du moment que cela me permet de sortir ?* conclut-elle avant de poser un genou à terre, informée, le temps du parcours, de l'attitude à observer et de la confiance qu'elle devait conserver, « quoi qu'il dise ou fasse ». Même, avait ajouté le patricien, si son échange avec la mère supérieure prenait une forme peu protocolaire à cause d'un contentieux qui, justement, touchait à la courtisane.

— Relevez-vous, lui assena l'abbesse.

Le ton était sec, presque cassant, trahissant son agacement à la voir arrachée de sa geôle.

*Elle devait avoir un intérêt personnel à ma capture. Mais lequel ?* s'alarma-t-elle tandis que Giorgio Cornaro, confirmant ses doutes, posait, méprisant, une bourse rebondie sur le bois du bureau.

*Le même que celui sous lequel je traînais, petite*, remarqua Lucia, ramenée furtivement aux heures joyeuses où elle manœuvrait le fin mécanisme dissimulé sous le plateau pour ouvrir une cavité secrète et y dissimuler ses trésors. Elle revit le meuble flottant, ruiné, comme le reste de l'atelier dix ans auparavant, par une Acqua Alta[1] exceptionnelle.

*Au moins nous avait-elle laissé les murs*, soupira-t-elle tristement en reportant son attention sur l'abbesse, devenue livide.

— Je veux qu'elle soit prête dans quatre jours, ordonna Cornaro. Et ne vous méprenez pas, Serafina, je vérifierai moi-même le fruit de son éducation. S'il s'avérait qu'un autre s'inquiète d'elle, quel qu'il soit, je veux en être informé sur-le-champ. Jusque-là, nul ne doit savoir qu'elle existe. Pour autant, si j'apprenais qu'on la traite en dessous de la condition que je lui accorde désormais, c'est vous que je tiendrais personnellement pour responsable. Suis-je assez clair ?

Lucia sursauta. Prête à quoi ? Était-ce ce qu'il entendait par l'aider ? La laisser enfermée ici ?

Indifférent à son trouble, Giorgio Cornaro se tourna vers elle.

— Désormais tu es Lucia del Angelo, tu n'as jamais eu d'autre nom, d'autre identité, d'autre vie que celle

---

1. Les « eaux hautes », inondation de Venise.

d'une orpheline élevée dans ce couvent. Dès le premier jour du carnaval, tu entreras en scène.

Bien qu'elle ait été avertie de ne s'offusquer de rien, Lucia eut l'impression qu'à nouveau un poing géant lui percutait le ventre. Rachetée. Elle venait d'être rachetée à l'abbesse.

Elle parvint pourtant à articuler :

— Qu'est-ce à dire ?

Cornaro haussa les épaules.

— Tu entres à mon service. Tu vas être formée au métier d'espionne et de courtisane. Tu veux retrouver la trace de ton père ? Donnant donnant. Je t'aide ? Tu m'obéis. Tu m'obéis ? Tu sors d'ici la nuit et tu traques ses ravisseurs, avec mes moyens financiers, logistiques, politiques. Tu auras tes entrées dans tous les palais. On va t'inviter, te désirer, se confier à toi. Libre à toi de céder ou non aux avances, tant que tu exploites pour mon compte cet attrait et ces avantages que le masque va t'offrir. Ton pouvoir de séduction est ton seul espoir. Tu vas apprendre à l'utiliser… Une objection ?

— Aucune, lui accorda Lucia, qui devinait, amère, que se révolter n'y changerait guère.

Au mieux on la ramènerait au cachot. Et sans même un bain ni des vêtements propres. Au pis…

« Libre à toi de céder ou non aux avances. »

*Au moins, on ne me forcera pas…* se réconforta-t-elle péniblement. *Et puis, Isabella disparue, quelle chance aurais-je de retrouver, seule, papa ? Si ce ou ces chasseurs de grimoire comptent parmi les puissants, et comment en douter, ce scélérat a raison.*

*Je n'aurai de meilleur moyen que cette « couverture » pour arriver à les confondre.*

— Une dernière chose, reprit Cornaro, l'œil froid, ne t'avise jamais de contester l'autorité de l'abbesse, fût-ce en privé. Baisse les yeux devant elle, prosterne-toi pour lui parler. Quiconque lui manquerait de respect ne vaudrait pas plus cher pour moi que la lame qui lui arracherait le cœur.

Lucia sentit le sien s'arrêter.

Elle baissa le regard tandis que celui de Serafina Cornaro regagnait en intensité.

— Compris, monsieur.

— Bien !

En une fraction de seconde, le sourire chaleureux qu'il dessina sur ses lèvres fit ressurgir l'être charmant, délicat et attentionné qui l'avait extraite de sa geôle.

— Cette mise au point étant achevée, allons vous rendre à votre dignité, ma chère. Désormais, vous êtes sous ma protection. Plus rien de désagréable ne pourra vous arriver.

*Rien, non, sinon abandonner l'orgueil qui me restait*, comprit Lucia, le cœur serré.

## 14.

— Tu ressembles à une salamandre, remarqua sœur Catarina qui l'avait aidée à se déshabiller devant la bassine fumante.

Le regard de Lucia tomba sur le parquet de la pièce étroite qui servait d'étuve.

Le jaune d'or de sa robe n'avait pas seulement souffert des eaux de la lagune, il était noirci, brûlé çà et là par les scories de l'incendie qui s'y étaient collées.

Une salamandre. Arrachée aux flammes. Survivante. *Différente*, admit-elle à regret.

Sa légèreté et son insouciance s'étaient envolées avec son père, l'âme de Luigi, la colère, la peur. Serait-ce suffisant pour faire d'elle une courtisane ? pour qu'elle renie tout ce dont son père avait été si fier ? Serait-elle capable de faire le deuil d'elle-même pour renaître et leur rendre justice ?

L'image d'Isabella Rosselli quittant Santa Fosca lui caressa la mémoire. Elle l'avait elle-même amèrement constaté : physiquement, elle ne lui arrivait pas à la cheville. Alors avec ces hardes, sa coiffe perdue, sa tresse distendue et échevelée, ses pieds et ses mains sales ! Quant à son visage, le miroir dressé à quelques pas d'elle le lui montrait noiraud, strié de larmes séchées. Comment déceler en elle le moindre potentiel de séduction ?

*Et pourtant, Giorgio l'a loué devant l'abbesse.*

Elle fronça les sourcils.

*Il a menti. Dans quel but ?*

Elle ferma les yeux, s'alanguit contre le dossier de la bassine en métal.

— Veux-tu que je te laisse, ou que je lave tes cheveux ? lui demanda Catarina qui s'était déjà emparée de leur masse informe. Ils empestent la fumée et la vase.

— Fais ce que tu peux pour me rendre à moi-même, dit-elle en souriant sans relever les paupières.

Elle avait besoin de réfléchir, de se rassurer. Il lui fallait en apprendre davantage sur les us et coutumes du couvent pour ne pas se laisser piéger.

— Tu es là depuis longtemps ? demanda-t-elle alors que les doigts agiles traversaient les mèches rebelles pour les dénouer.

— Je ne me souviens pas d'un autre endroit. Il semble qu'on m'ait trouvée, nourrisson, devant la porte.

— Tu as donc connu plusieurs abbesses…

— Une seule avant notre très révérée mère. Bianca Dandolo. Mais elle était muette et vivait cloîtrée dans sa cellule. On ne l'apercevait qu'au moment des offices. Elle s'est éteinte il y a quatre ans, d'une apoplexie. Serafina Cornaro a été nommée à sa place.

— N'est-elle pas un peu jeune ?

Catarina se pencha à son oreille.

— Mieux vaut ne pas le remarquer. Même si pour l'heure tu bénéficies de ses faveurs…

— Plutôt de celles de son frère, et je m'en dispenserais bien si j'avais le choix, chuchota Lucia en ouvrant les yeux pour retenir ceux de Catarina.

Elle n'y lut que de la peur mâtinée de résignation. Confirmée dans un souffle :

— Crois-moi, nous aimerions toutes être dans ton cas.

Ainsi donc elle avait vu juste. Tout était feint. Les sourires, les battements de cils de ces religieuses croisées dans le cloître.

*Des manières de bonnes élèves pour impressionner Giorgio Cornaro, lui donner l'envie de les tirer de là.*

*Est-ce ce qu'il a fait avec Isabella ?*

Il lui avait confirmé qu'elle s'était rendue à l'imprimerie sur son ordre.

*Aurait-elle pu saisir l'occasion de doubler son mentor ?*

Elle possédait tout. Tout ce qu'une femme comme elle pouvait désirer. La considération, le pouvoir, la richesse, la beauté.

*Que t'est-il arrivé, Isabella Rosselli ? Cherche-t-on à te sauver d'un péril ou à te retrouver pour se venger ? Tant de questions et si peu de réponses*, se désola-t-elle en sentant l'agacement poindre de nouveau.

*Si tu crois que je vais attendre quatre jours pour les obtenir, Cornaro, tu te trompes !*

Elle patienta jusqu'à ce que Catarina ait achevé de laver, rincer et peigner ses cheveux, puis demanda effrontément :

— Parle-moi d'Isabella Rosselli.

Le sursaut de Catarina fut si marqué que Lucia consentit enfin à ouvrir les paupières.

Une peur panique avait envahi le joli visage.

— S'il te plaît, la supplia Lucia.

Catarina se précipita aussitôt vers la porte.

*Et voilà*, s'amusa Lucia, *il ne me reste plus qu'à vite finir ma toilette. Mon « protecteur » ne tardera pas.*

## 15.

Il entra dans la pièce alors qu'elle achevait de boutonner son habit de novice.

Elle se tourna vers lui, l'œil hautain, les cheveux impeccablement tressés, et sur le visage la détermination de subir ses foudres sans sourciller.

Comme elle s'y attendait, il se planta devant elle, partagé entre la surprise face à sa nouvelle allure et la contrariété.

— Vous êtes têtue, Lucia.

Elle haussa les épaules.

— C'est ce que mon père dit toujours : « Lucia, tu finiras par t'attirer des ennuis. » C'est fait. Qu'ai-je de plus à perdre, monsieur ? On m'a déjà tout pris. Il me reste mon honneur, mais visiblement vous n'hésiterez pas à le donner en pâture, alors autant que je sache pourquoi.

Saisi, il resta coi puis, ainsi qu'elle l'avait espéré, éclata d'un rire clair.

— Et maintenant, me direz-vous ce qu'Isabella Rosselli venait réellement faire chez mon père, causant leur perte à tous deux ?

Il pencha la tête de côté.

— Vous l'ignorez ?

— Non, je vous défie à plaisir, s'exaspéra-t-elle.

L'œil de Cornaro se troubla, mais elle n'y lut aucune trace de colère.

Redressant plus encore le menton, elle croisa les bras sur sa poitrine.

— J'étais au marché lorsqu'elle s'est présentée à l'atelier, mais à mon retour tout le *campo* parlait de sa beauté. Quant à mon père, il a juste évoqué un tirage qu'il n'avait pu réaliser, la presse ayant été abîmée par une maladresse de notre apprenti. Elle devait récupérer sa commande à l'aube, mais à l'aube trois hommes masqués se sont présentés chez nous. Ils ont capturé mon père et embrasé l'atelier. Voilà tout ce que je sais. Et croyez-moi, je ne demande rien d'autre que de découvrir qui détient mon père et comment le libérer. Si cela implique de retrouver aussi Isabella Rosselli, alors je ferai tout ce que vous me demanderez. Mais il me faudra plus que quelques leçons de maintien pour satisfaire ma curiosité et m'imposer de relever jupon.

Impressionné par son aplomb, Giorgio Cornaro la scruta longuement avant de hocher la tête.

— Que voulez-vous savoir ?

— La même chose que vous. La vérité. Qui est-elle ? Pourquoi la seule évocation de son nom ici effraie-t-elle autant que celle du diable ?

Il lui désigna un siège.

— Ce n'est pas Isabella que l'on craint, mais les foudres de ma sœur, avoua-t-il tandis qu'il prenait place en face d'elle, caressée par un rai de soleil perçant la croisée voisine.

— Pourquoi ? insista-t-elle.

— Isabella est arrivée ici à l'âge de dix ans. Juste après la mort de ses parents. Une enfant perdue, dotée de dons de prémonition dont Serafina a décidé de tirer profit par des manières coercitives. Il y a quatre ans, ma sœur s'est mis en tête de développer un réseau de courtisanes au sein du couvent. Des filles désargentées, des criminelles cherchant une rédemption par le voile, choisies et amenées par son amant, Camillo Valaresso.

*Seigneur, comment peux-tu tolérer semblable égarement dans ton Église ?* songea Lucia, écœurée.

— Inutile de vous dire que ce réseau contrariait le mien. J'ai donc passé un accord avec ma sœur. Je couvrais ses activités en échange d'une part de ses bénéfices et d'Isabella dont, en grandissant, la beauté autant que la détresse m'avaient touché.

— Laissez-moi deviner. Votre sœur a refusé de la céder…

— Quelques jours avant de prononcer ses vœux, Isabella a demandé à se recueillir sur la tombe de ses parents à Venise. Serafina ne se doutait évidemment pas qu'elle en profiterait pour lui fausser compagnie. Depuis, il est interdit de prononcer son nom ici. Du coup, je refuse qu'elle puisse se réjouir de sa perte. Voilà pourquoi j'ai besoin de vous. Pour agir en toute discrétion.

— En quoi cela sert-il mes propres intérêts ?

— C'est Claude de Mesmes, l'ambassadeur de France et l'amant d'Isabella, qui détient votre père.

Le cœur de Lucia dansa dans sa poitrine.

*Enfin !*

— Pourquoi s'est-il emparé de lui ? Mon père est la bonté et l'honnêteté mêmes. Et quel rapport avec Isabella ? Cette commande ?

— Pas n'importe quelle commande. La reproduction d'une gravure qu'elle a découverte chez l'ambassadeur et qui hante ses cauchemars depuis l'enfance. Elle était extrêmement fébrile lorsqu'elle est venue m'en parler. Le dernier billet que j'ai reçu d'elle m'indiquait qu'elle se rendait chez vous pour la récupérer. Depuis, je n'ai plus aucune nouvelle.

Il semblait sincère. Inquiet. Elle l'était aussi.

Giorgio était-il au courant de l'existence du grimoire ? Comment l'ambassadeur était-il entré en possession de la gravure de son grand-père ? Pourquoi n'avait-il pas simplement pris contact avec eux s'il pensait son père capable de déchiffrer le code ? Et Isabella ? Était-elle venue par hasard chez eux ?

*Ne te laisse pas submerger par ces questions. Tu dois te donner les moyens de le délivrer. Ceux que t'offre Cornaro. Cela seul doit compter.*

— Qu'attendez-vous de moi ? demanda-t-elle, déterminée.

— Je veux que vous séduisiez Claude de Mesmes au grand bal que donnera don Foscari dans quatre jours, pour l'ouverture du carnaval.

Lucia écarquilla les yeux.

— M'en croyez-vous sincèrement capable ?

Un étrange sourire s'inscrivit sur ses traits.

— De cela comme de beaucoup d'autres choses, Lucia.

Elle aurait dû se sentir flattée, mais un frisson désagréable lui glaça les os. Elle le repoussa.

— Soit. Avec un bon professeur, je pense pouvoir attirer son attention.

— Vous aurez le meilleur. Un illustre comédien qui travaille aussi pour moi. Il viendra dès demain.

— Et ensuite ?

— Vous voulez découvrir où l'ambassadeur détient votre père ? Moi, je ne le peux. Claude de Mesmes a déposé une plainte contre Isabella pour vol, me liant ainsi politiquement les mains. Et justifiant sa disparition, qu'elle soit devenue ou non, depuis, sa complice. De front, à cause des attaques de Renier Zen contre ma famille, je suis impuissant. À vous d'improviser pour soutirer à de Mesmes les informations nécessaires. Un maître d'armes vous enseignera le maniement d'une rapière et d'un poignard.

Lucia faillit avouer qu'elle maîtrisait déjà l'usage de ces deux armes, mais son instinct l'arrêta.

— N'imaginez rien d'agréable jusque-là, Lucia. Ma sœur n'a de religieux que l'habit qu'elle porte. Elle est aussi cruelle que perverse et cherche depuis longtemps l'occasion de me faire payer la fuite d'Isabella. Je viens, hélas, de la lui offrir en lui demandant de vous former. J'aurais voulu l'empêcher, mais c'était impossible dans la mesure où Valaresso vous avait déjà livrée à elle.

— Je comprends.

— Non, Lucia, vous ne comprenez pas. Elle fera tout pour vous briser physiquement. Pliez, souffrez, hurlez, mais ne résistez pas. Malgré mes menaces, elle vous tuerait sans la moindre hésitation.

Elle hocha la tête.

Giorgio lui prit la main, y déposa un baiser qui la brûla presque autant que son œil impérieux.

— Ce n'est pas tout. Dans quatre jours, je devrai vous évaluer devant elle, comme n'importe laquelle des filles que je recrute.

— Ce qui signifie ?

— Que je vous ferai mienne.

Elle déglutit.

— Vous n'avez pas le choix. Libérer votre père implique de vous soumettre, à elle comme à moi. Mais je vous promets d'être la douceur même.

Elle réprima le tremblement de ses doigts.

Il se leva, l'incitant à faire de même.

— Mes espions n'ont pas réussi à remonter la trace d'Isabella au-delà de Santa Fosca. Je pense qu'elle est retenue avec votre père. Dans le cas contraire, méfiez-vous. Elle est aussi douée que dangereuse et ne recule devant rien pour arriver à ses fins. Vous n'avez pas le choix, Lucia. Si vous voulez retrouver un avenir, vous allez devoir dépasser vos limites et marcher sur les cendres de votre passé.

Lucia ne sut que répondre. Elle le laissa prendre congé.

De longues minutes durant, elle demeura face à la fenêtre, le corps secoué de tremblements. Par-delà la langue de lagune qui séparait Muran de Venise, le *sestiere* Cannaregio déroulait son croissant. Elle chercha à localiser Santa Fosca. Releva quelques fumerolles dans l'azur.

*Des stigmates de l'incendie ?*

Son cœur se serra plus encore.

Marcher sur les cendres de son passé.

*Je n'ai même pas pu enterrer Luigi. Il a probablement été jeté dans une fosse commune depuis.*

Derrière elle le battant s'ouvrit brutalement.

— Puisque votre « enseignement » ne débute que demain, vous allez goûter au mien, petite effrontée, crissa la voix de Serafina Cornaro.

Alors Lucia inspira une bouffée de courage, essuya cette larme qui venait de rouler sur sa joue et pivota vers l'abbesse, décidée à survivre, quoi qu'une nouvelle fois il puisse lui en coûter.

## 16.

La première image qui s'offrit à Isabella Rosselli lorsqu'elle releva les paupières fut celle d'un ange penché au-dessus d'elle. Blond, des yeux d'un bleu d'azur, des traits et une allure dignes du « David » de Michelangelo. Si son crâne n'avait été transpercé d'aussi méchants élancements, elle eût pu se croire au paradis. À défaut, l'espace d'un instant, elle s'imagina au seuil du purgatoire, scrutée, évaluée par un des tentateurs *del diavolo*.

Jusqu'à ce que la créature s'exclame :

— *Santa Madonna !* Te voilà réveillée. Foi de Paolo, j'ai cru que tu allais y passer !

Un éclair foudroya aussitôt la mémoire engourdie de la courtisane. Elle se revit aux premières lueurs du jour, glissant sur les eaux dorées du Grand Canal, jusqu'à prendre conscience que la lumière qui s'y reflétait, de plus en plus flamboyante, était celle d'un feu ardent qui ravageait le *campo* Santa Fosca. Son cœur s'était démis d'un battement. Elle avait jailli de sous le dais pour se porter en proue. Des silhouettes s'agitaient partout sur les rives du *rio* qu'elle s'apprêtait à emprunter.

L'imprimerie de Seva était rongée par les flammes. Ce ne pouvait être une coïncidence. Elle n'avait pas eu le temps de donner l'ordre de virer de bord. Tout juste avait-elle aperçu cet homme qui la visait depuis le quai, avant de basculer dans une eau couleur de sang.

La main de Paolo se tendit devant elle. Elle y enroula son avant-bras valide pour s'asseoir, jaugea d'un œil averti qu'il ne devait pas dépasser la vingtaine d'années, avant de chanceler. Les pulsations redoublaient sous sa chevelure éparse et emmêlée.

— Donne-moi quelques secondes, le temps de chasser ce vertige, plaida-t-elle d'une voix pâteuse, accrochée à lui comme à une bouée de sauvetage.

— Tout le temps qu'il te faudra…

Isabella ferma les yeux, fixa son attention sur l'odeur de marée qui flottait autour d'elle dans l'espoir de distraire sa migraine, mais elle ne réussit qu'à renforcer sa nausée.

*Réagir. Bon sang, Isabella, tu es plus forte que la douleur. Plus forte que ça !* se fustigea-t-elle en libérant enfin Paolo.

Son regard tomba sur ses jambes : une couverture avait remplacé sa robe. Elle portait une chemise d'homme, boutonnée sagement.

— Ne te méprends pas, *bella*. Tu étais trempée, inconsciente, quand je t'ai repêchée. Je n'ai fait que te secourir.

Malgré sa souffrance, Isabella lui décocha un sourire reconnaissant :

— Je n'en doutais pas. Où sommes-nous ?

— Chez moi, dans le quartier des pêcheurs.

Elle voulut se lever, mais y renonça tant le sol lui-même semblait tanguer.

— Sais-tu ce qu'est devenu mon barcarol ?

— Il a filé.

— Il n'a pas tenté de me secourir ? s'étonna la courtisane qui employait cet homme vigoureux depuis plus d'une année.

— Non. Il a récupéré une bourse jetée du quai par un homme masqué.

Isabella sentit une lame d'acier lui courir l'échine. Sa gorge se serra.

*Un piège.*

Elle était tombée dans un piège.

Malgré cette pression qui augmentait encore à ses tempes, elle força sa mémoire, chercha le détail qui lui avait échappé. Elle revit la silhouette, le mouvement de cape, le canon d'un pistolet, une impression de dentelle flottante autour d'un poignet ganté.

*Giorgio ?*

Il avait insisté. S'emparer de la gravure, en tirer une estampe pour pouvoir l'étudier et la remettre en place avant que l'ambassadeur de France ne rentre de voyage. Avec ce Renier Zen qui ne cherchait qu'à abattre les Cornaro, père et fils, mieux valait rester discret. Il ne pouvait se permettre le moindre incident diplomatique.

*J'aurais dû reprendre la gravure à cet imprimeur. Ne la lui rapporter qu'une fois sa presse réparée... Dieu sait ce qu'elle est devenue. Brûlée avec le reste ?*

Elle en doutait.

Aiguisé par un méchant pincement au cœur, son esprit s'envola. Elle revit le *campo*, l'atelier, Giuseppe de Seva si empressé à la satisfaire. Son sot d'apprenti.

Sa fille chargée de paniers alors qu'elle rejoignait sa gondole. Avaient-ils survécu ? Si oui, elle devrait les interroger, trouver des réponses.

La voyant pâlir et se rabattre sur la couche, Paolo se précipita vers un cruchon posé sur la table. Il emplit le gobelet en étain qui se trouvait à côté, puis, revenant vers elle, lui passa un bras délicat sous les omoplates pour la maintenir assise.

Elle s'efforça de boire à petites gorgées. Devant tant de sollicitude, son angoisse céda, mais pas sa migraine.

— J'ai mal, se plaignit-elle tandis qu'il la recouchait sur l'oreiller.

— Une balle t'a effleuré l'épaule, soupira-t-il en s'installant à son chevet.

— Vraiment ? Je ne la sens pas. C'est surtout mon crâne qui… J'ai l'impression qu'il va exploser. Ai-je été blessée là aussi ?

— Oui. Mais je ne me souviens pas d'avoir vu ton barcarol te frapper.

*Tout est allé si vite*, songea Isabella. Elle avait probablement heurté un débris en tombant dans l'eau. Beaucoup flottaient, rejetés par le brasier.

— J'ai nettoyé et recousu ce qui devait l'être. Je pensais que ce serait suffisant, mais la fièvre est montée.

— Tu aurais pu quérir un médecin.

— On t'a tiré dessus, *bella*. Certes, l'homme était parti quand je t'ai repêchée et tout le monde s'activait à éteindre l'incendie, mais on ne sait jamais.

La présence d'esprit de Paolo la surprit autant qu'elle la ravit. Elle lui prit la main et la serra délicatement.

— Tu as bien fait, assura-t-elle en refermant les yeux.

— Tu as déliré pendant quatre jours, des phrases sans suite ni sens, osa Paolo.

Isabella ne se souvenait de rien. S'il s'était agi d'une de ses visions, le jeune pêcheur en aurait été davantage marqué.

*Aucune raison de s'inquiéter.*

— J'ai bien cru que le diable te mangeait, ajouta-t-il.

— Il en aurait eu le droit, mon ami. Mais visiblement, mes péchés n'étaient pas assez goûtus pour qu'il termine son festin…

Elle grimaça.

— … Si seulement cette douleur pouvait me quitter. Elle m'épuise.

— Dors. Je veille.

Parce qu'elle ne pouvait plus en douter, elle ferma les yeux et s'abandonna à cette torpeur qui l'avalait.

## 17.

*Ma migraine a disparu*, constata Isabella avec soulagement lorsqu'elle ouvrit les yeux.

Elle tourna la tête, s'attendrit.

Paolo s'était endormi, la main toujours dans la sienne, le front reposant sur le lit, à quelques pouces d'elle. La chandelle répandait une lueur d'alcôve dans l'unique pièce du logis. Isabella la parcourut du regard. Un sol de planches recouvertes d'un tapis élimé, pas de fenêtres, une seule porte, une armoire branlante ouverte sur de la vaisselle rare et ébréchée, un second tabouret, deux patères. L'une occupée par des habits de pêcheur, l'autre par sa robe. Visiblement, son sauveur ne possédait en guise de richesse que l'or de sa chevelure. Un autre l'aurait arrachée des eaux pour la dépouiller avant de l'y rejeter. Lui l'avait ramenée chez lui et l'avait soignée.

*Une âme généreuse ?*

Isabella eut envie d'y croire. Mais, elle venait de le vérifier avec la trahison de son barcarol, se fier à qui que ce soit était risqué à Venise. L'homme dangereux qu'elle aimait était peut-être celui-là même qui avait cherché à l'éliminer. Pour autant, elle venait de tout perdre sinon la vie et c'était à cet ange-là qu'elle le devait. Autant donc accepter son aide tant qu'elle durerait.

Réveillé par son mouvement, fût-il discret, il releva la tête, papillonna des paupières, et se fendit aussitôt d'un sourire bienveillant.

— Tu as repris des couleurs, *bellissima*.

— J'ai faim. Et soif. As-tu du vin ?

Il secoua la tête, ennuyé.

— Pas les moyens.

— Il y avait une bourse à ma ceinture de taille.

Il se leva, s'en fut fouiller dans la masse de ses effets et la lui rapporta. Un seul regard suffit à Isabella pour voir que l'aumônière n'avait pas été ouverte.

*Généreux et foncièrement honnête. Décidément tu me plais, jeune Paolo !*

Elle tenta de venir à bout des lacets de cuir racornis par leur séjour dans l'eau, avant de renoncer, agacée cette fois par sa plaie, pourtant légère, à l'épaule gauche.

— Détache-les pour moi.

Il s'y appliqua avec une patience désarmante, puis lui tendit les pans de cuir distendus dans le creux de sa paume. Elle lui referma les doigts autour.

— Il y a assez pour nous garantir un festin, mais ne dépense pas tout. J'ignore qui a tenté de m'assassiner et si je pourrai récupérer quoi que ce soit d'autre dans mon casin.

Paolo sursauta.

— Tu me confies ton bien ?

— N'est-ce pas ce que tu fais depuis notre curieuse rencontre ? Va. Empoche les florins, mais laisse la bourse ici. On pourrait la reconnaître.

Il la vida près d'elle, arrondit les yeux et resta un instant à se gratter le front.

— Eh bien ?

— Pardon, se reprit-il, c'est que je n'ai jamais vu pareille somme.

— Tu ignores donc qui je suis ?

— Sûrement une grande dame pour avoir autant d'or et d'ennemis.

Une onde de douceur traversa Isabella.

*Non, vraiment, si celui-là est de leur nombre, il est le plus habile comédien que je connaisse.*

— Quel âge as-tu ?

— Dix-sept ans.

— De la famille, une maîtresse qui risquerait de tambouriner à ta porte pendant ton absence ?

Paolo haussa les épaules.

— Mes parents sont morts il y a huit ans. Je me débrouille seul depuis. Quant au reste, ma foi, tu es la première, *bellissima*, à t'étendre sur cette couche.

— Puceau ?

Paolo éclata d'un rire clair qui chatouilla définitivement le cœur d'Isabella Rosselli.

— Tout de même pas !

Il sortit d'un pas léger. Isabella Rosselli entendit la clef tourner dans la serrure.

*Prisonnière*, songea-t-elle, avant de s'en rassurer. Pour l'heure, il n'existait aucun lieu plus sûr pour elle que cette geôle-là.

Paolo enfonça profondément son chapeau sur son crâne pour se garder du vent qui battait toujours cette partie de Venise. Situé à son extrémité sud-est, le quartier des pêcheurs s'enroulait autour de l'église Santa Marta, la plus sobre de la Sérénissime. À l'exception de sa masse de pierre, les habitations n'étaient que des baraques de bois posées à même les planches qui recouvraient les pilotis. Qui s'égarait là était soudain rattrapé par la réalité. La cité lacustre n'existait que par l'immense et dense forêt sous-marine plantée, des siècles plus tôt, par ceux qui avaient fui les invasions barbares des berges du Pô.

Paolo, lui, avait grandi avec cette certitude. Venise n'était pas plus sûre qu'un navire. Il suffisait d'une Acqua Alta pour que ses maisons, ses palais semblent flotter sur la lagune, pour que ses places deviennent des *rii* et que les poissons se ramassent sur les appuis des fenêtres. Chaque fois qu'octobre revenait, il guettait le ciel, humait la salinité de l'air, traquait la moindre particule de sable qui annoncerait le sirocco. Pas d'inondation sans lui, ce vent du désert, cinglant comme un fouet. Non qu'il craignît pour son taudis. Il l'avait vu à de nombreuses reprises s'emplir d'eau jusqu'à lui battre les genoux, puis se vider avec le descendant. Sa seule peur était que la marée monte de nuit, trop haut, trop vite, et fracasse sa barque contre le plancher pendant son sommeil. Il n'avait pas les moyens de s'en offrir une autre, pas même de la réparer, et il était de nature trop honnête pour vivre de larcins. Vendre le produit de sa pêche suffisait à sa subsistance.

Paolo était à la mesure de ce ponton qui bordait les habitations. Modeste.

Cette fin d'après-midi était semblable à toutes les autres. On s'agitait sur les seuils tandis que s'ébranlaient les cloches pour appeler à la messe[1]. Paolo s'ennuya de devoir une nouvelle fois la manquer, mais il avait plus important à faire.

*Et puis, n'ai-je pas passé ces quatre derniers jours à prier, Seigneur ?* s'excusa-t-il mentalement en levant les yeux au ciel.

Seul le cri des mouettes lui répondit, ombres mouvantes dans l'azur de ce 24 octobre.

— *Va bene ?* lui lança joyeusement une matrone, plantée devant sa porte, les poings sur les hanches.

Il la connaissait depuis l'enfance.

— *Va bene*, Carlotta, l'assura-t-il en lui déposant un baiser sur la joue, avant de continuer son chemin, offrant sourire alentour et salut de la main.

Il les connaissait par cœur, tous ces habitants. Cette vieille femme-là qui houspillait son gendre, c'était Bénédicte, une peste, toujours à médire du voisin. La beauté fanée, tapie derrière ses carreaux, c'était Marta. Jalouse comme une tigresse. Elle surveillait son époux trop empressé auprès de la fille du cordonnier. Assis à même le sol sous un monceau de mailles, cet homme aux traits burinés qui lui adressa quelques mots de sa bouche édentée, c'était Antonio, le meilleur « rapiéceur » de filets. Et ces garnements, qui tendaient leurs lignes en battant des pieds au-dessus de l'onde, sérieux comme des papes entre deux sottises, c'étaient les fils de Gina. La belle Gina qui offrait ses faveurs

1. Vers dix-huit heures dans ce quartier, pour permettre aux pêcheurs qui partaient tôt le matin en mer d'y assister.

contre quelques sols. Faveurs qui gonflaient son ventre presque aussi régulièrement que le vent dans les voiles.

Ici, point d'étoffes luxueuses, de gondoles rutilantes, de parfums de prix. L'air sentait la lagune, la pauvreté autant que le poisson. Mais pour rien au monde Paolo ne l'aurait échangé.

Pour rien au monde, sinon pour rendre à son ami Marco l'honneur que le destin lui avait arraché.

# 18.

Comme Paolo s'y attendait, il trouva Marco à la taverne « Santa Maria del Capitano », située à dix minutes de marche à peine. Il soulevait une pinte de bière en compagnie d'Augusto Sforza, le capitaine de *La Mia Fortuna*, un galion qui ravitaillait régulièrement la Sérénissime en épices.

Le jeune pêcheur se fraya un passage entre les tables essentiellement occupées par des matelots bruyants, le port se trouvant à proximité.

À sa vue, Marco lui adressa un signe chaleureux de la main avant de serrer celle d'Augusto Sforza, qui venait de repousser son tabouret pour prendre congé.

À l'instant où ils se croisèrent, Paolo accueillit avec plaisir la tape affectueuse du capitaine sur son épaule.

— Il m'a raconté. Tu peux compter sur moi, garçon, lui assura Sforza dans un hochement de tête complice.

Paolo le remercia, puis continua sa progression. La pièce étroite et profonde empestait la sueur, le graillon et la vinasse. Un comptoir de bois au-dessus duquel pendaient des jambons secs réduisait encore sa largeur. Une cheminée qui faisait office de rôtissoire encombrait le fond de la salle, tandis que des armoires croulant sous les plats et des étagères sous les pichets effaçaient le mur. Il n'était pas une solive sous laquelle ne pendît un chaudron ou un poêlon. Paolo s'étonnait toujours de la dextérité des serveuses qui, les bras chargés, zigzaguaient entre les mains crochues, les rires gras ou les messes basses.

Ici, avant de gravir l'escalier qui menait aux chambres, on mangeait, on buvait, on forniquait et on négociait.

Évitant de justesse un plateau de victuailles, Paolo s'installa en face de Marco qui, depuis cinq ans à présent, était pour lui plus qu'un ami.

— Comment va-t-elle ? lui demanda ce dernier en se penchant par-dessus la table.

Il y avait peu de risques qu'on s'attache à leur conversation, mais Marco tenait à n'en prendre aucun.

— Mieux.

— *Bene*. Elle ne se doute de rien ?

— Non. J'ai fait comme tu m'avais dit.

Paolo se tut pour laisser une blonde avenante plus fardée qu'un masque de carnaval déposer un verre devant lui. Il voulut sortir une pièce de sa poche, mais Marco le devança. Ils attendirent qu'elle s'éloigne pour se rapprocher de nouveau.

— Elle a déliré, Marco. Beaucoup.

— La fièvre ?

— Non, ça, c'est ce que je lui ai dit pour justifier ces quatre jours d'inconscience.

Marco fronça les sourcils, l'invitant à poursuivre. Paolo baissa encore la voix :

— C'était comme si elle n'était plus elle-même, comme si elle était aspirée dans le corps, l'esprit de quelqu'un d'autre, tu vois ? J'ai dû la bâillonner et l'attacher tant elle s'agitait. Est-ce un effet secondaire de ta potion ?

— Non. Elle n'a servi qu'à l'endormir, le temps que ses blessures commencent à cicatriser et qu'on la croie morte.

Paolo tordit la bouche.

— Plusieurs mots revenaient sans cesse avec une date : sorcière, grimoire, Ulpian et 1555. Une idée de ce que cela signifie ?

— Seulement le grimoire. C'est ce que ces chiens recherchent. Livia m'en apprendra peut-être davantage. J'irai.

— Dois-je continuer à la droguer ?

Le regard ténébreux de Marco s'assombrit plus encore lorsqu'un homme, taillé à la serpe, s'attarda sans raison à quelques pas d'eux. Il lui suffit d'écarter légèrement son manteau sur le pistolet qu'il portait à la ceinture pour l'inciter à filer.

— Non. Mais plus que jamais tu dois la convaincre de quitter Venise, insista-t-il, son attention revenue.

Paolo hocha la tête. Il savait quels arguments présenter à Isabella pour y parvenir : accuser Giorgio Cornaro d'avoir tenté de l'assassiner et incendié Santa Fosca.

La main de Marco s'enroula autour de son avant-bras. Une étreinte d'homme, aussi puissante qu'affectueuse.

— Sois prudent, mon ami. Isabella Rosselli est en danger, mais moins que toi si elle découvre la vérité.

Un sourire illumina le visage du jeune pêcheur.

— Ne t'inquiète pas pour ça. Je ne lui mens pas en assurant que je veille sur elle et ne veux que son bien. La seule chose que je lui cache, c'est que je le fais pour toi.

Marco acquiesça.

— Il faut que je parte à présent. Elle m'a réclamé mangeaille, mais je dois aussi lui trouver de nouveaux vêtements.

— Va voir le vieux Felice de ma part. Il te fournira prestement tout ça, lui conseilla Marco en sortant sa bourse.

Paolo la repoussa.

— Elle m'a donné de quoi payer. Si je ne l'utilise pas, elle risque de se méfier.

Ils se quittèrent sur un regard. D'un fils à un père et d'un père à un fils. Même si les liens du sang n'existaient pas.

# 19.

Le froid et l'humidité tirèrent Isabella de sa somnolence. La chandelle se mourait sur son support de métal.

*Pas question de rester dans l'obscurité*, décida-t-elle, rassemblant son courage.

Elle s'emmitoufla dans la couverture puis resta assise quelques secondes, à guetter un vertige probable. Cette fois, le sol ne tangua pas sous ses pieds nus. Pas davantage lorsqu'elle se leva.

Au bout de quelques pas, elle fit jouer son dos meurtri, ses bras, le droit en premier, puis le gauche. À son agréable surprise, ce dernier répondit favorablement à ses sollicitations.

Paolo avait dit vrai, le projectile n'avait fait que l'effleurer.

*Les hommes de Giorgio n'ont pas la réputation de manquer leur cible, mais à cette distance, avec cette cohue, la faible luminosité de l'aube, la mouvance de la barque... Quoi qu'il en soit, le tireur m'a vue basculer dans l'eau. Nul doute que pour son commanditaire je suis morte.*

Un instant elle avait essayé d'incriminer Claude de Mesmes, mais, à l'heure où on avait tenté de l'occire, il était absent de Venise et ne pouvait donc avoir découvert la disparition de la gravure.

Réprimant un soupir de désillusion, elle fouilla sur les étagères branlantes, y dénicha une autre chandelle de suif, en enflamma la mèche puis la piqua à la place de l'autre.

Elle répugna à regagner le lit. Marcher lui faisait du bien. Comme un rongeur remonté dans ses entrailles, le doute grignotait sa raison. Giorgio ne l'avait jamais dupée, mais la trahison, la cupidité, la fourberie étaient dans sa nature. Elle ne l'avait vu s'inquiéter de qui que ce soit sinon d'elle, s'attacher à qui que ce soit sinon à elle. Et encore n'avait-elle joui de ce privilège qu'en devenant un paradoxe dans sa vie.

Elle rêvait de mariage, d'enfants après les brimades et les coups de Serafina Cornaro. À la place, il avait fait d'elle sa maîtresse et la courtisane la plus désirée de Venise.

*Inutile de se leurrer*, se fustigea-t-elle douloureusement. Il était suffisamment avide de pouvoir pour ne pas hésiter à la sacrifier.

Son pied buta sur une aspérité, la précipitant légèrement en avant. Le temps de jurer, de rétablir son équilibre, elle se retourna. Malgré la faible luminosité qui affleurait le sol de la masure, c'était visible : le tapis était gondolé. Surprise, elle le repoussa et découvrit une trappe taillée dans le plancher. Isabella la déverrouilla pour, presque aussitôt, la refermer, déçue du maigre secret que dissimulait son « ange ». Une barque qui ondulait sur l'eau tranquille de la lagune, là sous ses pieds froids et douloureux.

*Au moins sais-je à présent que nul ne m'a vue entrer chez toi, mon doux ami, ma bénédiction.*

Le temps qu'elle retourne à sa couche, un air léger lui parvint aux oreilles, aussitôt suivi d'un bruit de clef.

Paolo se libéra de ses paniers à peine eut-il franchi le seuil. Le franc sourire qui illuminait son visage fut un baume au cœur meurtri d'Isabella.

— Je vois que tu t'es levée, c'est une heureuse nouvelle ! lança-t-il en apercevant la nouvelle bougie.

— La fièvre semble totalement vaincue. Un vrai miracle.

Une fraction de seconde, Paolo redouta de déceler un brin de suspicion dans sa remarque, mais rien ni dans le ton ni dans le regard chaleureux qu'elle posait sur lui ne l'indiquait. Pour autant, jugea-t-il, mieux valait désamorcer le moindre doute.

— Prier n'aurait pas suffi, je l'avoue.

Isabella souleva un sourcil. Paolo éclata de rire.

— Je craignais que tu ne me fasses pas confiance tantôt, alors j'ai préféré ne rien t'en dire, mais j'ai suivi les conseils d'un vieil apothicaire du ghetto. Je ne voulais pas que tu meures.

— Ces médications sont chères. Comment as-tu… ?

Et soudain elle comprit.

— Tu n'as rien mangé depuis que je suis là, n'est-ce pas ?

Il haussa les épaules.

— Pour manger, il faut pêcher, *bella*. C'est comme ça ici.

— Tu aurais pu fouiller dans mes effets.

Il baissa la tête, penaud.

— Je l'aurais fait, si malgré mes soins…

La gorge d'Isabella se serra.

Jamais elle n'avait rencontré plus grand désintéressement. Elle en fut profondément troublée. Plus encore lorsqu'il lui tendit une robe de laine, sobre mais chaude, des bas, des chaussures ainsi qu'un pain de savon qu'il venait d'extraire d'un des paniers.

— J'ai pensé que… enfin… tu n'as qu'à faire un peu de toilette pendant que je dresse la table. Il y a de l'eau propre dans le baquet à côté de toi.

— J'en rêvais, confia-t-elle en faisant glisser la couverture à ses pieds.

Mais Paolo détourna le regard et Isabella retint son élan.

*Tu as raison, mon bel ami, tu mérites mieux que l'étreinte reconnaissante d'une courtisane.*

# 20.

Dix minutes plus tard, la table s'était garnie d'un rôt encore fumant, de panettone et de fruits secs.

Lavée et habillée, Isabella se planta devant lui qui posait les assiettes ébréchées en face des deux seuls tabourets du logis.

— Cette robe est parfaite, mais ma blessure à l'épaule tire un peu. Peux-tu m'aider à nouer les lacets du corsage ?

Paolo s'y appliqua en s'efforçant de ne pas trembler. Revenue à la vie, Isabella Rosselli était plus que désirable.

Pendant quelques minutes, ils mangèrent en silence, puis, un verre à la main, Isabella soupira.

— À moi d'être honnête avec toi. Je suis Isabella Rosselli, la maîtresse de l'ambassadeur de France, une des espionnes de Giorgio Cornaro.

Il esquissa un sourire, l'œil pétillant.

— À dire vrai, depuis que tu as évoqué ton casin, je m'en doutais… Peu de femmes en possèdent. Et encore moins de ta prestance. Elle est presque légendaire à

Venise. Pour autant, je ne me serais pas permis d'en parler le premier.

— Décidément, tu as toutes les qualités.

— Non, *bella*. Je suis comme cet endroit. Suffisamment petit pour rester à ma place.

— La grandeur d'un homme ne se mesure pas à sa richesse.

— Peut-être, mais ta beauté n'est pas la seule réputation que l'on te fait.

Elle hocha la tête, touchée par sa franchise.

— Sais-tu qui a voulu ta mort ? demanda-t-il.

— Soit l'ambassadeur de France que j'ai spolié, soit Giorgio Cornaro qui m'a ordonné de le faire, avoua-t-elle avant de porter le vin à ses lèvres. Ma situation est délicate, Paolo. Je n'ai nulle part où aller. Quant à reprendre mes activités, dans ce contexte…

— Ne peux-tu rendre ce que tu as pris ? feinta-t-il.

— Je l'avais confié à cet imprimeur dont l'atelier a brûlé.

— Fâcheux, en effet. Tu crois qu'on a essayé de te faire taire à ce sujet ?

— Ou de laisser entendre que j'avais fui avec… Dans les deux cas, mon avenir est plutôt sombre.

— Quitte Venise.

— Ce n'est pas si facile. Tout ce que je possède, j'ai dû l'arracher à la fatalité, à mes propres limites. Et puis, Giorgio Cornaro compte pour moi. L'idée qu'il m'ait trahie, qu'il ait pu, sans le moindre scrupule, effacer cinq années de complicité…

Sa voix se brisa. Il étendit sa main, recouvrit la sienne par-delà la largeur de la table.

Elle y fit jouer ses doigts, se troubla de sa paume calleuse, elle qui n'avait toujours connu que la soie des peaux soignées.

*Une main d'honnête homme. C'est avec lui que j'aurais dû partager mes secrets.*

Leurs regards se nouèrent.

— Je peux t'aider à découvrir la vérité, si tu veux, murmura-t-il.

— Tu en as déjà fait beaucoup trop.

Il haussa les épaules.

— Personne ne sait que tu es ici, pas même les habitants du quartier. Reste cachée. En fonction de ce que je découvrirai, tu décideras de ton avenir.

— Trop dangereux. Ceux que tu vas espionner sont maîtres dans cet art.

— Qui parle d'espionner ? Tout se sait dans la plèbe, *bella*. Il suffit d'écouter. Et en ce moment, avec l'affaire Renier Zen, le nom des Cornaro revient sur toutes les bouches. Je saurai vite si ton Giorgio est mêlé ou non à l'incendie du *campo*, à ta disparition, et si tout ça a un lien, comme tu le laisses sous-entendre, avec ce vol chez l'ambassadeur dont tu t'es rendue coupable.

Elle le sentit déterminé et aussi têtu qu'elle. D'autant qu'il avait raison. Dans le contexte politique actuel, un pêcheur curieux passerait partout quand on ne manquerait pas de la remarquer.

Malgré tout, elle hésita quelques secondes avant de céder.

— Entendu. Mais tu dois me promettre d'être extrêmement prudent.

Il hocha la tête. Tout se déroulait tel que Marco l'avait prévu. Alors qu'elle étouffait un bâillement derrière sa main, il lui coûta soudain de trahir, lui aussi, la confiance évidente qu'elle mettait en lui.

*C'est pour son bien. Pas pour la perdre*, se réconforta-t-il.

— Repose-toi, *bella*, dit-il en lui désignant le matelas. Demain, je referai tes bandages avant de partir pour cette drôle de pêche.

Elle fronça les sourcils.

— Où as-tu dormi ces jours derniers ?

— Sur le tapis.

— Sans couverture ?

De nouveau, il haussa les épaules.

Isabella sentit de la colère monter en elle. De la colère envers Giorgio qui, depuis quatre jours, se coulait voluptueusement dans ses draps quand Paolo s'était démuni de l'essentiel pour elle.

— Non, s'insurgea-t-elle. Pas cette nuit.

Il hésita.

— Ma paillasse est étroite. Je risque de te meurtrir sans le vouloir.

— Plutôt de m'empêcher de tomber et de me blesser davantage, si, tourmentée par la situation, je m'agite trop. N'argumente pas, mon bel *angelo*. Je ne me coucherai que lorsque tu seras près de moi.

— Dans ce cas… se résigna-t-il, avant d'ajouter : Je te promets d'être aussi respectueux qu'un abbé.

Un rire clair s'envola enfin des lèvres délicates de la courtisane.

— Si tu en savais autant que moi sur ce qui se passe dans les monastères, je t'assure qu'une telle promesse amènerait plus de couleur à tes joues qu'un feu ardent.

Il s'étendit sur le côté. Elle se blottit contre lui sous la couverture, pouffa au bout de quelques minutes.

— Un vrai moine, en effet…

Il déglutit contre son oreille, furieux que son corps trahisse sa raison.

Elle emprisonna ses mains dans les siennes.

— Dors. Si, quand tu t'éveilles, ce n'est plus la courtisane que tu vois, aime-moi.

Mais Paolo savait qu'il y perdrait son âme, quand il ne devait penser qu'à rendre la sienne à Marco.



## 21.

— Pause ! exigea Lucia pour la première fois depuis le début de son enseignement.

— Pause ? répéta, incrédule, le comédien qui venait de la rabrouer une fois de trop.

Il en bégaya :

— Vous… vous… vous n'y songez pas.

— Si, justement, je ne songe qu'à ça ! tempêta Lucia.

L'éventail qu'elle tenait en main s'écrasa contre le mur de la pièce vide dans laquelle depuis trois jours cet échalas maquillé à outrance reprenait le moindre de ses gestes, critiquant jusqu'à ses intonations et ses cambrures. Si encore elle n'avait eu l'échine griffée par le fouet de la Serafina, elle eût été plus appliquée, mais chaque mouvement était un supplice.

Pourtant, ainsi que Giorgio le lui avait conseillé, elle avait supporté son châtiment sans un cri, puis de nouveau la geôle infecte. Elle avait l'impression de perdre son temps quand son père avait besoin d'elle. De plus, elle était épuisée. La maigre pitance, le manque de sommeil, son deuil de Luigi, la douleur de ses plaies cautérisées au sel par Catarina, le froid lorsqu'elle retrouvait les entrailles glacées de ce « purgatoire » de pierre, et maintenant les grimaces de cette face enguirlandée chargée de lui inculquer la grâce et les bonnes manières ! Simagrées ! Comme si Isabella Rosselli avait eu besoin de cela ! Comme si elle n'avait pas plus urgent et vital à faire.

Quant au fameux maître d'armes que lui avait promis Giorgio Cornaro, elle n'en avait pas seulement vu l'ombre. Elle était persuadée qu'il n'avait pas dépassé les grilles du couvent, grassement acheté par la Serafina pour affirmer qu'il s'était acquitté de ses leçons. Inutile de se demander pourquoi ! Cette garce la narguait, certaine que jamais elle ne serait en mesure de se venger de sa perversité !

Désir de vengeance qui, en cet après-midi du 25 octobre, culminait en elle.

Elle avança d'un pas rageur vers la porte tenue bouclée la journée durant.

Lelio Andreini[1] se jeta en travers du battant, les bras écartés, les yeux exorbités.

— Non ! Si elle vous voit, je suis…

Lucia agrippa la collerette de cet homme au nez chafouin et aux bajoues tombantes.

— Et moi, si je vous subis cinq minutes de plus dans cet enclos, je vous étrangle !

Il déglutit, cherchant, c'était visible, un autre argument que lui-même.

1. Giovanni Battista Andreini (1579-1654), acteur et poète dramatique, fondateur de la troupe « I Fedeli » dans laquelle il interprète le rôle de « Jaloux » sous le nom de Lelio.

— Pitié. Vous savez de quoi elle est capable. Elle va vous…

Lucia ricana.

— Me fouetter encore ? Pas à la veille du grand bal. Me faire disparaître ? Il faudrait qu'elle vous abatte aussi ! Ne vous êtes-vous pas glorifié de ce que Marie de Médicis louait vos talents ? Que Monteverdi avait composé la musique du prologue de votre oratorio[1] ? Que vous étiez intouchable ? Alors gargarisez-vous-en et laissez-moi passer !

Vert sous son fard blanc, gardant son allure de crucifié, il glissa de côté, tel un crabe acculé contre un mur. Ses ongles crissèrent sur le bois de la porte, tentacules que Lucia, exaspérée, décrocha pour déverrouiller.

Indifférente à sa plainte, elle se délecta de ce soleil d'automne qui venait brusquement d'inonder son visage. Autour d'elle, les nonnes préparaient le carnaval, époussetant joyeusement robes et masques, tapis et tentures. Il était évident qu'elles avaient cessé depuis longtemps de n'embrasser que la religion. On s'agitait, riait, s'extasiait dans le couvent.

En plus de l'abbatiale, il se composait de trois corps de bâtiment, tous rehaussés et articulés autour du cloître. Le premier au sud accueillait le scriptorium, le bureau de l'abbesse et la pièce de bains, lui avait énuméré Catarina. Le deuxième, parallèle à la cité de Muran, était occupé par le chauffoir, le réfectoire, la cuisine et le cellier. Le troisième renfermait les dortoirs, la salle que venait de quitter Lucia ainsi que la chambre d'une nonne aveugle.

1. *La Maddalena*, éditée à Venise en 1617.

Fidèle à son habitude, Lucia avait mémorisé chaque pièce, chaque recoin du monastère, comme si une part d'elle avait envisagé tous les possibles, y compris celui de s'en échapper si Giorgio Cornaro changeait d'humeur.

Elle avança de quelques pas sur les pavés.

Elle était conduite là aux premières lueurs du jour, ramenée dans la geôle à la nuit tombée. Même les offices lui étaient interdits, la Serafina ayant affirmé qu'elle n'avait qu'une seule prière à adresser au Seigneur : ne pas décevoir Giorgio Cornaro quand il reviendrait. Sans quoi…

La menace s'était soldée par un sourire narquois qui présageait moult supplices.

Lucia s'était refusée à les imaginer. Même si elle n'était pas dupe. Sitôt que le patricien n'aurait plus besoin d'elle, il la tuerait. Qu'elle ait ou non récupéré son père n'y changerait rien.

Si elle s'était obligée à garder la tête froide, à subir ces simagrées pour sortir du couvent, elle avait aussi besoin d'air pour rassembler ses forces, pour, le moment venu, affronter l'ambassadeur et délivrer son père.

Derrière elle, Lelio Andreini continuait de geindre.

Elle haussa les épaules, ragaillardie par le souffle du vent sur son visage.

— Au lieu de jouer les victimes, rejoignez-moi le front haut. Vous voulez me voir marcher, alors prêtez-moi votre bras. Que cette garce nous croie en leçon. Je vous promets de vous en donner pour votre argent autant que pour votre réputation. Mais hâtez-vous, elle est à sa fenêtre.

Il sortit, théâtral, dans une soudaine envolée de gestes qui arracha un sourire intérieur à Lucia.

*Commedia !*

— Vous avez de la chance. De là, elle ne peut deviner que c'est moi qui vous soutiens et non l'inverse, se moqua-t-elle tandis qu'il se coulait à ses pas.

Ils en firent quelques-uns ensemble avant qu'il ne se détache à nouveau d'elle pour la regarder évoluer. Lucia n'eut pas besoin de s'appliquer pour gagner en légèreté et en grâce.

Cette bouffée de liberté regagnée la portait.

Elle redressa le menton, arrondit la jambe et le bras pour se planter près du puits, face à la fenêtre par laquelle Serafina Cornaro l'observait. Sa révérence appliquée lui fit lâcher le rideau.

Tandis qu'elle s'en amusait, Lelio Andreini se remit à couiner.

— Il vaudrait mieux rentrer maintenant…

— Rentrer ! Rentrer ! Vous n'avez décidément que ce mot à la bouche ! s'agaça-t-elle avant de se figer, son attention attirée vers les marches de l'abbatiale.

Un homme venait de les descendre prestement et avançait dans sa direction, le front mangé par le capuchon de sa mante. Il ne les salua pas, ne releva pas seulement les yeux. Intriguée, elle le suivit des siens jusqu'à ce qu'il disparaisse à l'angle du porche.

*Un patricien ? Que fait-il là en plein jour ?* se demanda-t-elle tandis que le comédien insistait.

Elle consentit à retourner dans la salle. Elle n'avait pas fait dix pas qu'une ombre apparut en haut du parvis, guidée par la main d'une novice. Point de capuche cette fois pour dissimuler ses traits. Lucia en perçut la morsure d'effroi en plein cœur. Cette femme qui s'avançait vers elle pour rejoindre son logis ne possédait en guise de visage qu'un masque osseux, à la peau presque parcheminée.

Un crâne ambulant. Aux orbites vides.

# 22.

Des coups légers sous le plancher tirèrent Paolo de sa couche. Il se félicita d'avoir dérogé à l'avis de Marco et continué de verser dans le verre de la courtisane quelques gouttes de somnifère. Une femme de son tempérament pouvait fort bien changer d'idée et lui fausser compagnie dans la nuit. De surcroît, en quittant le lit avant elle, il gardait le contrôle sur ses sens. La nuit précédente, la sentir s'étirer contre lui puis se retourner dans ses bras jusqu'à lui effleurer les lèvres avait vu s'éteindre sa résistance. Il avait eu beau ressasser ses résolutions, la main qu'elle avait glissée entre ses cuisses en avait eu raison. Depuis, son ventre gardait le désir du sien, comme une morsure indélébile. Et son cœur, il le sentait, souffrirait de la perdre avant même de l'avoir assez aimée.

Rassuré de voir qu'elle n'avait pas seulement cillé, il se glissa jusqu'à la trappe, la déverrouilla et se laissa couler dans sa barque. Marco l'y attendait, un doigt sur ses lèvres. Paolo dénoua l'amarre et l'éloigna du ponton, assez pour étouffer le moindre murmure.

— *La Mia Fortuna* quittera Venise après-demain à l'aube, annonça sans ambages son vieil ami.

— C'est plus tôt que prévu.

— Je sais. Sera-t-elle prête ?

— Oui, je crois. Tes arguments ont fait mouche, elle ne doute plus que don Cornaro soit coupable. Mais elle réclame encore que je me renseigne sur les de Seva. Dois-je mentir ?

— Non. Sers-lui les versions qui courent. D'un côté la fuite de l'imprimeur pour couvrir un incendie accidentel, de l'autre son enlèvement par des hommes masqués. Les deux conduisent à la mort de l'apprenti, à la disparition de sa fille. Elle est assez fine pour faire du second un argument en défaveur de Cornaro. En revanche, nous devons partir aussi.

Paolo se tendit. Plus encore lorsqu'un rai de lune lui révéla les traits creusés de Marco.

— Que se passe-t-il ?

— Nous en parlerons à bord. Je dois encore vérifier quelques informations de mon côté. Jusque-là, moins tu en sauras…

Paolo s'en troubla davantage.

— Dois-je m'inquiéter pour toi, mon ami ?

Marco lui empoigna affectueusement l'épaule.

— Non. Conduis-la à Sforza. De gré… ou de force. Mais ne t'expose pas. Si quoi que ce soit tournait mal, tu sais où me trouver.

Paolo hocha la tête.

— Tout ira bien de mon côté, se voulut-il rassurant face à la tension, manifeste, de son ami.

Marco tâcha de se détendre, mais ne réussit qu'à esquisser un sourire crispé.

— Je te rejoindrai sur le navire, mais je ne serai pas seul.

— Livia ? sursauta Paolo.

Le regard de Marco se perdit dans l'argent des flots, fauché à l'horizon par la ligne sombre de l'île de la Giudecca.

Le long soupir qui suivit perça le cœur de Paolo, mais il respecta sa discrétion. Marco n'était pas de ceux qui se dévoilent, encore moins de ceux qui agissent sans raison honorable. Il saurait l'écouter lorsque le moment viendrait.

Il ramena sa barque au ponton, le laissa remonter dans la sienne, puis, après une dernière accolade virile, le regarda s'évanouir dans l'ombre.

Isabella n'avait pas bougé lorsqu'il rabattit le tapis sur la trappe. Le froid était vif, à peine amoindri par l'enclos de planches. Il revint se glisser derrière elle, retrouva sa chaleur et s'en troubla de nouveau.

*Ne t'attache pas, Paolo. Même si tu fuis avec elle, elle ne sera jamais de ton monde. Ni toi du sien.*

Mais, depuis leur étreinte, une part de lui ne pouvait s'interdire d'en concevoir un autre. Un autre dans lequel Marco recouvrerait honneur et paix, et lui un amour heureux.

Il s'éveilla sous la morsure de ses caresses, furieux de s'être laissé prendre. Il refusa d'ouvrir les yeux pour ne pas succomber à nouveau.

Peine perdue.

La voix sensuelle de la courtisane chanta dans le creux de son oreille.

— Ne feins pas, mon bel *angelo*, ton souffle te trahit au moins autant que ce gonflement sous mes doigts.

— Je ne feins pas. Je savoure, mentit-il à demi.

— Alors ne savoure pas en égoïste, feula-t-elle en lui emprisonnant une main entre ses cuisses.

Il fit jouer ses doigts de longues minutes durant, jusqu'à ce qu'elle se rende, cabrée, au plaisir.

— J'aime jouir de toi, sourit-elle en lui caressant la joue, une mèche blonde en travers du visage comme un rai de soleil.

— Et moi te regarder.

— Si tu crois que cela va suffire à mon appétit de lionne ! Tu m'as trop bien soignée, *amore*. Même mon crâne me laisse en paix. Quant à mon épaule, dans cette position, c'est parfait.

Elle chercha son vit dressé dans l'échancrure du pantalon, remonta sa jupe et plaqua son ventre contre le sien sur l'étroitesse du matelas.

— Délicatement. Tu peux faire ça, jeune Paolo ?

Il n'osa pas répondre. Il ne savait pas. Il n'avait jamais connu que la Gina avant elle, impulsive, exigeante, gourmande. Isabella était d'une autre trempe, il venait de le constater : elle jouissait comme une dame, pas comme une putain. Avec élégance. Sensualité. Alors que la veille, il n'avait guère tenu longtemps en elle.

Il s'efforça au calme tandis qu'il la pénétrait.

— Pense à l'Adriatique, *amore*. Le va-et-vient langoureux de ses flots au-dessous de nous, le ressac délicat de la lagune.

Elle gémit, plongea son regard dans le sien, bouleversé de désir.

— Retiens-toi, comme elle au descendant. Elle n'aime pas quitter Venise. Je suis Venise, Paolo. Ne te retire pas.

Il baissa les paupières, pensa à sa barque qui glissait sur les *rii*, lentement.

— Oui, comme ça, l'encouragea-t-elle en roulant voluptueusement des reins.

Il referma ses bras sur elle, la pressa davantage contre lui avant d'ouvrir les yeux, de les perdre dans ces stries de lumière qui filtraient par chaque interstice des planches de sa masure. Il bougeait à peine en elle, pourtant le besoin de jouir le taraudait, embrasait son bas-ventre. Il refusa d'y céder avant de l'entendre encore.

Il se focalisa sur son souffle qui se raccourcissait, ses seins qui durcissaient contre son torse, ses mains qui le pétrissaient.

— Maintenant, supplia-t-elle soudain par-dessus son épaule. Maintenant…

Son propre ventre l'exigea. Il accéléra, de plus en plus fort, de plus en plus vite. La houle les emporta en même temps, les laissant accrochés l'un à l'autre comme des naufragés.

Ils restèrent ainsi, de longues minutes, sans bouger.

Puis, émue comme elle ne l'avait jamais été, Isabella murmura :

— Sois mon demain, Paolo. Pars avec moi.

Et Paolo sentit son cœur chavirer.

[illegible]

[illegible]

[illegible]

[illegible]

Elle avait [illegible] par ses ordres [illegible] En sortant [illegible]

[illegible]

## 23.

Quatre jours. Giorgio Cornaro lui avait donné quatre jours pour devenir une autre. Mais c'était cette femme privée de regard qui avait finalement transformé Lucia. Elle avait dû attendre le soir pour entendre son histoire de la bouche de Catarina venue lui déposer sa pitance. Impossible d'en apprendre plus, en revanche, sur l'homme encapuchonné, sinon qu'il venait chaque semaine, depuis un an, pour lui rendre visite. Nul ne connaissait son identité, ni même ses traits. Nul, excepté Serafina Cornaro. Mais il était exclu de le lui demander.

— Et puis, qu'en ferais-tu ? s'était amusée Catarina.

— Rien. Mais une telle fidélité paraît davantage conte que réalité.

— Occupe-toi de ton sort. C'est demain que tu seras évaluée. Tu ne dois pas échouer.

— Je n'échouerai pas, lui avait assuré Lucia.

Elle avait pourtant été incapable de dormir, hantée par ces orbites creuses, cette maigreur squelettique. Et soudain le visage de son père s'y était superposé. Elle s'était redressée sur sa couche infâme, le souffle court. Quatre jours. Cela faisait quatre jours. Claude de Mesmes savait forcément que la gravure saisie était un faux. Il avait déjà dû s'enquérir de l'original auprès de son père, peu enclin, elle en fut certaine, à la mettre, elle, en danger.

Elle avait découvert la morsure de la torture sous le fouet de l'abbesse, en avait mesuré l'horreur devant l'agression qui avait amené cette nonne à la cécité.

Mais pour la première fois, alors que la mi-nuit de ce 25 octobre n'avait pas tourné, il lui sembla ressentir en sa propre chair la brûlure d'un fer rougi à blanc, la tenaille d'une pince, la déchirure d'un écarteur.

*Papa...*

Cette peur, ce sentiment omniprésent d'urgence, que Giorgio l'avait contrainte à dompter, la submergea tant qu'elle se jeta contre la porte, secoua la serrure, appela. En vain. Elle se laissa couler derrière, glacée comme au jour de son arrivée. Jusqu'à ce qu'une lucidité implacable s'empare d'elle.

Elle redevint celle qui, pour survivre un an plus tôt, avait percé le cœur d'un voleur dans une des ruelles proches du *campo*. La seule capable de délivrer son père avant qu'il ne succombe sous le joug d'un bourreau.

Le petit jour la trouva plus résolue encore.

Si bien qu'une fois l'office de none achevé, Lelio Andreini se planta devant elle, les mains jointes et le visage enguirlandé.

— Je n'aurais jamais cru pouvoir le dire. Vous êtes prête, Lucia.

Il lui ouvrit la porte, enveloppa son bras au sien et, longeant l'allée dallée du cloître, la mena à l'abbatiale que les religieuses avaient désertée.

— C'est Giorgio Cornaro qui a exigé que vous traversiez le jubé, s'excusa-t-il presque. Bien entendu contre la volonté de l'abbesse…

*Blasphème... Pourquoi cela ne me surprend-il pas ?*

Un œil par les portes ouvertes lui révéla la richesse des peintures, la splendeur des vitraux, les voûtes d'ogive, la délicatesse des feuilles d'acanthe enroulées aux piliers. La nef ruisselait de bois précieux, de saints d'albâtre, de relents d'encens. Giorgio Cornaro se tenait devant les marches d'un imposant autel de marbre, Serafina, crispée, à sa droite. Andreini, qui les avait rejoints, venait de se poser comme une abeille attirée par le miel, à sa gauche.

*Bien curieuse trinité*, songea Lucia en repoussant son agacement à l'idée de souiller ce lieu sacré d'une provocation lascive.

*Pardonnez-moi, Seigneur, pour ce que je m'apprête à faire*, implora-t-elle, *mais je n'ai pas le choix. Le diable attend mes baisers.*

Elle retroussa les pans de la robe de soie enfilée pour la circonstance, arrondit ses lèvres, enflamma son regard, releva la tête, hautaine, puis avança d'une démarche sensuelle. Elle n'avait plus de leçon à prendre, mais une à donner. Aux Cornaro, frère et sœur, qui, chacun à sa manière, l'avaient sous-estimée.

Durant quelques minutes, sacrifiant à ce qu'on attendait d'elle, elle s'assit, se releva, minauda, aguicha, sans pour autant se départir de grâce, de délicatesse ni de distinction. Elle soulevait l'air brassé par Isabella Rosselli dans le *campo*, marchait dans son ombre, adoptait son allure. Jusqu'à bientôt n'être plus qu'elle dans son esprit, elle qu'elle avait admirée et jalousée une semaine plus tôt.

À l'instant où elle s'immobilisa devant Giorgio Cornaro, elle sut qu'elle avait réussi au-delà de ses espérances. Le souffle du patricien était devenu court et son œil brûlait de convoitise.

# 24.

Décidée à le défier jusqu'au point de non-retour, Lucia avança d'un pas supplémentaire, effleurant son pourpoint du galbe léger de son décolleté.

— Alors, mon cher, faudra-t-il que je poursuive cette conversation seule ?

Il l'attira à lui d'une poigne presque violente. Préparée à cette éventualité, elle se cambra légèrement en arrière, avivant plus encore son excitation.

— Tout le monde dehors, rugit-il.

— Tu ne vas tout de même pas faire ça ici ! s'insurgea l'abbesse tandis que le comédien, servile, se précipitait vers la sortie.

Lucia enroula ses bras à la nuque de Giorgio.

— Justement. Ici. Maintenant.

Il avança un pas entre ses cuisses. Elle recula d'autant, jusqu'à buter contre un des piliers de la nef, retrouvant dans sa chair brusquée la morsure du fouet. Elle en tira vengeance dans le couinement de désapprobation que lâcha rageusement Serafina Cornaro avant de tourner les talons.

Pendant quelques secondes, Lucia savoura sa victoire dans le lourd claquement des portes de l'abbatiale et le voluptueux baiser de Giorgio. Elle fut fauchée d'un coup par le visage de Luigi, le souvenir heureux de son rire, de sa voix, de sa délicatesse.

Son cœur se serra en sentant cet homme lui relever les jupons avec impertinence. Elle n'en éprouva pas de dégoût. Juste soudain, une infinie tristesse à l'égard de ses rêves perdus, de cet homme qu'elle avait espéré pour mari. Elle lui avait rappelé de quoi elle était capable avant qu'il ne meure. Il était temps de le lui prouver.

Elle se cambra en arrière pour échapper à la bouche de Giorgio, releva ses seins à pleines mains.

— Baise-les, réclama-t-elle, provocante.

Il fouilla son regard, surpris, une fois de plus, par son audace. Elle se mordit la lèvre, gémit d'impatience en roulant des hanches contre lui, tirant déjà impatiemment sur les lacets de son corsage.

Il ne se méfia pas. Emporté soudain par son désir, il lui repoussa les doigts pour achever lui-même de lui dégager la poitrine.

Lorsqu'il y plongea le visage, Lucia s'alanguit plus encore, lui pressant la nuque, les épaules, puis le dos, relevant une jambe pour l'enrouler à la sienne, tandis que ses mains descendaient discrètement plus bas, l'une vers la dague qu'il portait à sa cuisse, l'autre vers le stylet attaché à sa ceinture.

Elle lui pointa ce dernier au cou, le souffle dans son oreille :

— Leçon numéro 1 : ne jamais faire confiance à qui que ce soit. Leçon numéro 2 : ne jamais croire acquis ce que l'on prend de force. Leçon numéro 3 : savoir s'avouer vaincu. Vous l'êtes, Giorgio Cornaro, alors ne donnons pas à votre sœur votre propre sang pour preuve de la perte de ma virginité, voulez-vous ?

Il se releva délicatement, sans que la lame soit moins ajustée et oppressante.

— Je vois que vous avez assimilé les leçons de mon maître d'armes aussi merveilleusement que celles d'Andreini, la félicita-t-il d'un timbre amer.

— Il m'a trouvée si douée qu'il n'est même pas venu. N'essayez pas de me désarmer, j'ai d'autres atouts en réserve, assura-t-elle en piquant ses testicules.

Il réprima un mouvement de recul. Et de colère.

— Vous êtes décidément pleine de surprises, Lucia de Seva.

— Je compte en réserver quelques-unes à Claude de Mesmes ce soir.

— Bien. Que faisons-nous maintenant ? Comme vous l'avez si finement rappelé, ma sœur s'assurera d'autant plus de votre dépucelage qu'elle refusera d'en laisser la moindre souillure ici, où étrangement sa piété se révèle.

— Une légère entaille suffira pour maculer cette dalle.

— Certes, mais je n'y gagnerai pas mon content.

Lucia planta son regard dans le sien.

— Votre content sera de retrouver Isabella Rosselli. Vous ne me désirez pas, Giorgio Cornaro. C'est l'image que je vous ai renvoyée d'elle que vous avez voulu prendre. Pas moi.

Il marqua l'étonnement, puis le pli entre ses sourcils se relâcha et un sourire se dessina sur son visage.

— Ne vous sous-estimez pas, Lucia.

— Grâce à vous, c'est une erreur que je ne commettrai plus. Il n'en demeure pas moins que j'ai raison. Avouez-le. Vous l'aimez. Et je ne lui arrive pas à la cheville.

— Vous avez fait illusion.

— Et je le ferai encore ce soir. Pour mon père. Ce me sera plus difficile si vous me prenez de force une fois ces armes retombées. Vous y gagneriez plaisir de revanche, mais vous risqueriez de perdre Isabella.

Il hocha la tête.

— Cela ne manque, hélas, pas de bon sens. Soit, donc. Vous avez ma parole, petite effrontée.

Lucia ne douta pas un instant qu'il le lui ferait payer, mais pas avant qu'elle n'ait accompli ce pour quoi il était venu la chercher.

*Et d'ici là, don Cornaro, je serai loin*, se convainquit-elle avant de le libérer.

Il s'écarta, assez pour que, d'une main, elle relève son jupon, de l'autre lui tende ses armes par la garde.

— Je vous offre un acompte, monsieur. Veillez toutefois à ce que cela ne m'empêche pas de marcher.

Un éclair de satisfaction passa dans l'œil d'azur du patricien. Il rangea sa dague puis s'agenouilla devant elle. À l'aide du stylet, il pratiqua plusieurs fines entailles dans le tendre de sa cuisse.

Lorsqu'il pressa à pleine main pour que le sol se marbre de sang, Lucia serra les dents. Perdre son hymen aurait peut-être été moins douloureux, songea-t-elle.

*Non, Lucia. Tu as bien fait. Un seul méritera ce qu'il te reste d'innocence. Celui qu'un jour tu finiras par aimer.*

Lorsqu'il se redressa, elle s'était reprise.

— Merci.

— Tout le plaisir était pour moi, affirma-t-il avec une pointe de cynisme qui confirma à Lucia la piqûre d'orgueil qu'elle lui avait infligée.

Giorgio Cornaro essuya sa lame à son entrecuisse, avant de la ranger à sa ceinture.

— En ce moment même, on dépose pour vous vêtements et masque. Andreini vous coiffera et vous fardera. Une barque viendra vous prendre tous deux à la tombée du jour, dans un peu plus de deux heures. Si tout se passe bien, au petit matin, vous aurez récupéré votre père. Quant à moi, je serai fixé.

Lucia ne prit pas la peine d'exiger une quelconque promesse de salut de sa part. Sa froideur soudaine était à elle seule une réponse. Au petit jour, si elle ne s'était pas arrachée à ses griffes, il ne ferait d'elle qu'une bouchée.

## 25.

Isabella se ratatina sous le ponton. L'espace entre le bois et l'eau était trop mince pour qu'elle puisse y tenir au sec, même accroupie. Accrochée aux solives, la tête touchant encore la trappe, elle sentait les vaguelettes lui battre les chevilles.

*Dépêche-toi, mon bel* angelo, supplia-t-elle, gagnée par l'inquiétude et l'inconfort.

Moins d'un quart d'heure plus tôt, Paolo était revenu, affolé. Il avait posé beaucoup de questions depuis trois jours et craignait d'avoir été repéré. À la description de l'homme qui le suivait, elle avait sans hésitation reconnu l'un des espions de Giorgio. Paolo pensait l'avoir semé, mais il avait jugé prudent d'anticiper. Il leur avait trouvé un navire en partance.

Il lui avait demandé de se glisser par l'ouverture et de l'attendre, préférant échanger sa barque contre une autre, plus misérable encore, qu'il laisserait sans remords dériver, sitôt qu'ils seraient à bord de *La Mia Fortuna*.

Isabella n'avait rien trouvé à objecter à ce départ précipité. Trop d'éléments s'étaient accumulés, la forçant à l'exil. Claude de Mesmes avait déposé plainte contre elle, impliquant Giorgio, qui, pour s'en protéger, l'avait accusée ouvertement d'avoir agi de son plein gré et de s'être enfuie avec le fruit de son larcin : un objet irremplaçable, dont la nature n'avait pas été révélée. L'affaire faisait grand bruit, jusqu'au sein du conseil des Dix où Renier Zen appelait à une réaction exemplaire, jugeant que cette fois la famille Cornaro ne devait pas s'en tirer. La Sérénissime grouillait d'hommes chargés de la retrouver. Quant aux membres de la famille de Seva, il était évident qu'on les avait capturés ou déjà éliminés, pour avoir vu la gravure.

Elle enrageait. Cela faisait dix ans qu'elle cherchait la vérité sur la mort de ses parents. Dix ans qu'elle était obsédée par la vision de sa mère baignant dans une mare de sang, la main tendue vers cette même gravure, chuchotant ces mots : sorcière, Ulpian, grimoire, 1555.

Autant de réponses qu'elle avait pu caresser du doigt et aussitôt perdues.

Elle en voulait cruellement à Giorgio de l'en avoir privée. Alors que mieux que quiconque il savait ce que cela représentait pour elle ! À force de caresses et de baisers, Paolo avait réussi à la convaincre : fuir restait la seule solution.

*Je pourrai toujours revenir et lui reprendre cette fichue plaque quand cette effervescence sera calmée.*

Mais, ô combien, cela lui coûtait !

La nuit était dense à présent et des bruits de pas résonnaient sans qu'elle puisse en localiser la provenance. Le bois vibrait au-dessus d'elle, autour d'elle. Des voix lui parvinrent. Elle tendit l'oreille. Difficile de savoir si elles appartenaient à des hommes de Cornaro ou à de simples pêcheurs.

Une vague plus forte lui battit les mollets. Elle releva les genoux, tirant plus encore sur ses bras enroulés à la poutre. Elle ne tiendrait plus longtemps.

— Ici, entendit-elle enfin.

Une poigne vigoureuse lui enleva la taille. Elle se laissa glisser. Au passage, son nez effleura celui de Paolo. Il détourna la tête, la lâcha, la frustrant d'un baiser, d'une étreinte, quand elle aurait eu besoin de s'y réchauffer.

*Plus tard*, se consola-t-elle en s'asseyant au fond de la barque.

Elle enfila le masque qu'il lui tendit, et s'accorda au balancé de la rame dans la *forcola*.

En revenant vers le Grand Canal, son cœur se pinça.

Ils n'avaient d'autre choix que de border le palais Foscari, tout proche, celui dans lequel, au bras de Claude de Mesmes, ce soir, elle aurait dû faire son entrée.

# 26.

Lucia resserra la mante autour de ses épaules. Ils approchaient. Depuis qu'ils avaient débouché sur le Grand Canal, au pied du Rialto, tout n'était que magnificence. Il n'était un palais, sur chacune des rives de l'artère fluviale de la cité, qui ne s'offrît au carnaval. Des fenêtres pleuvaient des rires en cascade, des clairs-obscurs chatoyants. Des corps s'assouplissaient aux balustrades, ployés par d'autres en un voluptueux ballet. Des Colombine privées de Pierrot bottaient le train d'abbés, quand les véritables hommes d'Église, perruqués et grimés, s'abandonnaient à l'indécence. Tout n'était que musique, jeux, frivolité, autour d'eux, tandis que la couleur explosait dans le miroitement des soies, des tentures, des habillages de gondoles qui allaient et venaient.

Un monde que Lucia n'avait jamais côtoyé et qui était pour Lelio Andreini un véritable théâtre ouvert. Il l'agaçait à prendre tant à cœur son rôle de Jaloux, lui enserrant la taille ou les épaules, déclamant son texte, lorsque, depuis une autre gondole, un personnage masqué vantait sa beauté.

Beauté qui, selon elle, n'était due qu'à la tenue somptueuse que Giorgio Cornaro lui avait remise, au chignon haut recouvert d'une mantille fleurie que le comédien avait sculpté, à sa bouche peinte et à sa *bauta*[1] blanche, finement relevée de pétales d'or et de plumes. D'elle, véritable, on ne savait rien. On ne voyait rien.

Elle s'efforçait de sourire, de répondre par des baisers envoyés d'une paume gantée, de repousser son Jaloux, de jouer la *commedia* comme on le lui avait demandé. Mais sa main, sans cesse, revenait caresser son poignard de cheville par-dessus ses jupons soyeux, comme une promesse.

— Là, nous y voici. C'est cette bâtisse qui fait l'angle, lui désigna *el maestro*.

Lucia se leva. Ils approchaient de l'appontement d'une façade ocre et carrée, piquée de fenêtres illuminées sur quatre étages. On se pressait déjà sur les deux grandes loggias à huit arcs, buvant, riant, s'enlaçant, comme partout alentour. Des notes de clavecin s'en échappaient.

— Monteverdi sera là, vous savez ! s'excita le comédien à côté d'elle.

Non, elle ne savait pas, et elle s'en moquait, allait-elle lui répondre lorsque son regard fut attiré par une embarcation si misérable au milieu de cette opulence qu'elle semblait y faire injure. Elle venait de déboucher de l'angle du palais et s'apprêtait à croiser la leur. Lucia s'attarda sur la silhouette féminine qui s'en détachait, ombre masquée qui semblait avalée par la lumière.

1. Capuchon étroit de soie noire garni de dentelle et d'un masque de lin blanc sur lequel est cousu un nez pointu.

*Ce port de tête, cette fierté dans la misère. Impression de déjà vu, mais où ? Quand ?*

La femme était assise au fond de la barque. Elle n'eut pas le moindre regard pour elle, pour les invités qui arrivaient par brassées et cernaient leur esquif, la moquant sur sa mise, ou s'émerveillant de l'originalité de son déguisement.

*En est-ce un ?* ne put s'empêcher de songer Lucia.

L'homme qui la menait faisait jouer sa rame dans la *forcola* pour les éloigner en direction de San Marco. Il se mit à chanter une barcarolle.

*Belle voix.*

— Allons, qu'attendez-vous ? s'insurgea Lelio Andreini.

Lucia prit soudain conscience de sa main tendue depuis le quai. Elle s'en saisit, gravit les deux marches à son tour, le laissa présenter l'invitation qu'il portait, puis lui glisser dans le creux de l'oreille :

— À présent, c'est à vous. Je ne vous connais plus et vous ne m'avez jamais rencontré.

Lucia se demanda comment cela serait possible, dans la mesure où on les avait vus arriver ensemble. Elle comprit lorsqu'elle eut dépassé ce vestibule dans lequel, fille d'imprimeur en livraison, on l'avait reçue quelques fois.

Plusieurs centaines de convives, tous masqués et costumés, se pressaient dans les enfilades de pièces. Un gigantesque éventail de couleurs. Le temps qu'elle fasse un tour complet sur elle-même, sa magie avait avalé le comédien, mais elle sut, au regard qui la transperça derrière un loup noir depuis le grand escalier de marbre, autant qu'à la rose rouge qu'il portait en boutonnière : Giorgio Cornaro l'avait précédée.

## 27.

Nombre de galions, bragozzi, galères étaient à l'amarre depuis le canal de la Giudecca jusqu'à l'arsenal. Parmi ces bâtiments qui attendaient à l'appontement de la douane[1] se trouvait celui qui devait les embarquer.

— *La Mia Fortuna*, le désigna Paolo au loin.

Sous le coup encore de la détestable impression que lui avait laissée leur passage obligé devant le palais Foscari, Isabella ne prêta à l'ombre flottante qu'une attention légère.

La colère sourdait plus que jamais en elle. Elle s'était efforcée de rester digne tandis qu'ils longeaient la résidence rendue au carnaval. Mais les moqueries avaient autant piqué son orgueil que son cœur. Elle se sentait orpheline de sa vie assassinée, comme autrefois de ses parents.

*À cause de Giorgio.*

Depuis la proue, Paolo s'était tu. Lui aussi était tendu. Il eût préféré rallier directement le navire plutôt que récupérer ces effets qu'Isabella tenait à emporter.

1. *Dogana da mar* aujourd'hui.

Même s'il leur restait plus de dix heures avant le lever du jour.

Il amarra sa barque à l'un des appontements de la *piazzetta*.

San Marco n'était plus qu'une vaste scène offerte à la commedia dell'arte. Jeux d'ombre et de lumière se mêlaient, étirant, dans la lueur des flambeaux des lanceurs et des danseurs de feu, la masse de dentelle du palais des Doges, le portail exubérant de la basilique.

Acrobates et comédiens se relayaient sur les estrades, sous les arches. Le sol pavé de la place s'était ici transformé en une immense marelle, là en un échiquier sur lequel évoluaient des tours, des cavaliers, des fous, des reines ou des rois humains sous l'impulsion de joueurs juchés sur des échasses. On avait procédé au vol de l'ange de la pointe du campanile jusqu'à celle du palais. Il en restait ce fil sur lequel, depuis, s'essayaient tour à tour des funambules habillés en Pierrot, s'attirant frayeur, rires ou frisson selon le jeu des Colombine qui, dessous, mimaient le désespoir, le dédain ou la passion. Partout des couples masqués, aussi fantasques que mal assortis, s'enlaçaient. Sous les arcades, une farandole s'enroulait autour des piliers.

Tout n'était que divertissement dans des parfums de sucre filé, de pommes caramélisées et de marrons grillés.

De sorte que nul ne se soucia d'eux lorsqu'ils se fondirent à cette masse, grouillante, gesticulante et joyeuse, pour la traverser.

Laissant la tour de l'horloge à gauche, Isabella entraîna Paolo dans une ruelle tortueuse qui menait à l'arrière d'un bâtiment. Elle eût pu entrer par la façade principale, mais c'était le meilleur moyen de se faire prendre si des espions de Giorgio surveillaient son casin. Elle se faufila sous une arche avalée par les ténèbres, se hissa sur la pointe de ses souliers pour tâter le creux d'une moulure. Rassurée, elle en extirpa une clef.

— *Vieni*, lança-t-elle à Paolo, resté faire le guet dans l'ombre d'un pilier.

Elle déverrouilla une porte cochère.

L'escalier qui s'ouvrit devant elle était destiné aux domestiques. Il desservait quatre appartements sur deux étages, tous réservés à des courtisanes qui, comme la bâtisse, appartenaient à Giorgio Cornaro. Il y avait peu de risques pour que l'une d'elles s'y trouve avec tant de fêtes dans les palais.

— Attends-moi là, dit-elle, je n'en aurai pas pour longtemps.

Aucun bruit, sinon le discret craquement des marches cirées sous ses semelles. Parvenue sur le palier, elle demeura quelques secondes l'oreille aux aguets, puis, d'un doigt expert, examina le trou de sa serrure. La mie de pain qu'elle prenait soin d'y glisser après avoir bouclé la porte avait été chassée.

Elle vérifia le chambranle.

*L'huis n'a pas été forcé.*

Le parfum de violette qui flottait encore dans l'appartement le lui confirma sitôt qu'elle eut déverrouillé.

Son « protecteur » s'était discrètement invité.

*Qu'espérait-il trouver qu'il ne m'ait déjà pris ?* s'agaça-t-elle devant les meubles renversés et les coussins éventrés que balayait le rayon de lune au travers des baies.

Elle ramassa un chandelier couché sur un des tapis d'Orient, trouva un briquet à amadou quelques pas plus loin puis s'empressa de masquer chacune des fenêtres de l'appartement. Les bougies allumées, elle passa de pièce en pièce. Tout avait été mis à sac. Il ne restait pas une armoire debout.

À croire qu'il n'avait pas seulement voulu l'éliminer elle, mais ce qui l'avait représentée.

Une aiguille douloureuse traversa son cœur. Elle gagna le cabinet de toilette, décoré de marbres et de stucs. Elle s'agenouilla, puis, balayant l'arrière d'une colonne de la lueur tremblotante des chandelles, fit jouer un mécanisme dissimulé dans l'une des rosaces.

Un panneau s'ouvrit à ras de terre. Elle tira à elle une cassette emplie d'une jolie fortune en or et bijoux. De quoi assurer sa subsistance pendant quelque temps.

Elle repoussa le clapet, puis revint dans sa chambre. Elle allait ramasser quelques vêtements, dessous, chaussures et cape, lorsqu'elle mesura sa sottise. Si Paolo pouvait charrier une petite malle sur son épaule, il ne ferait pas dix pas sans qu'un des agents de la Quarantia dissimulés dans la foule l'arrête, persuadé de coincer un voleur.

Pris pour trois bouts de dentelle ?… Quand Giorgio, lui, défiait toute loi, toute règle depuis des années ?…

La fureur la submergea.

*N'as-tu pas toujours bravé les pires dangers pour exister ? relevé la tête ? écarté les vilains de la pointe parfois de ton épée ? Qui seras-tu demain si tu ne vas pas au bout de toi-même, au bout de la vérité, cette vérité que tu cherches à corps perdu depuis dix ans ? Cette vérité qu'il vient de te voler ?*

— Tu me la dois, plus encore que tout cela ! grinça-t-elle.

Elle ouvrit un coffre et en extirpa des vêtements d'homme.

Quelques minutes plus tard, elle avait troqué la robe offerte par Paolo contre bottes, chapeau, collants et pourpoint de cuir noir. À sa taille elle boucla une ceinture à rapière, à sa cuisse un étui à poignard, puis elle s'arma des deux. Elle masqua le tout sous une cape épaisse, moucha la chandelle.

Elle allait rouvrir les tentures, lorsqu'un souffle la cueillit derrière la nuque.

Elle se figea.

— J'étais inquiet. Tu tardais…

*Paolo.*

Sans un mot, elle lui remit son trésor, puis le laissa la devancer dans l'obscurité.

Elle n'attendit que d'être au bas de l'escalier, pour crisser, plus sèchement qu'elle ne l'aurait voulu :

— Changement de programme.

Paolo s'immobilisa, le cœur suspendu et la main sur la clenche.

— Tu ne veux plus quitter Venise ?

— Si. Mais nous avons jusqu'à l'aube pour ce faire. Avant, je veux des réponses. Et Giorgio détient quelque chose qui me permettra de les trouver. Quelque chose en lien avec ma mère.

Paolo s'étrangla.

— Tu veux retourner chez lui ?

Angoissé par cette perspective qui allait à l'encontre des recommandations de Marco, il l'attira à lui. Elle ne résista pas.

— C'est de la folie, plaida-t-il, sincère.

Elle se durcit.

— Tu n'es pas obligé de m'accompagner.

Paolo soupira à fendre l'âme. Mais celle d'Isabella s'était retrouvée. Assez pour interdire à qui que ce soit d'à nouveau l'en priver.

Il regretta seulement de ne pouvoir se rendre sur Muran pour avertir Marco du danger qu'ils encourraient.

# 28.

Le cœur de Lucia persistait à danser dans sa poitrine. Feindre l'assurance. Elle s'en était drapée dans l'abbatiale. Mais ici, parmi cette noblesse patricienne qui, le rire haut et les mains crochues, cherchait à la découvrir sous le masque, elle peinait à trouver sa place. Vingt minutes que son éventail corrigeait les doigts curieux, repoussait les lèvres gourmandes, chassait les effluves lourds et capiteux. Vingt minutes au moins qu'elle circulait, altière et superbe, de salle d'apparat en salle d'apparat.

L'une succédait à l'autre dans une enfilade majestueuse de draps de velours ou de soie. Étourdie du foisonnement des costumes de commedia, des masques de plume ou de taffetas, elle ne savait plus où poser le regard. L'or s'enroulait autour des piliers, des meubles, caressant le jaspe, l'obsidienne, le marbre, la faïence. Des fresques somptueuses ornaient les plafonds ; des tableaux de Bellini, Tintoret, Véronèse, les murs ; d'immenses tapis d'Orient recouvraient les parquets ; quand, au-dessus de cette foule bruyante et colorée, des milliers de flammes dansaient sur des lustres aux pampilles taillées comme des diamants.

Et s'il n'était que ce décor de féerie !

Des tables couraient le long des murs, régulièrement garnies par des valets qui portaient la livrée des Foscari, longue tunique brodée d'un bouclier soutenu par trois putti. La vaisselle était d'argent, les verres et les carafes, de verre travaillé. Çà et là, au milieu d'immenses chandeliers allumés, des pièces de confiserie représentaient des bouquets de roses, des loups, des amants enlacés.

Jamais Lucia n'avait vu une telle profusion de plats, d'entremets, de sauces, de volailles recomposées, de pyramides de légumes, de fruits. Il suffisait d'un mot, d'un geste, pour que l'on en soit servi et rassasié.

Habituée aux banquets du petit peuple où chacun apportait sa part pour mieux partager, elle découvrait avec stupeur qu'abondance nuisait. On y goûtait du bout des lèvres ou à grandes goulées irrespectueuses, tel cet obèse à sa droite, dont les boutons du gilet se tendaient à éclater. Tête renversée en arrière, louchant sur un pilon qu'une bergère tenait au-dessus de sa bouche grande ouverte, il tremblait de convoitise jusqu'en ses doigts boudinés.

*Un chien lorgnant une friandise.*

Le temps qu'elle s'en détourne, écœurée, un échalas recouvert de plumes venait, sur sa gauche, de passer derrière une courtisane. Il vidait lentement son vin d'orange dans son giron qu'un autre avait dénudé et entrepris de lécher. La dame riait, exigeait qu'on se régale alentour à sa fontaine, formant un cercle autour d'elle et amenant les gourmands jusque sous son jupon.

*Ne pas détourner la tête, trouver tout cela commun.*

Lucia avait du mal.

Elle s'écarta, attirée vers une salle plus petite d'où s'échappaient des voix enchanteresses et une lumière tamisée. Elle reconnut un madrigal de Giovanni Croce devant lequel pleurait une nonne aux mains jointes. Décidée à se repaître quelques secondes de cet instant de grâce, Lucia voulut la rejoindre.

Elle s'arrêta, à peine dépassé le chambranle de la porte, qui lui avait masqué la scène dans son entier. Un abbé, ou tout au moins un qui en avait l'allure, avait relevé sa bure. Il frottait son vit dressé aux fesses nues de la moniale agenouillée, sous l'œil lascif d'autres convives qui s'enlaçaient dans le clair-obscur de la pièce.

Troublée autant que gênée, elle recula, buta contre un torse et sursauta d'autant plus vivement que deux bras musculeux emprisonnèrent aussitôt les siens.

Elle n'eut pas le temps de s'en effrayer qu'une voix, cynique, susurra dans le creux de son oreille :

— Seriez-vous mieux disposée, Lucia ?

*Giorgio.*

Elle déglutit.

— Lâchez-moi.

— Allons, ma chère, un scandale desservirait nos intérêts communs. J'ai repéré de Mesmes et vais vous conduire à lui. Mais auparavant, permettez que cet ensemble vocal termine. Et ne fermez pas les yeux, ou je vous jure que je vous livre à cette bacchanale.

Elle se sentit piégée. Piégée par ces voix dont les vibratos la bouleversaient, ces masques qui ne révélaient que des œillades brûlantes, des larmes de frustration, des bouches gémissantes ou gourmandes. Un ballet de corps qui se dévoilaient, se buvaient, se croquaient. Celle qui portait le déguisement de moniale ondulait des reins comme un navire perdu en quête d'une amarre qu'on lui refusait.

— Le désir, Lucia. Vous ne tromperez pas de Mesmes si vous ne l'acceptez, murmura encore Giorgio Cornaro.

Son souffle effleura le lobe de son oreille, son entrecuisse l'arrondi de sa hanche.

Lucia sentit monter en elle une bouffée de chaleur. Elle remarqua à peine qu'un nouveau madrigal emportait les chœurs. Elle ne parvenait plus à décrocher son regard de ces groupes. Trois au total, hommes et femmes abandonnés au plaisir.

Giorgio Cornaro lui maintenait toujours les bras le long du corps, mais il se frottait contre elle, et bien qu'elle voulût s'en défendre, elle se sentait peu à peu gagnée par la prière de la fausse moniale. Si bien que lorsque l'abbé bascula celle-ci en avant d'une paume impérieuse sur sa nuque, elle sentit son souffle s'accélérer, ses seins se tendre sous le tissu de sa robe.

— Regarde, Lucia. Regarde Venise. Quelle plus grande émotion pourrais-tu en avoir ? chanta Giorgio.

Elle vit disparaître bannière dans la toison brune, prière devenir louange, tandis que l'envolée lyrique de la chorale emplissait ses yeux de larmes. Giorgio la maintint encore, jusqu'à ce que le chant des corps s'y mêle en crescendo puis se taise.

Alors seulement, il s'écarta.

Elle se sentit aspirée en arrière, par un bras. Elle pivota, rencontra son œil masqué qui brûlait d'une satisfaction perverse à la lueur des lanternes de verre coloré, son sourire carnassier.

Elle eût voulu le cingler d'une gifle, d'une remarque acide, mais, comme lui, elle savait ce que son corps réclamait au détriment de son cœur.

Elle se contenta d'accepter sa défaite et de le précéder lorsque, d'un geste galant, il l'y invita.

## 29.

Il l'escorta vers l'escalier monumental qui menait aux étages, lui offrit son bras pour gravir les marches de marbre, là encore encombrées d'anonymes qui se cherchaient, dos à la rampe.

Cette fois pourtant, Lucia ne détourna pas le regard. La leçon que Giorgio venait de lui imposer était cuisante, mais elle en comprenait l'importance. Sans désir, ici, elle n'était qu'une imposture.

Une coursive élégamment supportée par des colonnes de marbre ceinturait le premier palier. Il lui fallut l'atteindre pour qu'une pavane jouée par un ensemble de flûtes à bec, violes de gambe, sacqueboutes et cornets lui explose aux oreilles depuis l'immense salle qui se découpait au-delà des deux larges battants ouverts.

Comme en bas, une foule lascive et bruyante s'y mêlait.

Giorgio Cornaro lui embrassa le creux du poignet.

— Claude de Mesmes se trouve en galante compagnie. Il ne tient qu'à vous qu'il la délaisse. Une loge en hauteur me permettra de vous guider vers lui. Quant à mes hommes, ils sont partout et vous ont déjà repérée. Bonne chance, Lucia.

Il s'inclina puis tourna les talons.

Elle le suivit un instant des yeux, silhouette hautaine et musculeuse qui disparut derrière une tenture.

Puis elle releva le bas de son jupon et força, d'un regard de braise, le passage devant elle.

Ce n'était pas une, mais plusieurs loggias qui entouraient la salle, discrètement creusées dans les encorbellements d'un plafond décoré de fresques. Lorsque Giorgio Cornaro s'y encadra, le cœur de Lucia s'accéléra de nouveau. L'idée qu'il puisse la surveiller la rassurait autant qu'elle l'inquiétait. Sans son aide, il lui aurait été impossible de différencier l'ambassadeur des autres invités de Foscari, mais la menace avait été claire. Il ne la laisserait pas lui échapper.

*Je réussirai*, décida-t-elle en enlevant un verre sur un plateau qui passait à portée.

Sirotant son vin de rose, si hautaine et superbe qu'on la détaillait avec autant d'envie que de respect, elle poursuivit sa progression jusqu'à parvenir devant un mur d'hommes avinés.

L'un d'eux, il Dottore, qui lui faisait face, se liquéfia dans son costume noir colleté de blanc.

*Toi, mon héron, tu vas t'écarter !*

Il s'embarrassa tant sous la morsure veloutée de son regard que la barrette de notaire qu'il portait sur la tête manqua choir. Les autres, Brighella, Pantalone, Arlecchino, qui faisaient cercle autour de lui, pivotèrent d'un bloc, puis, troublés à leur tour, s'écartèrent, incapables d'un mot, d'un sifflement ou même d'une des facéties propres à leurs personnages.

Un sentiment de toute-puissance gagna Lucia. Il Dottore ne bougeait plus.

*À peine semble-t-il respirer.*

Elle s'en grisa, pencha légèrement la tête de côté pour les embraser, l'un après l'autre, d'un regard plus brûlant encore, puis frôla il Dottore en s'arrachant un léger et feint gémissement.

— Garde ceci pour moi, lui chuchota-t-elle à l'oreille, le timbre rauque, avant de lui abandonner son verre.

Elle n'attendit pas de réponse, continua sa progression vers celui que lui désignait Giorgio, suscitant la même réaction devant et autour d'elle : surprise, émoi, courbettes de la part des hommes, jalousie évidente dans l'œil, cinglant, des femmes.

Lorsqu'elle s'arrêta devant l'ambassadeur de France, il s'était déjà détourné d'une Colombine agacée pour l'admirer. Interrompue un instant, la musique explosa à nouveau dans la pièce.

Lucia n'eut qu'un geste, celui de sa main tendue.

Claude de Mesmes s'en empara aussitôt pour, avec elle, se pavaner.

# 30.

Camillo Valaresso détacha son œil glacé du couple que formaient Claude de Mesmes et Lucia, pour le reporter sur son compagnon de droite. Sa *bauta* noire au nez crochu tranchait méchamment avec la lividité de son visage encadré d'une perruque poudrée. Les lèvres étaient si pincées qu'il n'en restait plus qu'un trait.

— Vous en faudra-t-il davantage ?

Henri Concini ne répondit pas.

La pavane était la danse des rois, affirmait-on. Lucia s'y montrait étonnamment à l'aise. Elle avançait avec élégance au rythme lent et majestueux des instruments. Deux pas simples, un double en avant, suivis des mêmes en arrière, un salut de la tête à son cavalier, un changement de main, un mollet dessiné sous le jupon relevé. Rien ne trahissait en elle la fille d'un imprimeur de Santa Fosca.

Henri Concini sentit ses doigts se crisper sur la garde de sa rapière. Il eût aimé fendre l'espace, percer le cœur de l'ambassadeur de France.

— Là-haut, indiqua Camillo Valaresso en lui saisissant l'avant-bras.

Henri Concini consentit enfin à lever les yeux. Ceux de Giorgio Cornaro ne quittaient pas Lucia. Une seconde pique lui perfora le cœur. Valaresso n'avait pas menti.

— Vous vous êtes fait assez de mal. Ne restons pas là, insista le chef de la Quarantia Criminale.

*Trop tard*, songea Concini, amer.

La douleur lui tétanisait les jambes. Les danseurs venaient de former un cortège, avançant vers eux.

— Venez, le pressa Valaresso.

Henri Concini broya cette pieuvre accrochée à son bras, la forçant méchamment à lâcher sa proie. Son regard s'enflamma dans la fente du masque. Sa voix trancha :

— N'oubliez pas à qui vous vous adressez…

Valaresso n'insista plus. Craignant le pire, il recula.

À chaque nouveau pas, Lucia se grisait davantage. Claude de Mesmes ne cessait, lors de leurs face-à-face, de la couver d'un regard de braise. Elle lui en retournait de plus ardents encore, arrondissant sa bouche en une promesse de baisers. Les enchaînements lui permettaient, par intermittence, d'entrevoir Giorgio Cornaro. Il semblait ravi de sa maîtrise de la danse, de son jeu langoureux.

Elle avançait à présent droit devant elle, menée par cette main moite qui trahissait le désir de son partenaire.

Et soudain, son attention fut retenue par un homme au costume d'une indécente richesse. Inexplicablement, son cœur s'emballa dans sa poitrine. Elle chercha son regard. N'obtint en retour qu'un éclair chargé d'autant de désarroi que de haine.

Tandis que Claude de Mesmes lui imposait un demi-tour élégant, elle sentit une sueur froide lui glacer l'échine. Remplaçant les couples qui évoluaient sur la piste, des papillons dansèrent devant ses yeux.

Avant même qu'elle ait pu comprendre comment, l'ambassadeur de France la cueillait dans ses bras.

— Ne faites rien que vous puissiez regretter, monsieur. Cornaro a des hommes partout, crissa la voix de Valaresso près de l'oreille de Concini.

Mais les manières de courtisane de Lucia avaient eu raison de sa suspicion. L'attention que lui prodiguait Claude de Mesmes en la guidant vers un boudoir attenant, aussi.

*Il faudrait être aveugle pour douter encore.*

Lorsque Lucia put regarder en arrière, troublée au plus profond d'elle-même sans qu'elle puisse s'expliquer pourquoi, Henri Concini était retourné à son anonymat. Un second coup d'œil en direction de la loge lui indiqua que Giorgio Cornaro aussi.

Elle était désormais seule.

Avec l'homme qui détenait son père.

Elle le laissa la soutenir jusqu'à une alcôve tendue de velours grenat, dont le rideau relevé signifiait qu'elle était libre. Des autres s'échappaient rires de gorge ou gémissements.

Une bouffée d'angoisse la regagna lorsqu'il l'étendit sur la banquette. Elle ne pourrait pas lui piquer un poignard sous la gorge ici. Trop de témoins.

*Gagner du temps... Trouver une idée.*

— Je nous ai couverts de ridicule par ce malaise, me le reprocherez-vous ? minauda-t-elle.

Il se pencha vers elle pour cueillir sa main posée sur sa poitrine.

— Cela dépendra de vous…

— Vraiment ?

Il lui retira délicatement son gant, porta les doigts nus à ses lèvres et entreprit de les lécher voluptueusement.

Des râles montaient de l'alcôve voisine, appelant le plaisir. Mais cette fois Lucia en était guérie. Hors de question qu'elle se laisse souiller par cet homme. Elle n'avait réussi à faire illusion que le temps de le ferrer.

*Je dois trouver le moyen de nous isoler*, se mordit-elle les lèvres tandis qu'impatiemment Claude de Mesmes remontait ses jupons. Fort heureusement du côté où elle ne dissimulait pas son poignard.

Son souffle s'accéléra, donnant à croire qu'elle s'excitait sous la pression de sa paume moite en haut de sa cuisse, de sa langue autour de son index, quand il ne lui inspirait que dégoût.

— Vous êtes délicieuse, susurra-t-il après avoir sorti ce dernier de sa bouche.

— Que diriez-vous que nous en goûtions davantage ? Dans un endroit et un registre plus… audacieux… propres à me guérir d'autres « défaillances »…

L'œil de Claude de Mesmes s'embrasa.

— Voilà qui ne serait pour me déplaire, ma chère. Permettez ?

Il lui souleva le masque, s'attarda sur ses traits comme un prédateur fasciné par sa proie.

Devant l'évidente satisfaction qu'il afficha, elle ombra son regard, accrocha une moue de provocation à ses lèvres.

Son masque rajusté, elle l'invita à l'aider à se redresser. Mais sa main resta tendue au bout de son bras. Debout face à elle, il la détaillait à présent avec gourmandise. Lorsqu'il avança un genou entre ses cuisses, plissant le jupon qu'elle y avait rabattu, elle craignit qu'il ne se jette finalement sur elle, trop alanguie en travers des coussins.

Elle prit un air déçu, presque méprisant.

— Est-ce tout ce que vous pouvez me promettre, monsieur ?

Un rictus cruel déforma le sourire de l'ambassadeur.

— Venez…

Bien que courtois, le ton n'était plus le même.

Un détestable frisson parcourut Lucia. Elle chassa son inquiétude en s'assurant de rester maîtresse de ce jeu pervers et, cette fois, enroula sa main à la sienne.

# 31.

Ils avaient traversé la *piazzetta* San Marco sans éveiller plus de suspicion qu'à l'aller, Isabella ayant pris soin de dissimuler sa cassette dans l'ampleur de sa cape et de feindre, comme elle y excellait, la démarche d'un ivrogne.

Tout avait été facile. Remonter dans la barque, s'éloigner du quai.

*Trop*, songea Paolo avec inquiétude. Il ourla un regard en direction de *La Mia Fortuna* qui se détachait sous la lune.

« L'embarquer. De gré ou de force », lui avait fait promettre Marco.

Mais comment la contraindre au milieu de la foule de San Marco ? Ici, dans cette barque ? Sa seule chance était de la convaincre de monter à bord pour quelques minutes. Là, il pourrait compter sur Augusto Sforza pour lui interdire d'en redescendre, quelles qu'en soient les conséquences pour leur « relation ».

*Ai-je d'autre choix que de te sauver de toi-même,* bella *?*

Il ralentit l'allure.

— Ton pécule est encombrant. Nous pourrions le confier au capitaine Sforza. Il passe pour le plus honnête du monde.

— Un Vénitien ne l'est jamais. C'est non.

Renvoyé à sa fourberie peu glorieuse, il ne sut pas insister.

— Je n'ai confiance qu'en toi, Paolo, s'adoucit-elle.

Mais son inflexion se perdit dans le brouhaha qui régnait sur l'artère fluviale, de plus en plus encombrée à cette heure. C'était toujours ainsi le premier soir du carnaval. Plus la nuit avancerait, plus Venise vibrerait.

Retourné à son tourment, Paolo étendit son index en direction de l'embouchure d'un *rio* sur la droite.

— Il ressort à l'angle de Santa Luca. Cela nous permettrait de nous rapprocher du Rialto. Nous y gagnerions du temps et de la distance.

— Et cela nous dispenserait de passer, cette fois, devant le palais Foscari. C'est une bonne idée, sourit-elle, touchée par son attention alors même qu'elle était convaincue de l'avoir blessé.

Il fit jouer sa rame dans la *forcola* pour se détacher du courant, obliqua.

*Ma Venise à moi,* bella... *Puisse-t-elle toucher ton âme, te faire renoncer à ce qui te semble précieux, quand seul le bonheur devrait l'être.*

À peine se furent-ils engouffrés entre les maisons piquées dans la lagune qu'une explosion de bruits et de parfums les enveloppa. Un marché flottant collait aux bâtisses, dont les ocres et les jaunes s'éclairaient sous le halo des lanternes colorées suspendues aux balustres.

Des hommes, portant de chatoyants costumes de fous, agitaient les clochettes de leur chapeau. Tour à tour, ils exhibaient chandelles, draps, costumes, masques, balles de jonglage et bâtons de feu, attirant à eux les chalands à grand renfort de gouaille et de gesticulations.

Des petites gens, déjà costumés, les apostrophaient joyeusement depuis les fenêtres, la remarque vive, culottée.

— Pas besoin d'exhiber tes grelots, eh l'eunuque !

— Tu sais ce qu'il te dit, l'eunuque ?

— Avec une voix pareille ? Que t'as pas trouvé une belle pour te les remonter !

Bien que toujours engluée dans sa rancœur et sa détermination à reprendre la gravure à Giorgio, Isabella ne put s'empêcher de sourire. C'était la première fois qu'elle voyait vraiment battre le cœur de Venise. Jusque-là, sa condition, ses fréquentations l'avaient écartée de cette réalité. Elle en prit la pleine mesure dans l'attitude enlevée et chaleureuse de Paolo, face au salut des uns, aux remarques grivoises des autres. Il ne se départit pas de sa délicatesse, d'un humour léger, décalé, alors même qu'elle sentait à quel point sa décision de se rendre chez Giorgio l'affectait.

Soudain, devant eux, l'un des marchands leur bloqua le passage.

— *Per la signora !* insista-t-il en faisant rouler sous ses doigts les perles de bois d'un de ces bijoux que les matrones affichaient pompeusement à leur décolleté.

Moins d'une semaine plus tôt, elle n'en aurait pas vu la valeur. La main de Paolo à sa poche, si souvent crevée, et les souhaits de félicité du vieil homme la touchèrent plus qu'elle ne l'aurait imaginé.

Elle pivota le buste, releva ses cheveux. Paolo lui attacha le collier, puis déposa un baiser au creux de sa nuque.

— Il est moi, *bella*. Puisse-t-il te porter chance, murmura-t-il.

Troublée, elle retint un instant sa main à son épaule, avant, contrainte par l'arrivée d'une autre barque, de le laisser détacher leur embarcation de celle du marchand. Ils s'en éloignaient que ce dernier se tordait toujours les mains en s'époumonant : « *Bella ! Bella ! Bella ragazza !* » comme si, attirant sur elle le regard des badauds, il espérait convaincre de nouveaux clients.

Ils n'étaient pas passés sous le second pont que des senteurs de rôt leur chatouillèrent les narines. Sur leur droite, les habitants d'un *campo*, costumés eux aussi, mangeaient, riaient, jouaient, buvaient, dansaient devant des braises sur lesquelles grillaient les poissons de lagune qu'une flopée d'enfants venaient de pêcher à leurs pieds.

Impossible de s'entendre dans ce tumulte. À la faveur de la lumière mordorée qui irisait leurs visages, ils échangèrent le même regard affamé.

Paolo s'accola au quai, héla l'un des cuisiniers de fortune, un père de famille, à en juger par les deux petiots qui se taquinaient autour de ses jambes.

L'homme avança vers lui sa bedaine proéminente et lui tendit deux portions dans la largeur, imposante, de sa main.

— Régalez-vous, les amoureux !

Paolo le remercia, les posa sur le banc de la barque et se remit à sa rame, non sans un regard vers Isabella. Les traits plus détendus, elle venait de laisser ses doigts troubler l'onde.

*Comme elle est belle quand elle sourit !*

Un instant il crut qu'il avait gagné, mais son œil revint en arrière, à ces gens, à cette gouaille, à cette misère joyeuse. Et son cœur se serra.

Quitter Venise serait pour lui une déchirure.

Alors comment le pourrait-elle, sans avoir fait le deuil de son passé ?

# 32.

Lucia s'attendait qu'ils rejoignent l'escalier monumental. Mais à peine eurent-ils quitté le boudoir que Claude de Mesmes l'entraînait à l'opposé, dans un dédale de salles d'apparat où se mêlaient jeux sensuels et accords de clavecin.

Ils empruntaient à présent un corridor réservé aux domestiques. Il tenait toujours sa main dans la sienne tel un amant empressé, mais au fil des minutes, Lucia l'avait sentie se resserrer jusqu'à la broyer, comme s'il craignait plutôt qu'elle ne change d'idée et ne lui échappe. Elle en éprouvait une sensation malsaine de danger et d'excitation. Elle entendait le souffle court de l'ambassadeur trahissant son impatience à la posséder, suivait ses pas de plus en plus pressés, mais elle ne songeait qu'à son poignard sous son jupon. À l'instant où elle le lui piquerait sous la gorge pour le forcer à lui révéler où il détenait son père. Elle savait qu'elle devrait aller jusqu'au bout ensuite. Que ce serait elle ou lui. Mais tuer de sang-froid, fût-ce l'homme qui lui avait tout pris et restait une menace, lui serait plus difficile que dans le feu du combat.

Elle avait aussi envisagé l'éventualité que la situation se retournât contre elle. Claude de Mesmes passait, selon Andreini, pour un fin bretteur. Un homme rusé et vif. Ce serait une erreur de le sous-estimer, même si elle comptait sur l'effet de surprise. Ne lui resterait alors qu'à négocier un échange : son père, contre la gravure. Une proposition qu'il ne manquerait pas d'accepter, se rassurait-elle. Dans un premier temps du moins, car elle se doutait bien qu'une fois qu'il aurait récupéré son bien leur vie à tous les deux ne vaudrait pas plus cher pour lui que pour Giorgio Cornaro. Ils devraient fuir le plus loin et le plus vite possible de Venise.

Alors que ce corridor semblait sans fin et qu'elle commençait à se demander si l'occasion lui serait enfin donnée de conclure, Claude de Mesmes s'arrêta soudain devant une tenture.

Elle souleva un sourcil en signe de curiosité, lui l'aplomb du tissu.

Lucia vit se découper un rectangle obscur dans le mur.

— Vous vouliez de la discrétion, ma chère ? Ce corridor secret, que l'on nomme « la pieuvre », offre un regard sur les alcôves du palais. On y découvre les perversions les plus sophistiquées… De quoi aiguiser votre appétit tandis que, par-derrière, je m'appliquerai à le rabattre… ajouta-t-il dans une œillade brûlante et un geste pour l'inviter à l'y devancer.

*Visiblement il connaît les lieux aussi bien que Giorgio Cornaro ! Curieux de la part d'un homme qui ne séjourne à Venise que depuis quelques mois*, s'inquiéta-t-elle.

Avait-elle d'autre choix pourtant que de contrer son propre instinct ?

La gorge nouée, elle se risqua dans l'ouverture.

Elle n'avait pas fait quelques pas que l'obscurité retomba avec le rideau. Elle sentit le souffle chaud et rauque de l'ambassadeur sur sa nuque.

— Plus loin.

Guidée par l'aplomb du mur à sa gauche, elle obtempéra. Si, déjouant sa menace, Claude de Mesmes appelait à l'aide, mieux valait mettre de la distance entre eux et un valet qui pourrait l'entendre.

*Je dois profiter de ces ténèbres. Récupérer mon arme tout en marchant.*

Elle releva délicatement son jupon.

Elle n'eut pas le temps de se saisir du poignard qu'une main impérieuse, plaquée sur la sienne, le lui interdit. Profitant de sa surprise, un bras lui ceintura la taille et la fit pivoter. La fraction de seconde suivante elle se retrouvait écrasée contre le mur, les deux mains méchamment ramenées à hauteur des omoplates.

— Qui croyais-tu duper, Lucia ? entendit-elle crisser contre son oreille.

*Démasquée. Je suis démasquée. Comment ?*

Un élan de panique s'empara d'elle en même temps que la douleur gagnait ses coudes, près de se disloquer.

Elle hurla, chercha à se dégager, mais ne réussit qu'à lui faire resserrer plus étroitement son emprise.

— Cesse de t'agiter ! Ça ne suffira pas à te sauver ! N'est-ce point ce que tu voulais ? Être punie ? ricana-t-il.

Il fit coulisser un panneau de bois à hauteur de ses yeux.

Elle se figea aussitôt. Derrière, semblant attendre ce dénouement sous les caresses d'une Colombine à genoux, Giorgio Cornaro regardait dans sa direction. Un sourire pervers lui étira les lèvres tandis qu'il la saluait d'un mouvement de tête.

— Je ne comprends pas, se mit à trembler Lucia.

— Vraiment ? Alors je vais te rafraîchir la mémoire. Où est la gravure ?

— Où est mon père ?

L'ambassadeur lâcha un rire sec, méprisant.

— Ne joue pas à ça avec moi, ma jolie, je sais ce que tu vaux ! Guère mieux que ton grand-père !

Le sang de Lucia se figea dans ses veines.

— Que savez-vous de lui ?

Sa main s'engouffra sans ménagement dans son décolleté.

— Préoccupe-toi plutôt de ce qui t'attend si tu ne réponds pas. Où est la gravure ?

Lucia se sentit perdue. En face d'elle, Giorgio Cornaro la fixait toujours, une main oppressant la nuque de sa partenaire entre ses cuisses, comme si la seule idée de sa contrainte, derrière cette épaisseur de muraille, l'excitait plus encore que la fellation.

Son sang quitta ses veines.

*Depuis le début ! Il s'est joué de moi depuis le début !*

Il ne l'avait arrachée aux griffes de sa sœur que pour la livrer à l'ambassadeur dont il était complice. Encore fallait-il la convaincre de se jeter tête baissée à son cou ! Elle se sentit stupide. Qui s'était-elle crue pour se mesurer à ces hommes dont la fourberie était le métier, une seconde nature ?

Un sanglot lui remonta à la gorge, entérina sa détermination.

— Je vous la donnerai. Mais seulement en échange de mon père.

— Je ne l'ai pas.

— Vous mentez ! Giorgio…

Elle s'arrêta, giflée par l'évidence. Il avait menti. Pour cela aussi. Le rire méprisant de Claude de Mesmes à son oreille le lui confirma.

— Qui ? Qui le retient ? se désespéra-t-elle.

— La gravure, Lucia. Je m'impatiente.

Deux doigts s'enroulèrent à son téton, le pincèrent jusqu'à lui arracher des larmes.

— Je vous en prie…

Il s'immobilisa, brusquement tendu. Le temps qu'elle en prenne conscience, une voix d'homme, effroyablement calme, tombait derrière eux :

— N'avez-vous pas entendu ce que réclame mademoiselle ? Ôtez vos griffes, monsieur.

L'ambassadeur obtempéra aussitôt.

Le cœur de Lucia s'emballa dans sa poitrine.

*On doit le menacer d'une arme ! Qui ?*

— De quoi vous mêlez-vous ? s'enragea Claude de Mesmes.

— Devinez… se moqua l'inconnu, avant de l'arracher violemment à elle.

Le souvenir du riche patricien, dont le regard ambigu l'avait percée tandis qu'elle dansait, lui fouetta la mémoire. Serait-ce lui ? Pourquoi les avait-il suivis ?

*La gravure*, lui souffla son instinct. *C'est forcément un chasseur de grimoire... Le ravisseur de papa !*

Elle prit ses jambes à son cou.

# 33.

Elle entendit derrière elle un choc violent qui se répercuta en écho entre ces murs étroits, ce plafond bas. Il lui sembla étouffer. Débarrassée de ses escarpins qui la ralentissaient, une main tendue en avant pour se garder de tout obstacle, l'autre se guidant à l'une des parois, elle courait avec la sensation détestable que l'un de ces hommes était à terre. Peu importait lequel, il voulait la gravure et savait qu'elle la détenait, preuve que tous avaient su faire la différence entre l'original et le faux, saisi dans l'atelier de son père. Arguer qu'elle avait brûlé durant l'incendie ne servirait à rien. On la tuerait.

Elle refoula un sanglot en imaginant que son père, déjà, ait pu connaître un sort funeste.

— Lucia ! entendit-elle derrière elle.

Ce n'était pas la voix de l'ambassadeur.

— Je ne suis pas votre ennemi, insista-t-elle, la persuadant pourtant du contraire.

L'inconnu se rapprochait. Il avait dû allumer une lampe à en juger par la luminosité, faible encore, qui perçait à présent l'obscurité.

Il lui sembla distinguer devant elle les marches d'un escalier.

*La sortie.*

Elle ralentit à peine, gravit les degrés. Pour se retrouver face à un mur.

*Un mécanisme. Il doit y avoir un mécanisme !* s'affola-t-elle, tandis que les pas, rapides, se rapprochaient. De plus en plus paniquée, elle s'usa les ongles sur la surface rugueuse, jusqu'à comprendre qu'elle ne s'ouvrirait pas à temps.

Alors, ramenée à cet instinct de survie qui lui avait servi un an plus tôt, elle arracha son poignard de dessous son jupon et se prépara au pire.

L'individu, qui s'arrêta au pied de l'escalier, était grand, d'allure musculeuse. Il se cachait sous un masque, mais sa tenue d'il Capitano, soulignée par le maigre halo de la lanterne, n'avait rien de commun avec celle de l'homme qui l'avait dévisagée au bal.

*Un de ses sbires, sans doute.*

— N'approchez pas, le menaça-t-elle.

— Drôle de manière de remercier celui qui vient de vous sauver la vie.

— Pour mieux me la prendre ensuite. Et celle de mon père ! Et la gravure ! le fustigea-t-elle, terrorisée.

— Si c'est ce que vous croyez…

Il porta la main à sa ceinture.

— Que faites-vous ? trembla-t-elle.

— Vous le voyez, je détache mon baudrier. Je vais le poser à terre, avec mon poignard et cette lampe, puis reculer d'une vingtaine de pas. Ce sera suffisant pour que vous les récupériez sans redouter une quelconque ruse.

— Je...

— Vous n'avez rien à craindre, Lucia. Je sais qui retient votre père et ne veux que vous aider à le libérer. Quant à cette gravure, elle ne présente aucun attrait pour moi, mais vous allez avoir besoin de soutien contre ces puissants qui la convoitent. Donc, s'il faut me mettre à votre merci pour vous en convaincre, m'y voici.

Troublée, elle le vit s'acquitter de sa promesse. Elle descendit pourtant, ramassa ses lames et la lanterne.

Ce ne fut qu'une fois le palier regagné que sa tension se relâcha d'un cran.

— C'est bon. Vous pouvez approcher, l'invita-t-elle avant de réclamer, péremptoire : Qui êtes-vous ?

— Je m'appelle Marco Docciolini.

*Marco Docciolini.*

Elle connaissait ce nom. Sa mémoire se réappropria une couverture de livre sur l'étagère de son père, saisi par ses mains curieuses. Un titre : *Trattato in Materia di Scherma*[1]...

— Docciolini, le maître d'armes ?

— Lui-même.

Elle avait appris beaucoup dans son traité d'escrime. Outre la manière de se servir d'une lame de côté, seule ou avec des armes secondaires, Docciolini prônait un code d'honneur hérité des préceptes de la chevalerie. Mentir l'aurait souillé.

— Me jurez-vous, monsieur, que vous n'en voulez qu'à mes ennemis et à ceux de mon père ?

---

1. Traité d'escrime écrit par Marco Docciolini et publié en 1601.

— Ils sont les miens, Lucia. Vous avez ma parole.

Une bouffée d'espoir la regagna.

— Je sais ce qu'elle vaut, monsieur. Voici vos lames.

Elle descendit deux marches, les lui tendit, penaude.

— Merci. Sans vous…

Il se fendit d'un franc sourire tout en rajustant la ceinture à sa taille.

— Le temps presse. J'ai assommé l'ambassadeur, mais Cornaro a déjà dû bondir de son fauteuil, derrière la cloison.

Elle fronça les sourcils.

— Comment savez-vous ?

— Je l'ai vu s'y installer sitôt que l'ambassadeur vous a éloignée du boudoir.

Le cœur de Lucia s'emplit de reconnaissance.

— Vous veilliez donc ?

— Depuis le début de la soirée. Je vous expliquerai tout, je vous le promets, mais en temps et heure. Jusque-là, même si cela vous est difficile au regard des derniers événements, je vous demande de me faire confiance. Nous ne tarderons pas à être pris en tenaille si nous restons ici. Permettez ? ajouta-t-il en désignant l'escalier.

Sa voix était profonde, généreuse. Il émanait de lui une force tranquille, mélange de volonté et de certitude. Lucia se sentit apaisée.

Elle hocha la tête, le laissa gagner le panneau secret.

— Derrière se trouve une petite salle de musique, dit-il en faisant jouer le mécanisme adroitement dissimulé au plafond.

Un déclic. Il n'attendit pas que la cloison ait fini de pivoter pour arracher sa rapière et inviter Lucia au silence.

Ils se glissèrent dans la pièce, guidés par la lune, évitant les meubles, les chaises et une harpe imposante.

— Par là, indiqua Marco, une fois qu'ils eurent atteint le corridor, rutilant de lanternes.

— Où sommes-nous ?

Il se retourna, révélant ce que la pénombre lui avait dissimulé jusque-là : un œil d'acier empreint de détermination autant que de délicatesse derrière la fente du loup noir. La mâchoire, piquée d'une barbe naissante, laissait deviner une bouche charnue. Le nez, droit, y dessinait une ombre sensuelle.

Conquis par son sourire, il le lui rendit.

— Dans l'appartement de Foscari. Cette partie de l'étage est privée…

Il s'interrompit brusquement, releva la main pour lui imposer à nouveau le silence.

Le cœur de Lucia s'emballa méchamment dans sa poitrine. Des bruits de pas impérieux se rapprochaient.

— Venez, chuchota-t-il en ouvrant une porte voisine.

# 34.

— Au moins un lit qui n'aura pas été défait, glissa malicieusement Marco pour la distraire, avant de risquer un œil par la porte entrebâillée.

Son trait n'eut aucun effet. Tendue, Lucia s'était déjà adossée au mur, entre le chambranle et une grande toile encadrée. Son regard furtif, inquiet, s'égara dans le clair-obscur de cette chambre aux meubles lourds dont les dorures se détachaient par endroits sous la lumière blafarde. Il se dégageait de l'ensemble, en dépit de son imposante richesse, une austérité qui contrastait avec le reste du palais, dévolu à la frivolité.

Elle frissonna, se rapprocha plus encore de Marco pour écouter.

— Rappelez-moi pourquoi je vous paie, Valaresso ? crissa une voix agacée, bien qu'encore lointaine.

*Giorgio.*

Elle se figea.

— Elles n'ont pu que se réfugier ici, monsieur. Nos hommes n'ont pas vu Lucia ressortir et de Mesmes a été frappé par-derrière. Or qui mieux que la Rosselli connaît ces passages secrets ?

*Isabella*, sursauta Lucia. *Giorgio pense qu'Isabella m'a aidée à m'évader... qu'elle est ma complice. Depuis le début*, s'ahurit-elle, comprenant soudain pourquoi il s'était associé à l'ambassadeur, pourquoi Valaresso s'était refusé à croire son père enlevé. *Dans quel but l'aurait-elle fait ?* s'estomaqua-t-elle de leur association d'idées, avant de se souvenir de l'allusion de l'ambassadeur. *Ils savent. Ils savent que grand-père recherchait le grimoire. Qu'Isabella en est obsédée... Bon sang, où es-tu papa ? Est-ce la courtisane qui te retient ? Ou bien tous ont-ils été joués par un autre, plus malin, plus discret, qui se repaît de leur agitation pour mieux disparaître ?*

De nouveau, l'image du riche patricien de la salle de bal lui revint en mémoire.

*Qui es-tu ?*

Ulcéré, Giorgio continuait d'aboyer depuis le corridor.

— Retournez cet étage s'il le faut !

— C'est que… don Foscari…

— Quoi, don Foscari ?

— Nous sommes chez lui, tout de même.

— Plus pour longtemps s'il me désoblige ! Déployez vos hommes et retrouvez-moi ces deux garces ! Ou je ne donne pas cher, non plus, de votre peau !

Marco repoussa le battant pour se tourner vers elle.

— Si nous voulons avoir une chance d'échapper à leur inspection, il nous faut compter sur la surprise et gagner cette pièce, à leur opposé. De là, nous pourrons fuir, Lucia, mais ce ne sera pas sans danger. Ils vont probablement nous voir et nous courser. Peut-être même tirer. Vous en sentez-vous capable ? chuchota-t-il.

— Une autre option ?

— Non. Si nous restons, même cachés, nous sommes faits. Quant à emprunter cette fenêtre, nous nous briserions au bas, sur le pavé.

— Alors allons-y, décida-t-elle, la peur au ventre.

Il entrebâilla de nouveau le battant. Les deux hommes rebroussaient chemin pour donner leurs ordres. Lucia évalua la distance jusqu'à la salle que lui avait désignée Marco.

*Si le parquet ne craque pas, si le regard des hommes de Cornaro nous évite, si...*

— Ne lâchez pas ma main. Quoi qu'il arrive, Lucia, ne lâchez pas ma main, murmura-t-il en refermant ses doigts puissants sur les siens.

Ils s'étaient à peine élancés qu'une voix d'homme montait dans les aigus :

— Là ! Là ! Ils sont là !

Lucia n'attendit pas d'être tirée en avant pour courir à toutes jambes.

Derrière eux, déjà, Giorgio beuglait :

— Ne les laissez pas s'échapper !

Lucia entendit le galop des bottes derrière elle.

*À moins de pouvoir barricader la porte, nous serons repris avant d'avoir atteint le rez-de-chaussée*, pensa-t-elle, affolée.

Mais à peine eut-elle franchi le seuil que ses yeux s'arrondirent d'effroi.

*L'escalier ? Où est l'escalier ?*

La pièce, profonde, n'offrait pas d'autre issue que trois baies à doubles vantaux, à peine découplées dans le contre-jour lunaire. Baies vers lesquelles Marco l'entraînait plus vivement que jamais.

Le rire triomphant de Giorgio Cornaro éclata dans son dos.

— Droit dans le mur ! Comme toujours, Lucia !

À l'instant où tout lui sembla perdu, elle sentit un vent frais lui chatouiller le visage.

Regagnée par l'encourageante perspective du canal en contrebas, elle cala son allure sur celle de Marco pour prendre assez d'élan.

— Les fenêtres sont ouvertes ! Ils vont sauter ! comprit enfin Cornaro alors qu'ils atteignaient l'ouverture.

Lucia entendit claquer l'amorce d'un pistolet, avant, confiante, de s'envoler.

À peine eurent-ils touché la surface que Marco la ceintura pour l'entraîner vers le fond. Dans la précipitation, Lucia n'avait pas pris une bouffée d'air suffisante. Bien vite, elle en manqua. Elle commença à se débattre, cherchant à remonter, mais la poigne de Marco était trop puissante. Elle leva les yeux en quête de lumière, d'espoir, nota les trouées qu'imprimaient les balles s'enfonçant autour d'eux.

*Lâche prise ! Lâche prise ou tu vas mourir là !* lui hurla son instinct.

Elle s'abandonna.

Marco n'attendait que cela. Il l'empêcha de respirer en lui pinçant le nez tandis qu'il forçait ses lèvres à s'ouvrir sous les siennes.

Si bien que lorsqu'ils émergèrent enfin, ce fut dans le souffle partagé d'un baiser.

Au-dessus d'eux, les pistolets avaient cessé de cracher.

— Accrochez-vous à ma ceinture, ordonna-t-il, la devinant embarrassée par ses jupons.

Personne ne semblait avoir remarqué leur saut, cette partie du palais étant réservée au seul usage de ses propriétaires, mais le courant les ramenait vers la lumière et les feux d'artifice du Grand Canal. Les hommes de Cornaro ne tarderaient pas à débouler. Sans compter qu'à tout moment une gondole pouvait surgir.

Lucia se contraignit à ne pas bouger pour ne pas gêner la nage féroce de Marco à contre-courant, mais l'eau froide tétanisait ses muscles endoloris. Par deux fois, elle coula, toussa, cracha, avant qu'ils n'atteignent enfin le pont que visait Marco en amont.

À peine eurent-ils le temps de se fondre à l'obscurité d'un des piliers que l'on commençait à s'agiter autour du palais. Giorgio Cornaro en avait jailli comme un diable. Il houspillait Valaresso dans son sillage, bousculait les invités de Foscari qui, continuant d'arriver, s'offusquaient. Si Lucia n'en avait éprouvé la gravité jusqu'en ses os, glacés, la scène aurait pu passer pour une pantalonnade.

D'une main autour de sa taille, Marco la maintint contre lui, de l'autre il s'agrippa au soubassement du pont.

Lorsque la lueur des lanternes se rapprocha, Lucia lui adressa un signe de tête. Elle était prête à se laisser couler à nouveau. Ils disparurent ensemble de la surface, à l'instant même où la lumière la balayait.

Une nouvelle fois, Marco vint chercher sa bouche pour lui donner un peu d'air.

*Visiblement il n'en est pas à sa première expérience de ce genre*... nota-t-elle, épuisée.

Ils remontèrent à la surface. Rires et musique fusaient toujours du palais vers lequel les hommes de Cornaro étaient retournés. Des gondoles se détachaient du ponton.

Un soupir soulagé ébranla Marco.

— Tout se passe comme je l'espérais. Ils pensent que nous avons été sonnés par la chute et entraînés vers le Grand Canal. Ils vont le sillonner.

Lucia sentit une bouffée de confiance la regagner.

— Vous saviez donc que la croisée serait ouverte.

Dans cette pénombre qui les avalait, Lucia crut déceler un sourire sur son visage.

— Je ne laisse jamais rien au hasard.

— Un escalier aurait mieux fait mon affaire.

— Tous étaient surveillés. Mieux vaut attendre qu'ils s'éloignent. Vous sentez-vous capable de rester encore dans l'eau ? chuchota-t-il.

— Oui, mais je suis frigorifiée.

Il la serra plus fort contre lui. Elle abandonna sa tête contre son épaule. Tout en elle s'engourdissait, à lui donner la nausée, et pourtant, les traits altiers de la courtisane s'imposèrent dans sa mémoire.

*Était-elle là ce soir ?*

— Va-t-il la trouver ? demanda-t-elle.

— Qui ?

— Isabella Rosselli.

— Non. Elle n'est pas responsable de l'enlèvement de votre père. Elle sera bientôt en sécurité. Comme vous.

Cette affirmation soulagea Lucia plus qu'elle ne s'y attendait.

## 35.

En quelques minutes les libations du carnaval avaient repris leurs droits, noyant la quête des hommes de Cornaro dans le fracas d'un somptueux feu d'artifice.

Une poignée de gondoles se trouvaient alignées le long des quais dans l'attente que les bals s'achèvent. Si certaines servaient de refuge galant, la plupart avaient été désertées par leurs propriétaires, empressés auprès d'hommes ou de femmes dont les masques chassaient la condition.

Marco avait laissé Lucia à l'abri, peu confortable, du pilier, pour en subtiliser une, mollement attachée à un plot.

Depuis, grelottante, elle ne songeait qu'à sa chaleur perdue. Pour ajouter à son inconfort, des mouvements furtifs dans les replis de sa robe, autour de ses mollets, l'assuraient des nombreux poissons qui peuplaient la lagune. En d'autres temps, elle s'en serait amusée, mais là, elle peinait à conserver son sang-froid.

*Un peu de cran, Lucia. Regarde, Marco revient, aussi désinvolte qu'un barcarol. À croire qu'il serait capable de défier le Lion d'une chanson*[1].

D'un mouvement fluide, il se rangea de l'autre côté de l'arche.

— Venez.

Elle desserra ses bras du pilier, se sentit aussitôt attirée par le descendant.

— Je n'y arrive pas. Le froid me tétanise, claqua-t-elle des dents.

— Je vais vous aider.

Happée par ses deux mains, elle se laissa choir dans le fond, comme une sirène capturée.

— Hâtez-vous, Marco, chaque gerbe illumine le pont. Quelqu'un finira par nous remarquer, l'implora-t-elle, affolée par le temps qu'il lui avait consacré alors qu'ils auraient déjà dû filer.

Conscient du danger, il retourna à sa rame.

Prisonnière du tissu entortillé autour d'elle, elle ne put que rester immobile, priant pour que les hommes de Cornaro ne détournent pas les yeux du Grand Canal qu'ils persistaient à scruter de leurs torches, comme si les fleurs de lumière qui pleuvaient autour d'eux n'y suffisaient pas.

Durant quelques secondes, Lucia crut qu'ils étaient tirés d'affaire. De sa posture inconfortable, elle voyait Marco remonter le courant au rythme de sa musculature puissante. Et puis soudain, alors qu'ils venaient de dépasser la masse imposante de l'église Santa Margarita sur leur gauche, des hurlements stridents émergèrent du fracas ambiant.

---

1. Le lion de San Marco, l'emblème de Venise.

Angoissée, elle se redressa juste assez pour jeter un regard en arrière. Un barcarol les montrait du doigt à deux soldats. D'autres accouraient pour prendre part à l'échange.

Elle ne put qu'en deviner la teneur. On ne tarderait pas à s'élancer à leur poursuite.

*Nous avons de l'avance*, se rassura-t-elle en voyant se profiler la silhouette massive, illuminée par intermittence, du campanile de San Pantalon sur sa droite. *Marco va nous perdre dans un dédale de petits* rii. *Le temps qu'ils nous cherchent, nous aurons atteint la dernière des boucles du Grand Canal.*

Mais à peine s'en fut-elle convaincue qu'il obliqua à l'angle de l'église et reprit un canal parallèle à celui qu'ils venaient de quitter.

Un spasme d'incompréhension l'étrangla.

— Que faites-vous ? Nous allons ressortir sous leur nez !

Tout à sa manœuvre, délicate, il ne répondit pas.

Le cœur de Lucia s'emballa dans sa poitrine. Que signifiait ce revirement ? Était-il devenu fou ?

La barque gagna en allure, attirée par le descendant. Lucia s'y tassa plus encore, effrayée. Devant elle s'ouvrait la gueule de pierre d'un pont. Elle redouta soudain que certains aient eu déjà l'idée de s'y rendre, arme au poing. Elle s'accrocha des deux mains aux bordures, terrorisée, fixa le parapet comme s'il s'agissait d'un échafaud vers lequel on la menait. La gondole le dépassa, mais Lucia n'en fut pas rassurée pour autant. Le *rio* comptait cinq ponts en ligne droite. Cinq occasions de se faire tuer avant même de débouler devant Cornaro lui-même.

De Marco, assis à présent, elle ne distinguait que le dos, les mains appliquées plus encore que tout à l'heure à garder la gondole en plein centre pour ne pas freiner leur allure à l'approche des arches.

*Il va nous fracasser contre elles*, s'ahurit-elle, tétanisée, le souffle coupé à chaque passage, à peine retrouvé à sa sortie.

Juste avant le dernier, il dut dévier légèrement sa bordée pour éviter un débris. Le flanc de bois crissa méchamment contre la pierre, arrachant une suée à Lucia qui n'avait eu que le temps d'ôter sa main pour ne pas la voir déchirer.

Oppressée, elle se recroquevilla sur elle-même.

*Calme-toi, Lucia, calme-toi !* se répéta-t-elle, mais de seconde en seconde, elle voyait se rapprocher le chassé-croisé des gondoles à l'embouchure du *rio*, tomber sur elle la pluie d'étoiles des gerbes fracassantes.

L'une d'elles lui atterrit sur la manche, l'obligeant à en étouffer l'ardeur. Son esprit s'égara un court instant, recouvra cette sensation, détestable, des scories enflammées autour d'elle, la peur suintante, la nécessité de s'en dégager. Comment ? Cette fois, elle ne contrôlait rien.

Ils étaient encore protégés par l'ombre des bâtisses qui, des deux côtés, semblaient plonger dans la lagune, mais pour combien de temps ? Elle pouvait déjà entendre la musique qui s'échappait des palais de l'artère principale.

Son cœur lui sembla se ratatiner dans sa poitrine.

Quatre… Trois… Deux bâtisses seulement les séparaient de leur perte lorsque Marco fit habilement jouer sa rame dans la *forcola*. Résistant aux derniers appels du descendant, la gondole s'immobilisa contre une cale.

Lucia avait cessé de respirer.

Marco attacha la barque à la grille, arracha prestement un trousseau de clefs de sa besace puis déverrouilla.

— C'est fini, Lucia, assura-t-il.

Il poussa le battant rouillé d'une main ferme, contraignant la proue de la gondole à suivre le mouvement. Il la guida au milieu des pierres suintantes qui baignaient dans l'eau sans jamais connaître la lumière, jusqu'à les immobiliser à nouveau.

Ce ne fut qu'en entendant un bruit métallique, indiquant qu'il les amarrait à un anneau, que la gorge de Lucia se desserra assez pour qu'elle chevrote désespérément :

— Ils nous ont vus depuis le Grand Canal, c'est certain.

Elle le sentit se couler près d'elle, chercher sa main.

— Si c'était le cas, ils seraient déjà là, Lucia. Je me suis toujours refusé à être prévisible pour mes ennemis. Voici ce qui va se passer : nos poursuivants vont se scinder en deux groupes inégaux. Le plus gros va remonter jusqu'à San Rocco où il semble évident que nous nous serons dirigés, l'autre, par acquit de conscience, va redescendre jusqu'ici.

— Et ils vont nous trouver, paniqua malgré tout Lucia.

Deux bras musculeux l'enlacèrent dans l'ombre. Elle s'y agrippa, peinant à retrouver son souffle, à voir d'autre issue que leur fin.

— Non. La grille est faite de triple maille. Le regard ne peut la percer de l'extérieur et je nous ai repoussés assez loin pour que la lueur d'une lanterne nous évite. Croyez-moi, Lucia, nous ne risquons rien, mais vous devez vous apaiser, ne pas faire de bruit, vous comprenez ?

Elle l'aurait voulu, mais, était-ce le contrecoup de cette échappée, l'épuisement ? Elle n'aspira soudain qu'à se débarrasser de ses jupons qui l'engluaient, lui interdisaient le moindre mouvement.

— Je vais vous en libérer, réagit Marco en la voyant les empoigner pour les détortiller.

*Patience, Lucia !*

Une larme roula sur sa joue, qu'elle devina prélude de tempête. De nouveau elle se mit à claquer des dents.

— Faites vite, supplia-t-elle.

Les gestes de Marco étaient sûrs, délicats. Il dénoua les lacets pourtant gorgés d'eau, fit couler le tissu sur ses épaules, puis sur ses hanches, jusqu'à la libérer de cette masse de soie devenue carcan.

À peine eut-il repoussé le tissu que des lueurs trouaient l'obscurité.

— Ils arrivent ! s'affola Lucia.

— Chuuuut ! souffla-t-il en la couchant délicatement dans la barque.

Elle se recroquevilla contre lui, cherchant à retrouver cette chaleur qui l'avait tant rassurée tout à l'heure. Elle ne put que frissonner au contact de ses vêtements trempés.

— Ils nous ont échappé, monsieur, entendit-elle, haut et clair.

Le ton était embarrassé, craintif.

*Giorgio. Il est là...*

Lucia sentit une nouvelle lame de glace lui entailler la poitrine. Une déflagration déchira le silence, tout près. Son hurlement s'étouffa derrière la paume de Marco.

— Voilà ce que je réserve à qui aura renoncé ! vociféra le fils du doge.

Lucia sentit des spasmes incontrôlables la gagner. Elle s'agita, faisant dangereusement tanguer la barque.

Marco augmenta sa pression contre sa bouche, lui pinça le nez. Elle se débattit plus encore, terrorisée.

— Lâche prise, chuchota-t-il dans son oreille.

Elle voulut lui arracher la main. D'une seule il lui bloqua les deux.

— Lâche prise, Lucia, répéta-t-il fermement.

Elle se sentit aspirée. Elle ne comprenait pas pourquoi l'homme qui venait de la sauver était en train de l'étouffer. Elle ne comprenait plus rien. Mais elle n'avait plus ni la force ni l'envie de se débattre.

— Lâche prise, murmura une fois de plus Marco.

Elle sombra.

# 36.

Isabella ne s'était toujours pas départie de son sourire. Le poisson était délicieux, le pont derrière lequel ils s'étaient arrêtés abritait un musicien des rues dont les trémolos caressaient ses oreilles. Et pour ajouter à la magie de cette Venise devenue complice, des gerbes d'étoiles blanches, défiant la hauteur des habitations qui bordaient le *rio*, crépitaient au-dessus du Grand Canal.

Paolo avait enroulé son bras autour d'elle, l'ancrant dans ce spectacle grandiose que les petites gens, massés de chaque côté de la rive, commentaient d'exclamations éblouies.

Isabella posa sa tempe sur son épaule, fit jouer ses doigts dans les siens, puisant dans la douceur de cet instant le courage de le perdre.

Jamais la Sérénissime ne lui avait semblé aussi belle.

Le bouquet final illumina la barque comme en plein jour, parant d'étincelles le regard, chargé d'espoir, de Paolo.

*Il attend que je renonce*, comprit-elle.

Elle s'en bouleversa d'autant plus qu'une part d'elle s'était apaisée. L'autre, hélas, exigeait toujours son dû.

Elle soupira.

— Il est temps d'y aller, mon bel *angelo*.

Bien qu'il s'y soit préparé, il se liquéfia.

Elle porta les doigts glacés de Paolo à ses lèvres, s'attendrit de l'odeur de poisson grillé qui y persistait autant que sur les siens.

— Cesse de t'inquiéter. Je connais les habitudes de Giorgio. À cette heure, il se trouve encore chez Foscari, à espionner chacun et chacune pour ajouter d'autres informations à son précieux carnet.

— Et si tu te trompais…

Elle haussa les épaules.

— Tu connais ma réputation. Elle n'est pas surfaite. Fais-moi confiance, Paolo. Je lui reprends la gravure et nous filons. Toi, tu surveilles mes arrières et cette cassette, gage d'une nouvelle vie.

*Elle semble si sûre d'elle…*

Elle se pencha sur ses lèvres, en but le silence dans un baiser profond, langoureux.

Paolo s'y abandonna, le cœur chaviré.

— Promets-moi. Promets-moi de m'attendre dans cette barque, supplia-t-elle dans le souffle qu'elle lui rendit.

« Promets-moi, Paolo, de ne courir aucun risque », avait réclamé Marco, lui aussi. Il regretta soudain d'avoir toujours refusé son enseignement, de n'avoir eu qu'un goût modéré pour les lames.

*Je ne serai qu'un poids…*

— Sur la *Madonna*, céda-t-il dans un triste sourire.

Celui qu'elle lui retourna laissait éclater son soulagement.

Dix coups sonnèrent aux clochers dans un bel ensemble.

*Plus que neuf heures avant le lever du jour et le départ de* La Mia Fortuna.

Il se remit à sa rame.

*Plus vite nous serons arrivés, plus vite nous serons repartis.*

Le *palazzo* de Giorgio Cornaro donnait sur le Grand Canal, au-delà du Rialto. Évitant l'entrée principale devant laquelle veillaient deux hommes en livrée, Paolo s'engagea dans un *rio* latéral[1] qui en prenait l'angle droit.

Il longea l'imposante rangée de voûtes surplombant la lagune, puis s'immobilisa devant celle que lui désigna Isabella, à l'extrémité du bâtiment. Si des marches moussues permettaient à ceux requis de discrétion d'accoster, il ne put s'empêcher de remarquer à quel point elles étaient découvertes.

— Ne tarde pas, *bella*. L'eau est anormalement basse. Je n'aime pas ça, s'inquiéta-t-il.

— Une Acqua Alta sait s'annoncer, Paolo.

Il tordit la bouche.

— Justement. Je préférerais que nous soyons déjà à bord si le sirocco se levait.

Il lui prit les mains, chercha son regard que l'ombre de la bâtisse lui volait.

— Sois prudente. Je ne suis qu'un petit pêcheur, mais…

---

1. *Rio dei Gesuiti* aujourd'hui.

Elle se coula contre lui, chuchota, confiante, sur ses lèvres.

— Moi, je n'étais qu'une courtisane… avant toi. Crois en cela, mon bel *angelo*. Seulement en cela.

Ils s'étreignirent. Trop brièvement au goût de Paolo. Bien que bouleversé par cet aveu, il ne parvint pas à se guérir de ses craintes.

Il lui prêta son avant-bras pour lui permettre de descendre sans glisser, attendit quelques secondes, le temps qu'elle disparaisse sous l'arche, puis se remit à sa rame.

En face de lui, des lueurs trahissaient la présence de l'enfilade des îles monastériales : San Cristoforo, San Michaëli[1]…

... *Muran*, se rassura Paolo.

*Combien pour l'atteindre, rejoindre Marco, et le ramener en renfort ?*

Le courant tirait toujours vers le cœur de Venise. Il pointa un index dans l'eau pour en mesurer la vigueur.

*Cinquante minutes, au bas mot. Elle sera ressortie avant.*

Résigné, il se rangea contre le quai opposé, juste avant le pont qui reliait les deux rives, pour ne rien perdre de cette fenêtre qu'Isabella lui avait désignée comme celle de la chambre de Giorgio. Le seul endroit, selon elle, qu'elle aurait à fouiller.

Isabella déverrouilla sans peine la porte qui donnait sur l'aile des domestiques. Comme elle s'y attendait, le corridor était désert.

---

1. Réunies en une seule aujourd'hui, elles forment le cimetière de San Michele.

Un sourire de revanche étira ses lèvres lorsqu'elle se glissa sans encombre dans cette pièce qui tant de fois avait vu ses ébats, tour à tour tendres ou passionnés, avec Giorgio. Ici, elle n'était plus qu'à lui et il devenait jaloux, presque possessif, refusant qu'elle prononce le nom des amants qu'il lui imposait.

Elle gagna une console, battit briquet et enflamma la demi-douzaine de bougies que supportait un imposant chandelier en argent.

Aussitôt une clarté vacillante illumina les boiseries surchargées d'or et d'argent des murs, les commodes ouvragées, les miroirs soigneusement polis, le plafond peint de scènes érotiques.

Face à cette couche trop lisse, son bas-ventre retrouva un instant la morsure du désir que Giorgio avait tant de fois satisfait, la moiteur de ses chevauchées, leurs rires étouffés par des baisers, des caresses audacieuses, des « *Ti amo* » échangés.

Malgré elle, ses doigts effleurèrent les housses d'oreiller brodées, la courtepointe ornée de son blason.

*Confiance. J'avais confiance en toi, Giorgio. Comment te pardonner ?*

Sa paume se recroquevilla sur la soie. Écœurée de s'être laissé si longtemps abuser, elle se rendit à peine compte qu'elle en blanchissait ses phalanges.

Lorsqu'elle s'en aperçut, elle desserra les poings et se détourna du lit pour ouvrir la fenêtre. Elle passa la tête par l'ouverture, chercha la barque sous le halo de la lune.

Paolo s'y était déjà dressé, à l'affût.

Elle lui renvoya un baiser de la main, puis manœuvra un mécanisme secret dans un secrétaire accolé au soubassement.

Un tiroir s'ouvrit, dans un claquement discret.

Son espoir, hélas, fut vite déçu. Seul le carnet s'y trouvait. Par esprit de vengeance, elle le glissa néanmoins dans son aumônière, avant de fouiller consciencieusement la pièce.

Elle finit par planter ses poings furieux sur ses hanches.

*Elle est forcément là, quelque part*, s'entêta-t-elle en repoussant, d'un souffle, une mèche retombée sur son nez.

Lors, faisant fi des domestiques qui pouvaient surgir, elle entreprit de ravager les lieux, convaincue, à mesure que les secondes s'égrenaient, que Giorgio, craignant sa visite, avait dû rivaliser d'habileté.

Elle n'entendit pas la porte s'ouvrir. Lorsqu'elle se retourna, ulcérée d'avoir cherché en vain, il se tenait en face d'elle, appuyé au chambranle.

Il souriait.

Mauvais.

# 37.

— Je te félicite, *bella*. J'ai failli me laisser prendre à tes manœuvres, grinça-t-il devant l'éclat furibond de son regard.

— Et moi à ton simulacre d'amour ! Où est la gravure ?

Un rictus narquois vint avilir la beauté froide de Giorgio.

— Je pensais t'avoir formée à des ruses moins grossières.

Elle arracha sa lame du fourreau.

— Je ne te le demanderai pas deux fois !

— Tant mieux, car je n'ai pas envie de jouer à ce jeu-là ! Qu'es-tu venue prendre ? Mon carnet ? Mon cœur ne te suffisait pas ?

Elle avança d'un pas, enragée par son cynisme.

— Ose me dire que tu n'as pas enlevé Giuseppe de Seva pour qu'il t'aide à remonter jusqu'au grimoire ! Ose !

Un instant troublé, il se reprit vite.

— Assez, *bella* ! Nous savons tous les deux que c'est Lucia de Seva, ta complice, qui a cette gravure !

Déstabilisée, Isabella sentit le sol se dérober sous ses pieds.

— Ma complice ? Cette oie blanche ?

— Pas si blanche que ça ! Je dirais même plutôt douée et bien renseignée, puisqu'elle a réussi à me fausser compagnie avec son père, tout à l'heure chez Foscari !

La voyant blêmir, il s'élança, au mépris de cette lame qu'elle pointait toujours dans sa direction.

— Tu n'aurais pas dû me trahir ! Que croyais-tu ? Que je serais assez brisé pour te laisser me perdre ? me piétiner ? Moi qui t'ai tout donné ?

Troublée par la sincérité de sa voix, elle recula, réaffirma sa garde pour lui interdire d'avancer davantage.

— N'inverse pas les rôles ! C'est toi qui m'as tiré dessus le matin de l'incendie !

Il s'immobilisa, fauché à son tour par les larmes qui perlaient à ses yeux. Il en perçut le désarroi.

— Comment peux-tu imaginer un seul instant que j'aie voulu me débarrasser de toi ? Je n'ai fait que souscrire à l'idée de l'ambassadeur. Me servir de Lucia de Seva comme appât pour vous faire sortir du bois, toi et son père. De Mesmes était certain que vous ne l'abandonneriez pas à ses griffes. Il a été molesté, elle s'est enfuie et je te retrouve ici. Alors lequel de nous deux ment ?

Un silence épais tomba entre eux, affrontement de regards aussi douloureux que défiants.

D'une main tremblante, Isabella défit les boutons de son pourpoint, dégagea l'arrondi de son épaule et en retira le pansement. Bien que croustelevée, la plaie était assez parlante.

— Est-ce une preuve suffisante ? Ou dois-je aussi enlever mon chapeau ? te montrer ma tempe, bossue et griffée par un des débris qui flottaient ce matin-là, quand l'impact de ta balle m'a fait basculer devant Santa Fosca ?

Il se décomposa.

Se serait-il trompé ? Avait-il été manipulé lui aussi ?

— D'accord, se reprit-il. Quelqu'un a tenté de t'assassiner, mais ce n'est pas moi, *bella.* Six jours, voici six jours que l'incendie a ravagé l'imprimerie de Seva. Six jours que je retourne Venise pour te retrouver. Imagines-tu mon angoisse ? Six jours, Isa ! Quand tu n'as pas attendu une heure, il y a cinq ans, pour te placer sous ma protection ! Qu'est-ce qui a changé pour que tu me croies capable de ça ?

*Les informations de Paolo, la peur, l'évidence. Tant d'éléments contre lui...*

Elle secoua la tête.

*Non... Je ne me suis pas trompée.*

— Tu étais le seul à savoir ce que cette gravure représente pour moi, le seul à savoir que je venais de la trouver, le seul, encore, à savoir que je me rendais chez les de Seva au petit jour. Quelle meilleure occasion de t'emparer du grimoire pour ton compte que de me faire disparaître, de m'accuser du vol pour assurer tes arrières, dupant l'ambassadeur autant que ton père ? Je n'ai pas oublié, Giorgio. Pas oublié la menace que constitue Renier Zen en ce moment. Ose me dire qu'un incident diplomatique ne mettrait pas tes intérêts en péril... Une raison de me défier de toi ? Tu m'en as donné trop pour ne pas me percer le cœur plus sûrement que cette épaule.

Il accusa le coup quelques secondes avant de soupirer.

— J'en conviens. Il faut donc croire que nous avons été joués l'un comme l'autre. De Mesmes m'a confié que cette gravure appartenait autrefois au père de l'imprimeur, Pierre de Seva.

Les yeux d'Isabella s'arrondirent de surprise. Elle se souvint du revirement soudain de l'homme dans son atelier, sa colère contre son ahuri d'apprenti, ses courbettes, son insistance enfin à garder la plaque jusqu'au matin.

Insensiblement sa main armée retomba.

— Tu veux dire que Giuseppe de Seva aurait tout comploté ? Dans l'idée de se l'approprier ?

— Valaresso assure qu'il a volontairement incendié son atelier pour couvrir sa disparition. De Mesmes que tu ne t'es pas rendue là-bas par hasard.

Elle fronça les sourcils, déchirée entre cette part d'elle qui l'aimait encore, et celle qui le savait capable de tout et surtout du pire. Soudain tangua dans son esprit un autre souvenir. Celui de cette soirée où elle avait ouvert le coffret dans la chambre de l'ambassadeur.

Ses traits se durcirent de nouveau. Avaient-ils vraiment été manipulés ? Depuis l'instant où elle était arrivée à Santa Fosca ? Par cet imprimeur ? Par sa fille ? Cette insignifiante petite dinde qui l'avait toisée sur le quai, l'air jalouse et offensée ?

L'évidence et le regret altérèrent son timbre.

— De Mesmes dit vrai. J'ai fait le choix de cette imprimerie à cause d'une édition rare des *Centuries* de Michel Nostradamus. Elle se trouvait avec la gravure. Je l'ai feuilletée et j'ai trouvé l'enseigne des

De Seva. Alors je me suis dit : lui ou un autre… Je te le jure, Giorgio, je ne savais rien concernant cet homme et sa fille.

Elle vit ses mâchoires se crisper. Elle-même, dans sa situation, aurait du mal à y croire.

*Le lui prouver.*

Elle rengaina son épée, fit un pas dans sa direction.

— Traquons la vérité ensemble, Giorgio. Je n'en ai jamais été si proche, tu le sais. C'est elle que je suis venue chercher ici, quand j'aurais pu filer sans demander mon reste…

— Je suis navré, *bella*. C'est trop tard.

— Que veux-tu dire ? se liquéfia-t-elle.

— Au vol s'ajoute désormais l'agression de ce soir, alors que, déjà, l'ambassadeur était pressé par Renier Zen de témoigner des débordements de notre famille. Il n'y renoncera que si je te livre à lui.

Elle déglutit.

— Tu lui as parlé de ma vision…

— Il posait beaucoup de questions et j'étais obsédé par l'idée de ta trahison. Il veut ce grimoire, *bella*, au moins autant que toi, et quelque part, dans ta tête, tu en connais l'histoire.

Un spasme lui tordit l'estomac.

— À quoi a donc servi que tu m'arraches aux sévices de ta sœur si c'est pour qu'un autre me contraigne à ce fichu don de nécromancie ? As-tu pensé un seul instant qu'il pourrait être, lui, l'assassin de mes parents ?

— Tu sais bien que non. C'est son premier mandat à Venise. Et puis, la question ne se pose pas en ces termes.

Dans un soupir douloureux, il arracha sa lame du fourreau.

— Je t'aime, *bella*, je t'ai toujours aimée, mais tu avais raison sur ce point, je dois te sacrifier pour que le couperet ne me fauche pas.

Un poignard en plein cœur n'aurait pas mieux arrêté celui d'Isabella. Sa glace se répandit en elle, jusqu'au bout de ses ongles.

Alors pour la faire fondre, pour que ce sang gelé circule à nouveau dans ses veines ou s'épande au bout de son bras, de nouveau, elle s'arma.

Au temps qui filait, Paolo s'était douté qu'Isabella peinait à retrouver la gravure. Il s'était exhorté à la patience, se rassurant de voir, à plusieurs reprises, sa silhouette aller et venir devant la croisée.

Il n'avait véritablement perdu pied qu'en percevant, portée par le vent, une voix masculine entrecoupant la sienne.

*Un valet sans doute. Il la connaît, elle s'en débarrassera vite*, avait-il tenté de se convaincre pour rabattre son angoisse, jusqu'à ce que le battement de l'acier perfore son cœur.

À présent, son regard crevait ce rectangle de lumière vacillante, assistant, impuissant, à ce duel dont il ne percevait la fureur que par intermittence.

Il hésita sur ses certitudes.

*Rester là ou quérir de l'aide ?*

Fébrile, il pointa de nouveau son doigt dans la lagune. Elle était à l'étal. Le vent absent. Il pouvait espérer, à force de rame, grignoter dix, quinze minutes sur le trajet jusqu'à Muran.

*Trop peu.*

Isabella pouvait à tout moment blesser son adversaire, sauter dans le canal. Elle aurait alors besoin qu'il soit là pour la repêcher, pour la soustraire à Giorgio. Car qui d'autre ? Qui d'autre que lui pouvait se trouver, armé, dans cette chambre ?

*Attendre. Encore. Lui faire confiance.*

Il en était là de ses angoissantes réflexions lorsqu'il la vit soudain reculer jusqu'à ployer en arrière, sur l'appui de la fenêtre.

Sa voix, désespérée, franchit la distance qui les séparait :

— *Bella !*

Isabella savait être la meilleure. Giorgio l'avait formée à cela. Il ne lui fallut pourtant que quelques battements de lames pour se souvenir comment il lui avait appris à se servir des faiblesses de l'autre. Or, idiotement, elle lui avait révélé la sienne, cette blessure à son épaule. À plusieurs reprises, Giorgio chercha à la raviver d'un estoc, fatiguant sa garde, détournant ses attaques, la repoussant vers la fenêtre pour l'y acculer.

Le hurlement d'effroi de Paolo eut raison de sa vigilance. Son épée vola, arrachée par l'enroulement de celle de Giorgio. Elle n'eut qu'une pensée à cet instant. Sauver cet homme qui, en contrebas, ne manquerait pas de se précipiter à son secours, malgré sa promesse.

Perdue ?

Le regard narquois de Giorgio, la pointe de sa rapière à son menton, son buste au-dessus du vide. Tout le lui assurait.

Elle tourna la tête, vit sa peur grandir avec le mouvement de la barque dans sa direction. Alors, à son tour elle hurla, de toute la puissance de son attachement :

— Fuis, Paolo ! Fuis ! Tu ne peux plus rien pour moi.

Bien que dévasté, Paolo le comprit.

Seul Marco pouvait sauver Isabella.

Renonçant à toute folie, il mit, pour changer de cap, le temps qu'il suffit à la courtisane pour disparaître à sa vue et au visage furieux de Giorgio Cornaro pour s'encadrer dans l'ouverture.

# 38.

— Lucia. Lucia…

Elle revint à elle dans un sursaut, se redressa, les yeux exorbités, aspirant avidement cet air dont elle avait été privée.

— Tout va bien. Ils se sont éloignés, répéta la voix, rassurante, au-dessus d'elle.

Mais Lucia l'entendit à peine. En une fraction de seconde, dans l'obscurité de cette cale, elle s'était réapproprié sa peur, la menace de cet homme.

— Vous… Vous avez voulu m'étouffer ! bafouilla-t-elle avec un mouvement de recul, retrouvant sous ses paumes l'humidité de la barque, de ses vêtements qu'il lui avait enlevés.

— Seulement vous faire perdre connaissance, parce que vous nous mettiez en danger. Pardonnez-moi.

Les images lui revinrent. Son élan de panique, son agitation, cette douceur dans sa voix tandis qu'il lui intimait fermement de lâcher prise.

Un long et détestable frisson la parcourut.

— Je… J'ai froid… dit-elle en se remettant à claquer des dents.

— Ceci devrait vous réchauffer.

Elle sentit ses épaules s'alourdir, y porta ses mains et reconnut l'épaisseur d'un drap de laine qu'elle rabattit aussitôt autour d'elle.

— Il semble que je sois condamnée à vous remercier.

— Vous étiez à bout de nerfs. D'autres n'auraient pas tenu aussi longtemps.

— Où avez-vous trouvé ce manteau ?

— Dans l'une des armoires de l'étage, parmi d'autres effets. Il ne manquera à personne, rassurez-vous. Cette demeure est fermée depuis longtemps.

— Mais vous en avez la clef.

— Je vous l'ai dit, j'assure toujours mes arrières.

Le silence retomba, seulement percé du discret clapotis de l'eau contre la barque. Lucia frotta ses mains l'une contre l'autre, puis ses bras repliés.

Il s'agenouilla derrière elle, voulut lui frictionner vigoureusement le dos par-dessus l'étoffe. Il ne sut que lui arracher un cri de douleur.

— Sot que je suis ! s'emporta-t-il contre lui-même. Le fouet de la Cornaro, je suppose !

Le ton, rageur, était explicite.

— J'ignorais que sa notoriété en la matière était si grande, y fit écho Lucia.

Il soupira, lui enroula, délicatement cette fois, les épaules dans ses paumes.

— Relâchez-vous. Sitôt que vous serez réchauffée, nous partirons.

— Pour aller chercher mon père ?

— Oui, Lucia. Pour aller chercher votre père.

Il entreprit de la masser, remontant des bras jusqu'en haut de la nuque, évitant soigneusement les meurtrissures, comme s'il les devinait à travers le tissu. Regagnée d'espoir et de confiance, Lucia abandonna sa tête en arrière, y trouva l'appui d'un torse musculeux.

Prenant soudain conscience de sa nudité sous cette cape, elle mesura à quel point l'obscurité servait la sensualité de l'instant, le contact de ces mains sur elle.

Une bouffée de chaleur l'envahit.

*Des mains seulement inquiètes de mon bien-être... Quels traits se cachent sous ton masque, Marco Docciolini ?* se demanda-t-elle, tandis que, réveillé par son trouble, le sang s'était remis à pulser dans ses veines.

Elle ne put s'empêcher de soupirer d'aise.

— Mieux ? la caressa la voix de Marco.

Elle devina ses lèvres, proches. En visualisa les contours, charnus, le sourire.

— Mieux, s'en émut-elle.

— Assez pour tenir jusqu'à ma demeure ? Vous pourrez vous y vêtir de sec.

Ses mains s'étaient immobilisées.

— Où est-ce ? répondit Lucia à regret.

— Muran.

Elle tordit la bouche dans l'obscurité.

— Tant que vous ne me ramenez pas à ce maudit couvent...

Elle perçut la crispation de ses doigts, se figea, rattrapée soudain par l'inquiétude.

Il soupira.

— Je suis navré de vous l'imposer, Lucia, mais, une fois changés et armés, nous n'aurons d'autre choix. C'est Serafina Cornaro qui a fait enlever votre père.

Par son amant, Camillo Valaresso. Et je n'ai pas réussi jusque-là à découvrir où elle le cache.

Le cœur de Lucia se suspendit dans sa poitrine.

*Papa. Entre les mains de cette harpie…*

Elle s'efforça de rabattre son appréhension dans un raisonnement logique. Comprendre pour mieux agir.

— Donc, elle aussi cherche ce fichu grimoire.

— Depuis bien plus longtemps que les autres. Allons, ajouta-t-il en se détachant d'elle. Il ne faut plus traîner. Un de mes amis nous attend à l'aube, sur son navire.

— Combien de temps nous reste-t-il ? s'inquiéta-t-elle tandis que la barque tanguait sous le déplacement de Marco.

— Moins de neuf heures. Rassurez-vous, je veillerai à ce que cela soit suffisant.

— Mais peut-être pas assez pour revenir récupérer la gravure…

— Vous l'avez donc réellement sauvée des flammes ?

Il lui sembla déceler une once de déception dans sa voix. Elle ne le supporta pas.

— Elle appartenait à mon grand-père. Il a disparu avec il y a vingt-sept ans. Notre seule quête, à mon père et à moi, était de découvrir ce qu'il était advenu de lui. Ce n'est plus vrai en ce qui me concerne. Je veux retrouver ce grimoire aussi. Pour le détruire, le soustraire à ces démons de chair qui ne cessent d'incendier, de torturer ou de tuer au nom de sa puissance !

— Je comprends, assura-t-il, le timbre regagné par le respect. Vous pouvez compter sur moi, Lucia.

Elle sentit l'embarcation glisser. Tout à sa réflexion, elle ne l'avait pas entendu détacher l'amarre.

— Où allons-nous ? demanda-t-il à l'instant de déverrouiller la grille.

Quelques secondes plus tard, ils filaient sur le Grand Canal. On festoyait toujours autant dans les demeures patriciennes, sur les balcons, les ponts, dans les gondoles et sur les quais. Mais l'inquiétude avait déserté Lucia : Giorgio Cornaro, Valaresso et ses hommes avaient disparu.

Elle ourla un regard en direction de Marco.

Il s'apprêtait à enfiler le rio qui la ramènerait à l'église San Canciano où elle avait jeté son chagrin après l'incendie.

À l'inverse de ce matin-là, son cœur se mit à danser dans sa poitrine.

## 39.

Bras croisés dans le dos, étouffé par son costume de carnaval que, la rage au corps, il ne parvenait pourtant pas à quitter, Henri Concini perdait son regard sur la voûte audacieuse du pont des Soupirs. Elle se dessinait à l'angle gauche de la fenêtre de la chambre qu'il occupait, pièce étroite, discrète, dans la splendeur du palais des Doges.

— En attendant que toute cette affaire soit réglée, s'était excusé Valaresso obséquieusement. Je devine à quel point elle vous touche, monsieur, mais vous montrer au grand jour, vous fendre d'un éclat nous mettrait tous en péril. Mieux vaut que vous restiez au secret.

Il en avait convenu. Avec l'envie d'étriper cet imbécile en qui, sottement, il avait cru trouver un soutien.

Une lueur apparut dans le carré d'un des œilletons du pont. Henri Concini la regarda filer vers le mur opposé, là où la cambrure du passage couvert agrippait la pierre, telle la main d'un geôlier sur l'épaule d'un prisonnier.

Bâti en 1602, le pont des Soupirs n'était en service que depuis 1614, date de la fin de la construction des nouvelles cellules, lui avait expliqué Valaresso. Somptueux de l'extérieur, il était impitoyablement froid à l'intérieur. Un simple couloir séparé en deux dans le sens de la longueur pour éviter toute rencontre entre les condamnés. Le premier les menait à la nouvelle prison, le second les en arrachait en direction de la salle des tortures, des *pozzi*, cellules à ras des flots, ou des Plombs, sous la toiture.

Il s'attarda sur l'ombre de leurs ouvertures, solidement barrées par une grille à triple maillage, dans le mur qui lui faisait face, de l'autre côté du *rio*.

*Tu n'aurais pas dû t'approprier cette gravure, Giuseppe ! Et encore moins y mêler ta fille !* condamna-t-il définitivement l'imprimeur, écrasant en lui ce qui, hier encore, était tristesse et regret.

Quelques coups à la porte le firent pivoter.

— Entrez, Valaresso, crissa-t-il, amer.

Le chef de la Quarantia s'encadra dans l'embrasure. Sa mine semblait d'autant plus sombre qu'il portait toujours le costume d'Arlequin.

— D'autres méchantes nouvelles, j'imagine, persifla Concini.

— En effet. Lucia de Seva a filé.

Concini serra les poings qu'il n'avait pas décroisés de ses reins, au mépris de la douleur. Descendre les escaliers du palais, puis les gravir chez Foscari n'avait guère arrangé sa blessure.

— Quand ? Comment ?

— Peu de temps après avoir approché puis assommé l'ambassadeur. Nous l'avons pourchassée dans les appartements de Foscari en compagnie d'un homme masqué, mais ils ont réussi à sauter dans le canal par une fenêtre ouverte.

Concini s'avança, mauvais.

— Quel homme ?

— Son complice, son amant, que sais-je ? s'emporta Valaresso en balayant l'air devant lui.

Il n'avait pas achevé son geste que la main crochue d'Henri Concini l'agrippait au col et y faisait un tour.

— Mesurez vos paroles, Valaresso ! Ou bien, ce que vous redoutez pourrait bien vous faire taire. À jamais.

Il vit passer une lueur d'effroi dans le regard de son interlocuteur.

Le sien avait pris depuis quelques heures la teinte de ceux de ses parents, devant lesquels même les plus puissants de France avaient plié.

Contenir sa nature trop longtemps, la tromper de fausses promesses, n'avait visiblement réussi qu'à l'exacerber.

Il repoussa Valaresso avec mépris, le déstabilisant assez pour le contraindre à reculer de deux pas.

— Vous devriez commencer à couvrir vos arrières, mon cher. Lucia de Seva est intelligente et déterminée. Elle ne tardera pas à faire éclater au grand jour vos arrangements sordides avec les Cornaro, apportant plus encore de grain à moudre à Renier Zen.

— Croyez-vous que je ne le sache pas ? On vient de placarder une séance du conseil des Dix. Giorgio Cornaro est si obnubilé par l'idée de retrouver sa courtisane qu'il en a perdu toute mesure ! Il vient froidement d'assassiner un de mes hommes en service, en plein Canal Grande !

— Eh bien, bouclez-le ! Vous y sauveriez peut-être votre tête !

— Uniquement si Renier Zen obtient ce qu'il souhaite. Dans le cas contraire…

Concini le toisa avec plus de dédain encore.

Le chef de la Quarantia Criminale suait comme un porc sous sa frange bouclée, les pores encombrés de poudre, les yeux trahissant ce combat intérieur des lâches. Il lui donna la nausée.

Son sang, échauffé depuis ces dernières heures, pulsa méchamment à ses veines. Son œil se fit lance.

— Claude de Mesmes n'a eu que ce qu'il méritait ce soir. Je m'étonne même que Lucia l'ait laissé en vie. Quoi qu'il en soit, il a commis une erreur grossière en s'alliant avec les Cornaro, en ne respectant pas nos accords. Et vous aussi, qui n'avez été capable ni d'éliminer cette courtisane ni de satisfaire mes exigences. Je vais donc reprendre la main dans cette affaire, que le conseil des Dix soit ou non dissous.

Le chef de la Quarantia était exsangue. Concini se fendit d'un rictus cynique.

— Vous voici au pied du mur, Valaresso. Ne vous trompez pas d'allié cette fois !

— Qu'attendez-vous de moi ? bafouilla ce dernier.

— Prévenez l'ambassadeur que je compte reprendre ce qui m'appartient, puis ramenez-moi Serafina Cornaro avant l'aube. Elle détient des informations qui me sont désormais nécessaires. Et qu'elle ne s'avise pas de se soustraire à mon invitation, sans quoi…

Valaresso tira sur son col, le sourcil soulevé par un tic de nervosité.

Henri Concini ne le laissa pas poser la main sur le loquet :

— Si, par hasard et brusquement, mes audaces vous semblaient trop ambitieuses, rappelez-vous que Marie de Médicis et le duc de Florence sont mes alliés.

En refermant, nerveux et servile, la porte derrière lui, Valaresso ne put s'empêcher de se demander lequel, de Serafina Cornaro ou de cet homme qu'il avait sous-estimé, serait, avant l'aube, le plus meurtrier.

## 40.

Une main tapotant délicatement son épaule tira Lucia du lourd sommeil dans lequel elle avait sombré. Elle releva les paupières, captura la clarté lunaire derrière l'ombre de Marco.

— Nous sommes arrivés.

Elle se frotta les yeux, un bâillement en bouche, tandis qu'il amarrait la barque à un pilotis. Aucun bruit ne trouait le silence, sinon le clapotis de l'eau contre le bois. Même le vent s'était tu.

Marco lui avait expliqué que sa demeure se trouvait au nord-ouest, à l'opposé du couvent Santa Maria degli Angeli.

— Un quartier idéal pour les comploteurs en tous genres, avait-il ajouté dans un sourire entendu.

Le regard encore embrumé de Lucia balaya la plage, devina une barque échouée à sa pointe, cueillit la ligne argentée de l'horizon, puis revint se poser sur le long et haut mur d'une vaste propriété bordant le *rio* par lequel ils étaient arrivés.

Le rebord de la coque affleurant la plus basse des marches, Marco grimpa le premier puis lui tendit la main pour l'empêcher de glisser.

— Est-ce loin ? demanda-t-elle, inquiète des aspérités sous ses pieds nus.

— Nous y sommes, dit-il en lui désignant l'enceinte. L'entrée qui nous intéresse se trouve côté mer. On ne peut y accéder que par un chemin, hélas, trop étroit pour que je vous porte.

— Je me débrouillerai. Il fait suffisamment clair.

— Je vous promets de solides chausses à notre arrivée, l'encouragea-t-il avant, d'un côté, de soulever la lanterne, de l'autre, son aumônière, récupérée à l'église San Canciano.

Ils longèrent l'enceinte sur plusieurs dizaines de toises. Resserrant les pans de sa cape autour d'elle, Lucia avançait avec précaution, guidée autant par la démarche sûre de Marco que par la pleine lune. Ses doigts ne quittaient pourtant pas la muraille austère tout contre elle, comme un refuge.

Un caillou roula sous la plante de son pied, lui arrachant un discret cri de douleur.

Inquiet, Marco se retourna.

— Tout va bien ?

— Pour l'instant.

— Votre calvaire est terminé, dit-il en désignant un platane dont la ramure, dépouillée, ployait de chaque côté du mur.

Le tronc en était si épais que Lucia n'aurait pu, de ses bras, en englober la circonférence.

— Je ne vois qu'un arbre. Imposant.

— Tous, qu'ils viennent d'ici ou de la mer, ne voient qu'un arbre, Lucia, interdisant tout passage. Là est sa qualité première. Il donne l'impression de manger la pierre, mais il est creux et dissimule une porte.

Lucia le vit enjamber d'épaisses racines qui semblaient se nourrir de la mer elle-même.

— Venez, dit-il en lui tendant la main.

Elle s'y accrocha, dérapa sur l'écorce lissée par les embruns. Elle ne dut qu'à l'agilité de Marco de ne pas choir en contrebas.

Un rire léger l'emporta lorsqu'elle se retrouva dans ses bras.

— Décidément, cela devient une habitude !

— Je trouve aussi.

Son regard pétilla au-dessus du sien.

Lucia se troubla. Il lui serrait la taille par-dessus le drap de laine, mais elle sentait les battements irréguliers de son cœur contre sa poitrine, dénudée dans le mouvement.

*Il y a si longtemps. Pourquoi me fais-tu cet effet-là, Lucia ?* se bouleversa-il, comme tantôt dans cette cale, devant l'envie de prendre ses lèvres, tendues, tremblantes.

*Ni le lieu ni le moment*, se raisonna-t-il à nouveau en la repoussant délicatement.

— Mieux vaut que vous passiez la première, pour éviter une chute que je ne pourrai, cette fois, empêcher. Vous n'aurez qu'à déverrouiller, dit-il en lui remettant la clef.

— Oui, ne sut que répondre Lucia, en rajustant le tissu autour d'elle.

Encore sous l'effet de cette sensuelle proximité, elle se glissa entre l'enceinte et une branche basse aussi épaisse que sa cuisse.

Marco n'avait pas menti. Elle fut soudain dans une portion d'ombre creuse qui exhalait une puanteur ferreuse. Elle s'immobilisa, perçut le contact du mur sous ses doigts, puis l'arrondi d'une porte. Elle avança d'un pas supplémentaire pour en suivre le contour. Elle venait de repérer la serrure lorsque ses orteils s'enfoncèrent dans un corps mou.

Le cri de surprise et d'effroi qu'elle poussa précipita Marco auprès d'elle.

— Quelqu'un… eut-elle le temps de bafouiller avant qu'il la saisisse aux épaules pour la faire pivoter et prendre sa place.

Elle se retrouva le nez contre le tronc moussu, asphyxiée par sa moisissure.

Elle sentit Marco s'accroupir, tâtonner derrière elle, puis aussitôt se redresser.

— La clef, vite ! ordonna-t-il, la voix altérée, en lui cherchant la main.

Reprise par l'angoisse, l'estomac soulevé, elle attendit le déclic de la serrure.

La seconde suivante, un rai de lumière traversait l'obscurité du réduit, lui révélant l'écorce grouillante de vermine.

Marco s'étant avancé, elle recula, écœurée plus encore, puis se retourna d'un bloc.

À temps pour le voir emporter un corps inerte au-delà de l'encadrement d'une poterne, aussi vermoulue que le reste.

Lucia se hâta de sortir, de reboucler le battant, comme s'il s'était agi de la porte des enfers.

Elle s'y adossa.

*Respire, Lucia, respire*, répétait-elle en domptant un spasme nerveux.

Marco était de nouveau accroupi, au milieu d'une végétation en sommeil, près de l'homme qu'il y avait déposé.

— Paolo… Paolo ! lançait-il, tentant fébrilement de le ranimer.

Au ton de sa voix, elle comprit qu'il était bouleversé.

— Qui est-ce ? se troubla-t-elle.

— Mon fils… Enfin… presque… murmura-t-il en l'enlevant déjà dans ses bras.

Lucia sentit ses jambes se dérober.

— Est-il… ?

— Non, mais il faut faire vite.

Elle lui emboîta le pas, sous la voûte végétale d'un jardin à l'abandon, si dense que la lumière peinait à la traverser.

Au détour d'une allée, il lui sembla deviner la masse sombre d'une imposante bâtisse, mais Marco s'en éloigna et Lucia n'osa rien demander. Il transpirait l'angoisse jusque dans sa manière de marcher.

Ils s'enfoncèrent dans des taillis, des massifs désordonnés, comme en un labyrinthe, jusqu'à ce qu'enfin une petite façade couverte de lierre, percée de deux fenêtres et d'une porte cintrée, se dessine en contre-jour.

— Ouvrez-nous, demanda Marco. Vous trouverez une lampe et un briquet sur votre gauche en entrant.

De nouveau elle obtempéra.

La lumière n'avait pas encore éclairé l'unique pièce du logis, que Marco avait déjà déposé Paolo, toujours inconscient, en travers d'un lit à baldaquin.

— Éclairez-moi, exigea-t-il.

Elle fit courir la lanterne le long du corps inanimé du jeune homme. Ses vêtements de barcarol étaient trempés de sang frais. Marco le retourna sur le dos, arracha son poignard de sa ceinture, découpa le tissu poisseux.

— Plus haut…

Elle approcha la lueur des épaules qu'il venait de dégager.

— On lui a tiré dessus, grinça Marco.

Regagnée par la nausée, Lucia refusa de regarder.

— Paolo ! insista Marco, avant, face à son manque total de réaction, de lui soulever une paupière.

L'œil était révulsé, le nez presque collé, en quête d'un souffle rare, les traits, les cheveux, couverts d'une sueur aigre.

— Savez-vous qui… ?

— Plus tard, Lucia. Le temps presse. J'ai besoin que vous puisiez de l'eau dans la cour arrière, pendant que je fais du feu. Je ne suis pas certain de le sauver, mais je dois essayer.

Elle hocha la tête.

— Il y a d'autres falots dans cette armoire, près de la porte du jardin. Allumez-les tous, mais n'en gardez qu'un près de vous.

Lors, devinant que chaque minute comptait, elle se précipita.

## 41.

Un hurlement stridula le silence régnant sur la cour prise entre le mur d'enceinte et la maison.

C'était le second.

Lucia crispa ses doigts gelés sur le verre de la lanterne. Malgré l'épaisseur du drap de laine et d'une chemise dégottée dans une armoire, enfilée à la hâte, elle grelottait sur le banc de pierre où elle avait trouvé refuge, après que Marco eut décliné son aide.

— Vous n'êtes pas assez aguerrie. Attendez-moi dehors, s'il vous plaît, l'avait-il presque suppliée en arrachant son masque, tandis que le feu crépitait dans la cheminée.

Elle serait bien restée à glaner un peu de cette chaleur qui la fuyait devant la Camarde, face à ce visage qu'elle découvrait vraiment pour la première fois, mais elle l'avait vu si tourmenté qu'elle n'avait pas insisté.

Depuis, l'attente, l'incertitude la rongeaient.

L'idée que Paolo puisse mourir là, si jeune, nouait autant son ventre que celle du chagrin que Marco en éprouverait.

Lorsqu'elle tentait de tromper son angoisse, ce n'était que pour se heurter aux mêmes interrogations.

*L'agression de Paolo a-t-elle un lien avec la disparition de papa ? A-t-il été blessé à cause de moi ? Par qui ? Valaresso ? Giorgio Cornaro ? Claude de Mesmes ? Se trouvait-il au mauvais moment au mauvais endroit ? Que va-t-il se passer maintenant ?*

Elle résista une fois de plus à l'envie de prendre des nouvelles, guetta un nouveau hurlement.

Il ne vint pas.

Elle chercha sur son front la caresse du rayon de lune qui se jouait des ramures au-dessus d'elle.

*... Dieu tout-puissant, Dieu de miséricorde, faites que Paolo ait résisté...* implora-t-elle en fermant les yeux.

Elle les rouvrit en entendant le crissement discret de la porte, bondit avant même que Marco ait franchi le seuil, à une quarantaine de pas.

Il n'attendit pas qu'elle l'ait rejoint. Il secoua la tête, puis se dirigea d'un pas lourd vers le puits pour nettoyer le sang qui lui rougissait les mains.

Lucia sentit un chagrin immense tomber sur ses épaules. Elle força l'allure pour s'immobiliser devant lui, cherchant des mots apaisants, réconfortants. Elle n'en trouva aucun.

— Je suis navrée, finit-elle par murmurer, stupide, devant ses traits éteints.

— Pas autant que moi, Lucia. Non, pas autant que moi.

Un sanglot au bord des lèvres, elle saisit le seau souillé, le vida puis le replongea au centre de la margelle.

Il voulut le remonter lui-même.

— Vous en avez fait assez. S'il vous plaît, insista-t-elle d'une voix brisée.

Il s'écarta, la laissa peiner sous le grincement de la chaîne rouillée. D'ordinaire, il ne l'aurait accepté, mais une part de lui venait de s'éteindre et il ne parvenait à l'admettre, à se ressaisir.

À se pardonner…

Il plongea ses mains dans l'eau fraîche.

— A-t-il dit quelque chose ? voulut savoir Lucia.

— Non. Je me demande même comment il a pu arriver jusque-là. Je suis parvenu à extraire la balle. J'aurais mieux fait de ne rien tenter, soupira-t-il douloureusement en se laissant choir sur une grosse pierre.

Il passa ses mains mouillées sur son visage, puis dans ses cheveux poivre et sel, les lissant vers l'arrière.

— Il faut que vous sachiez, Lucia…

Elle s'agenouilla devant lui.

— C'est Paolo qui était chargé de veiller sur Isabella. J'ignore ce qui s'est passé. Pourquoi et par qui il a été mortellement touché. Je ne sais pas non plus si Isabella est toujours en vie, si elle a pu gagner le navire sur lequel elle devait embarquer avec nous.

Elle blêmit.

— Cela change-t-il quelque chose pour mon père ?

— Non. Mais je dois m'occuper de Paolo avant. Lui offrir une sépulture décente.

— Que puis-je faire ?

Il réunit ses mains, les pressa dans les siennes avant de darder deux prunelles plombées dans son regard délavé.

— M'assister. C'était quelqu'un de bien, vous savez. Quelqu'un de bien…

Elle hocha la tête, recula pour qu'il se relève, garda leurs doigts noués jusqu'au seuil, puis entra dans son sillage.

Sur le lit, les mains ramenées sur sa poitrine, Paolo tournait vers eux son visage d'ange au sourire fauché.

# 42.

Le feu crépitait toujours dans la cheminée, face au fauteuil dans lequel Lucia s'était effondrée.

Combien de temps plus tôt ? Elle n'aurait su le dire.

Elle avait dû s'assoupir. Un regard en direction de la fenêtre lui révéla le jardin toujours offert aux ténèbres.

Seule la lueur d'une lanterne les trouait.

*Marco.*

Il n'avait pas repoussé son aide, mais il avait refusé qu'elle lave et habille Paolo de frais. Elle s'était contentée de nombreux va-et-vient pour renouveler l'eau puis déposer un drap propre au sol afin que Marco l'utilise comme linceul.

Il n'avait pas prononcé un mot. Elle avait gardé les siens.

Par respect.

Elle s'était revue arrachant Luigi des flammes, risquant sa propre vie pour le sauver. Elle avait revécu son espoir lorsque les moines l'avaient emmené. Puis sa douleur lorsque Valaresso lui avait, sans ménagement, appris son décès.

Six jours après, poussée par l'instinct de survie et sa détermination à sauver son père, elle avait fait le deuil de Luigi, mais pas du chagrin que sa perte lui avait causé.

Alors, tandis que Marco recouvrait de pelletées de terre son ami, elle avait compris. Le maître d'armes ne pleurerait pas devant elle.

*On ne perd pas un fils, même s'il ne l'était que « presque », sans lui parler une dernière fois, seul à seul, sans caresser son lit de poussière et lui dire à quel point on l'aime.*

Lucia savait de quoi on l'avait privée.

Elle s'était discrètement retirée pour l'offrir à l'homme qui l'avait sauvée, troublée, rassurée.

Elle resta un long moment à méditer, cherchant dans cette succession de drames, de chausse-trappes, une raison autre que le pouvoir. Elle n'en trouva pas.

*Maudit grimoire...*

Elle se leva, remua les braises à l'aide du tisonnier adossé au montant de la cheminée.

Elle venait d'y jeter une nouvelle bûche lorsque la porte s'ouvrit.

Les mots de réconfort qu'elle s'apprêtait à prononcer se figèrent sur ses lèvres.

Elle se sentit aspirée vers hier. Vers cet homme qui, dissimulé sous sa mante, celle-là même que portait maintenant Marco, l'avait presque frôlée en quittant la nonne aveugle.

Saisie, craignant de comprendre, Lucia sentit son cœur s'emballer dans sa poitrine.

— C'est vous. Vous l'inconnu qui rend visite à Livia Vernazza, n'est-ce pas ?

Marco rabattit son capuchon en arrière. Son regard devenu plus douloureux encore valait toutes les réponses.

Elle déglutit.

— On m'a raconté que ce même homme s'était introduit chez elle, qu'il l'avait agressée avant d'assassiner son époux, don Giovanni de Médicis. Que, depuis, il cherchait désespérément son pardon.

Il avança d'un pas vers elle.

— Et vous, Lucia, que croyez-vous ?

— Ce que vous m'en direz.

— La vérité. J'ai tué don Giovanni.

Elle frémit. Ne put réprimer un mouvement de recul.

Il se délesta de son mantel sur une chaise puis, de nouveau, lui fit face.

— Il était mon ami, Lucia, et elle, mon impossible amour. C'est arrivé il y a cinq ans. En entrant dans ce palais que vous avez peut-être aperçu en arrivant, j'ai trouvé les valets terrorisés. L'un d'eux m'a conduit jusqu'à la chambre. Livia était étendue en travers du lit, inerte. On lui avait arraché les yeux. Lui se tenait debout devant elle, un poignard ensanglanté à la main. Il n'était que folie quand il s'est jeté sur moi.

Marco vint frotter ses mains glacées devant l'âtre.

— J'ai fui. Parce que cette image m'était insoutenable. C'était l'époque du carnaval. Je me suis caché derrière un masque, des jours durant. J'ai vécu d'expédients, dans la rue. J'ai rencontré Paolo, le petit Paolo, un simple pêcheur. Il m'a recueilli. Sans poser de questions. Il cherchait un père. Moi, je l'ai compris plus tard, un fils. C'est ainsi que notre lien s'est tissé.

Accablé par le chagrin, il se racla la gorge avant de poursuivre, cependant que, bouleversée, Lucia n'osait plus bouger :

— Nous allions à la pêche ensemble. Lorsque je le quittais, je changeais d'allure, remontais le temps au gré des ruelles, des *rii*, loup solitaire, hanté. Et puis il y a un an, par hasard, j'ai découvert que Livia était toujours en vie, gardée au secret à Santa Maria degli Angeli. Alors j'ai obtenu audience auprès de Serafina Cornaro…

Il serra les poings, resta quelques secondes le regard perdu dans les flammes, puis pivota vers elle, plus sombre que jamais.

— Elle m'a permis de voir Livia. À une condition : que j'entre à son service…

Lucia eut soudain l'impression que le diable lui dévorait le cœur.

— … Que je lui livre les filles que son amant choisissait.

Elle recula d'un pas, à s'en brûler les reins à la chaleur du foyer.

— Alors c'était vous… vous qui m'avez emmenée du cabinet de Valaresso au couvent…

— C'est moi aussi qui ai été chargé de faire disparaître Isabella.

Choquée, elle vacilla plus encore sur ses certitudes.

— Je ne comprends pas. Pourquoi ? Vous disiez…

— La vie de Livia contre la sienne. Je n'ai eu d'autre choix que de me soumettre, mais je ne suis pas un meurtrier. Je me suis entendu avec Paolo pour qu'il la repêche sitôt que je l'aurais blessée. C'est ce qui s'est passé.

Un doute pernicieux s'empara d'elle.

— Giorgio a dit qu'elle avait disparu en venant chez nous, au petit jour.

— C'est vrai, laissa-t-il tomber, amèrement.

Lucia sentit monter en elle un feu ardent, celui qui avait ravagé sa vie, l'atelier de son père.

Elle s'étrangla de douleur avant de rugir, telle une lionne éventrée.

— C'est vous ! Vous qui avez enlevé mon père ! Vous qui êtes responsable de la mort de Luigi comme vous l'êtes de celle de Paol…

Une gifle brutale balaya la fin de sa phrase. Elle recula, hébétée par sa violence, sentit le tisonnier contre son mollet.

Il l'agrippa par le bras comme elle s'en saisissait, le lui retourna pour qu'elle le lâche. La douleur la cisailla tandis que le fer volait en travers de la pièce.

— Je ne veux pas te faire de mal, Lucia.

— Fallait pas commencer !

Il la libéra, espérant qu'elle se calmerait. Elle courut vers la porte pour lui échapper. Il la rattrapa avant qu'elle n'ait réussi à l'ouvrir.

Lors, elle se changea en furie, battant des bras et des pieds, jurant, mordant, renversant dans ses mouvements désordonnés et vengeurs tout ce qui se trouvait sur son passage.

Il finit par l'acculer dans une encoignure, lui bloquer les deux mains au-dessus de la tête.

— Arrête ! ordonna-t-il.

Tout à sa rage, à son désespoir accumulé, elle n'entendit pas. Elle s'agita du buste, des hanches, de la tête, cherchant à délivrer ses poignets. Il se plaqua contre elle.

— Je te jure que j'ignorais pour ton père. Pour toi. C'est en découvrant la vérité que j'ai décidé de vous sauver tous les deux, comme je l'avais fait pour Isabella. Tu dois me croire, Lucia, insista-t-il, le regard perdu.

Elle y plongea, bouleversée par la souffrance et la culpabilité qui s'en dégageaient et la renvoyaient à son propre tourment.

*Il semble si sincère...*

— Je ne m'attendais pas à toi, la Luciole…

Elle sentit son bas-ventre s'embraser.

— Je te hais ! hurla-t-elle dans un sursaut pour se protéger de ses propres sens.

Il s'empara de sa bouche, recula sous sa morsure.

Un éclair de défi dans l'œil de Lucia, de douleur dans le sien.

Ils se pénétrèrent férocement de leurs langues devenues lames fourragères, cherchant encore à se blesser.

Leurs mains suivirent, impatientes, fébriles à mettre leurs corps à nu. Leurs vêtements volèrent. Dans ce désordre des sens, Lucia griffait le corps de Marco, décidée à imprimer sur sa peau d'autres cicatrices. La lèvre et le dos en sang, il la bascula sur la table que leur ballet avait rapprochée. D'instinct, elle noua ses cuisses à ses hanches pour l'attirer à elle.

Il n'y résista pas. Il la pénétra d'un mouvement de reins.

Une estocade.

Violente.

# 43.

L'impétuosité du désir masqua, pour Lucia, la déchirure de son hymen. Elle ne ressentit qu'une morsure supplémentaire, le besoin éperdu de s'oublier, de tout oublier dans ce plaisir qui montait de son bas-ventre, gagnait sa poitrine caressée, léchée. Il lui sembla qu'une vague gigantesque allait la noyer, une vague qui les emportait ensemble vers sa crête. Agrippée aux rebords de la table, elle jouit puissamment, en même temps que Marco, sans seulement prendre conscience qu'elle devenait une femme.

Lui le comprit en se retirant quelques minutes plus tard, après que cette émotion partagée les avait précipités dans les bras l'un de l'autre.

— Je te demande pardon, s'embarrassa-t-il devant le carmin de sa rose. Ton assurance auprès de l'ambassadeur… J'étais persuadé que Giorgio Cornaro t'avait déflorée, initiée, comme… les autres.

— Il a essayé… rétorqua-t-elle en riant. Mais quand il a découvert que son propre poignard était prêt à l'émasculer…

Ses yeux pétillèrent plus encore.

— J'ai voulu me garder pour celui que je choisirais. Et je t'ai choisi, Marco, dès le premier regard que j'ai posé sur toi… Intuitivement, je t'ai choisi. Et pourtant, je venais de perdre celui que je croyais m'être destiné.

Elle lui enveloppa la joue de sa main, autant troublée que lui.

— Tu vois, moi non plus, je ne m'attendais pas à toi… C'est pour ça que je me suis sentie tellement trahie tout à l'heure… Je…

Il lui barra les lèvres de son index. Son regard brûlait.

— Je sais, la Luciole. Je sais…

Leurs lèvres se trouvèrent. Dans l'évidence de leurs cœurs à l'unisson.

Il la souleva dans ses bras. Elle nicha la tête dans le creux de son épaule. Il la posa en travers de ses genoux, sur un fauteuil qui, miraculeusement, n'avait pas été renversé par leur bataille. Il avait besoin d'une pause, une toute petite pause avant de replonger dans le chaos.

Lucia soupira d'aise. Réchauffée autant par ces bûches qui flambaient dans l'âtre que par son regain de confiance en lui, elle passa un doigt sur le fil de ses cicatrices.

— Un coup de dague, commenta-t-il, rassuré, lorsqu'elle s'arrêta sur la ligne écourtée d'un sourcil.

— Et ici ? demanda-t-elle, en soulignant un lobe ébréché.

— Une balle de mousquet.

Son doigt longea le galbe affaissé de la pommette, le creuset prononcé d'un cerne. Séduite par cette carte de lui, usée par les aventures, elle remonta les ailes du nez, redescendit lentement le long de son arête. Elle souligna le charnu de ces lèvres qui s'étaient entrouvertes avec l'envie de la capturer à nouveau, s'en échappa, glissa le long du cou mangé de barbe naissante jusqu'à l'arrondi de l'épaule, là où s'étoilait une nouvelle cicatrice.

— La pointe d'une rapière, expliqua-t-il d'un timbre de nouveau altéré par le désir.

Instant de grâce et de paix.

*Ça ne durera pas. Elle a trop besoin de réponses...*

Il n'avait pas fini de le penser que Lucia murmurait :

— Tes visites au couvent... Est-ce parce que tu aimes toujours Livia ou parce que tu t'en veux ?

*Et voilà*, se désola Marco.

— C'est plus compliqué que ça, la Luciole. Du moins, ça l'est devenu. Livia a surpris une conversation entre Valaresso et l'abbesse au sujet de la gravure. J'avais déjà mis Isabella à l'abri, mais j'ignorais le danger que vous couriez vraiment, ton père et toi. C'est elle qui m'a tout raconté, avant de me supplier de vous sauver tous les deux.

Lucia sursauta.

— Comment savait-elle pour la gravure ?

*Tout dire... sans rien révéler...* s'embarrassa-t-il quelques secondes avant d'opter pour l'essentiel.

— Un homme lui a rendu visite. Il détenait certains documents qui en parlaient.

— Un homme... C'est vague... se mit-elle à rire.

Mais son rire sonnait faux.

*Je dois désamorcer sa curiosité, coûte que coûte.*

— Son nom ne t'évoquera rien, Lucia. Mais puisque tu y tiens, il s'appelle Henri Concini.

Elle fouilla dans sa mémoire livresque. Y retrouva un Concino Concini, conseiller de la régente de France,

Marie de Médicis, mais ce dernier avait été assassiné sur l'ordre du roi en… 1617. Ce ne pouvait donc être lui.

— Livia est mon passé, reprit Marco, déterminé à éloigner d'elle l'image de cet homme. J'ai tué son époux. Et par ce geste, je l'ai condamnée au pire.

De nouveau, elle tressaillit.

— C'est-à-dire ?

— Pour préserver l'honneur de la famille, les Médicis ont obtenu l'annulation de son mariage. Ça a eu pour conséquence de la priver de ses droits, et surtout de son fils. La reine de France a eu pitié d'elle et paie son entretien.

— Doux Jésus, murmura Lucia, bouleversée. Quand je pense qu'elle n'a même plus ses yeux pour pleurer…

Il serra les poings à s'en marbrer les jointures, tandis que son regard s'embrasait de haine.

— Non. Elle n'a plus ses yeux. Serafina Cornaro les lui a arrachés…

Saisie d'horreur, Lucia se rejeta en arrière.

— Quoi ? Pourquoi ?

— … Dépit amoureux, prétexta-t-il pour couper court à sa curiosité.

— Et tu l'as laissée à sa merci ? se liquéfia-t-elle plus encore d'incompréhension.

Le regard de Marco brûlait de rage.

— J'ignorais tout, jusqu'à avant-hier. C'était ce que Livia venait de me révéler quand tu m'as aperçu. J'ai dû me faire violence pour ne pas monter chez l'abbesse et l'occire sur-le-champ. Mais j'aurais risqué de tout compromettre : la sécurité d'Isabella, la liberté de ton père. Je devais assurer notre retraite à tous avant.

La mort de Paolo ne change rien. Le navire dont je t'ai parlé lèvera l'ancre à l'aube. Avec ou sans nous.

Elle ourla un regard sur la pendule dont le balancier égrenait les secondes contre un mur.

— Minuit, il n'y a plus un instant à perdre, réagit Lucia, retrouvant enfin en elle celle que ces dernières heures lui avaient fait oublier.

Elle s'arracha à ses bras, à ses genoux.

Drapée de cette haine qu'il venait de lui communiquer, elle resta debout devant lui.

— Il me faut des vêtements d'homme, deux dagues et une épée. Et ne me demande pas si je saurai m'en servir. Ton traité est l'un des meilleurs dans ce domaine et mon père m'a entraînée mieux qu'un gentilhomme ne l'aurait été.

Face à son air sceptique, elle lui adressa un regard d'acier.

— Allons lui reprendre ceux qu'elle nous a enlevés.

# 44.

Comme elle s'y attendait, Marco avait déjà anticipé ces exigences.

Pantalon et gilet de cuir, chemise, cuissardes rehaussées de talonnettes, chapeau sur ses cheveux coupés. Devant le miroir, tandis qu'elle ajustait ses baudriers, Lucia découvrait une autre elle-même. Noire d'allure, jusqu'au masque sans fioritures qui recouvrait son nez, elle l'était aussi devenue de cœur, endurcie par la cruauté de son ennemie.

— En garde ! entendit-elle derrière elle, comme elle s'en satisfaisait.

Elle arracha aussitôt sa rapière et pivota, consciente qu'il avait besoin de vérifier ce qu'elle avait affirmé.

Il engagea le duel par des coups d'estoc qu'elle esquiva de justesse, puis enchaîna par des coups de taille, brisés et enlevés, la contraignant à bousculer les meubles pour mieux parer, à se cambrer en arrière, le souffle coupé par la violence des chocs.

*Il n'a pas l'intention de me ménager*, comprit-elle lorsque, acculée contre la fenêtre, elle sentit sa lame lui frôler la peau, à hauteur de poitrine.

Marco l'y immobilisa.

— Tu serais morte, Lucia, si je n'avais retenu mon coup. Tu sais que je ne te blesserai pas. C'est ce qui t'affaiblit. Évacue tes sentiments. Je dois connaître tes failles pour les combler avant que nous ne nous trouvions en situation délicate, tu comprends ?

Elle hocha la tête.

Il sourit, narquois, écartant légèrement son poinçon.

— Tu m'assures savoir te battre ? C'est une élève timide et maladroite que j'ai devant moi. Tu ne vas pas me laisser sur cette impression-là ?

Piquée dans son orgueil, elle repoussa énergiquement sa lame sur le côté et se dégagea.

— Bien !

Solidement campée cette fois, elle le provoqua. Marco maîtrisa chacune de ses parades, alternant élégamment primes et septimes, secondes et contres.

— Ne cherche pas à l'emporter, mais à dompter tes émotions, insista-t-il en esquivant une feinte.

Sa lame enveloppa celle de Lucia. Le temps qu'elle mesure son erreur, sa rapière était projetée à terre, à quelques pas.

Son cœur s'emballa méchamment dans sa poitrine. Marco rabaissa sa pointe, un rictus ennuyé aux lèvres.

— Qu'est-ce qui ne va pas ? s'agaça-t-elle contre elle-même, se souvenant des nombreuses fois où elle avait terrassé son maître d'armes.

— Tu te bats comme une petite fille, pas comme une femme, lui rétorqua Marco. Je n'ai vu dans ton jeu que la reproduction de mon traité. Je n'attends pas que tu me prouves l'avoir assimilé. Je te veux, toi ! Intuitive, déterminée, réfléchie, froide et brûlante à la fois. Montre-moi TON escrime, Lucia. C'est elle qui te sauvera dans un combat.

Ce fut comme si, brusquement, un voile se déchirait. Elle récupéra son arme, se redressa à bonne distance et le regarda, tel qu'il était, lui, cet homme dont soudain la prestance, la dignité l'avaient impressionnée. Elle retrouva l'autre, celui qui l'avait couchée sur cette table, l'avait prise, l'œil ardent, cherchant autant son plaisir que le sien, entre violence et sensualité.

Par un appel du pied, elle l'invita à se fendre, esquiva, volta, l'obligeant à suivre le mouvement *in quartata*[1].

*Elle reprend l'espace*, comprit-il, ravi, en la voyant se camper au milieu de la pièce, presque à hauteur de la cheminée.

Elle fonça, enchaîna les coups. Marco la vit gagner en assurance, en puissance et, tout à la fois, tandis que leurs lames se liaient, se froissaient, c'était toute sa sensualité naissante qui s'exprimait.

Lucia la sentait couler en elle. Elle lui donnait à présent un aplomb salutaire pour son jeu.

Une volte lui permit de se rapprocher de Marco, d'entamer un corps-à-corps fait de parades et d'attaques, entrecoupé de feintes aux œillades brûlantes, d'estocades aussitôt esquivées.

Lucia sentait s'épanouir à la fois sa technique et son acuité, celle à laquelle son père l'avait amenée par de fréquentes parties d'échecs. Un coup pour en

1. Esquive effectuée en s'effaçant et en contre-attaquant en ligne de quarte. Voir le *Guide pratique d'escrime artistique* de Michel Palvadeau.

masquer un autre. Elle avait toujours su en compter un d'avance. Elle se souvint alors de la blessure de Marco à l'épaule, l'attaqua en banderole pour mesurer sa capacité à répondre, s'attarda à la vibration de sa lame.

Elle retint un sourire de victoire, multiplia les coups dans cette direction jusqu'à brusquement, sur un revers, lui bloquer son arme et l'amener au sol.

Un large sourire illumina les traits de Marco tandis qu'elle se reculait pour le saluer.

— Suis-je prête ?

Il enleva une mante sur le dossier d'une chaise, épargnée par miracle, lui en recouvrit les épaules puis l'attira à lui.

— Plus que je ne l'espérais…

Lucia sentit une vague de fierté la submerger.

— … Mais c'était facile. J'ai perdu l'espoir de te résister.

Un baiser ardent les enflamma. Lorsque Marco lui rendit son souffle, un voile avait obscurci son regard.

— C'est l'heure, comprit-elle.

Mais au lieu de gagner l'entrée principale du modeste logis, il se dirigea vers la porte qui donnait sur le jardin. À l'instant de l'ouvrir, il ourla un regard triste dans sa direction.

— J'aimerais lui dire adieu, Lucia. Avec toi à mes côtés.

Elle le rejoignit, le cœur serré.

Mains jointes, ils s'immobilisèrent devant la tombe baignée d'un rai de lune. Le vent était tombé. Dans un arbre voisin, un rossignol chantait.

*À toi, Paolo, dont je n'ai connu que le dernier souffle. Puisse ton sacrifice n'avoir pas été vain et Isabella être en sécurité*, pria Lucia.

À côté d'elle, Marco avait fermé les yeux, mais elle devinait l'intensité de son recueillement à la jointure blanchie de ses doigts.

Lorsqu'il s'accroupit, elle recula d'un pas, pour ne pas le gêner. Bouleversée, elle le vit enfoncer sa paume ouverte dans le tertre que seule une croix de branches coupées ornait.

Une empreinte, en guise de dernier baiser.

— Je ne t'abandonne pas, Paolo, murmura-t-il. Je vais recouvrer cette lumière, ce pour quoi tu t'es sacrifié. Ensuite, je te le promets, j'essaierai d'être heureux, comme tu l'as si souvent souhaité, comme tu aurais dû l'être si ma folie ne t'avait pas emporté…

Il se signa avant d'ajouter :

— Repose en paix, mon ami… mon fils…

Lucia sentit une larme rouler sur sa joue, mais l'œil que Marco ramena sur elle en se levant était sec.

Secs aussi les pas dans lesquels elle emboîta les siens.

Comme elle, cette page de sa vie qu'on lui avait arrachée, c'était avec de la haine qu'il l'embraserait.

[illegible] Pablo [illegible] [illegible] [illegible] [illegible] [illegible] [illegible] [illegible] [illegible] [illegible]

[illegible] d'elle [illegible] [illegible] [illegible] [illegible] [illegible] de son [illegible] [illegible] [illegible] de ses doigts.

Lorsqu'il s'accroupit, elle recula d'un pas pour ne [illegible] [illegible] [illegible] [illegible] [illegible] dans le [illegible] [illegible] [illegible] [illegible] de [illegible] [illegible] droit.

[illegible] [illegible], en guise de dernier baiser.

— Je [illegible] [illegible] [illegible]. Pablo [illegible] [illegible] [illegible] [illegible] [illegible] [illegible] [illegible] [illegible] [illegible] [illegible] [illegible] [illegible] [illegible] [illegible] [illegible] [illegible] [illegible] [illegible] [illegible] [illegible] [illegible] [illegible] [illegible] [illegible] [illegible]

Il se [illegible] avant d'ajouter :

— [illegible] [illegible] [illegible] [illegible] [illegible] [illegible] [illegible]

[illegible] [illegible] [illegible] [illegible] [illegible] [illegible] [illegible] [illegible] Marguerite [illegible] sur cette [illegible] [illegible] [illegible] [illegible] [illegible] [illegible] [illegible] [illegible] [illegible] [illegible] les [illegible]

[illegible] [illegible] [illegible] [illegible] [illegible] [illegible] [illegible] [illegible] [illegible] [illegible] [illegible] [illegible]

[illegible] [illegible] [illegible] [illegible] de quelques [illegible] [illegible] [illegible] [illegible] [illegible] [illegible] [illegible] [illegible] [illegible]

## 45.

— L’obscurité tombée, nul ici ne s’aventure plus loin que son logis. Nul sinon les voleurs, les parjures, les assassins, les comploteurs et les traîtres, lui annonça Marco.

— Espères-tu me décourager ? soupira Lucia.

— T’en avertir. On ne peut apprivoiser la Muran de l’ombre sans en avoir bu la lie, Lucia. Or, nous allons devoir la traverser. Sans lanterne. Reste aux aguets.

Elle resserra sa mante autour de ses épaules, puis posa une main sur sa rapière, l’autre sur sa dague.

Muran n’était pas une île, mais une étoile de mer à quatre branches traversée par une artère palpitante et fourchue. Chacun de ses bras semblait autonome, mais, telle que son modèle, elle n’existait que par son cœur, le quartier des maîtres verriers, chassés de Venise en 1201 par le Sénat à cause des nombreux incendies que leurs fours provoquaient. Ils tenaient les deux rives du canal principal. À l’exception de quelques palais, le reste des îlots était la propriété des couvents ou des monastères. La plupart y respectaient les règles épiscopales.

— Les autres, lui apprit Marco dans un chuchotement, rendent grâces durant le carnaval.

Si bien qu'à l'inverse de Venise, dont Lucia, au détour d'une rue, entrevoyait les gerbes des feux d'artifice, la fête et ses excès se vivaient à l'intérieur. Rien n'en transpirait.

À peine eurent-ils passé le premier pont, sous lequel l'eau s'engouffrait de nouveau goulûment, qu'elle repéra deux silhouettes embusquées dans l'angle d'une venelle. Lorgnant dans leur direction à l'exemple de Marco, elle se contenta d'écarter son mantel et d'accrocher un rayon de lune à ses lames, pour les décourager d'attaquer.

Ils progressèrent lentement, ombres parmi les ombres, à travers ce qui lui sembla un labyrinthe. Un labyrinthe de murs, de ruelles étroites, de portes entrouvertes et aussitôt refermées, de tavernes derrière les fenêtres desquelles on riait grassement, un masque sur le visage, mais le vit dénudé. Tout n'était que silence ici, cris étouffés là, pas chassés, couinements de rats, toux discrètes, chuintement du fer. La moindre impasse semblait destinée à égarer les pas, les esprits, à juguler l'espoir, à rendre la peur palpable dans ce brouillard qui affleurait le remontant comme un esprit prêt à frapper.

Lucia regardait devant elle ce dos musculeux que la cape sombre ne parvenait pas à masquer. Elle marchait sans réfléchir, sans se poser la moindre question. Sa confiance en Marco était de nouveau entière, ses sens apaisés par leur étreinte. Elle savait pourquoi elle avançait.

Pour se venger.

Venger son père. Venger Luigi. Venger Paolo et peut-être Isabella aussi. Venger Livia. Venger ces heures perdues à plier la jambe, le bras, à sourire, à feindre la séduction pour satisfaire Lelio Andreini. Venger son humiliation chez Valaresso, sa soumission cinglante chez l'abbesse, la trahison de Cornaro, son dégoût, puis sa peur sous l'emprise de l'ambassadeur. Venger la destruction de leur imprimerie, du *campo*.

Lorsque Marco s'arrêta en lisière des dernières habitations, elle fixa le pont menant à l'îlot sur lequel se trouvaient deux couvents.

Vengeance. Elle en transpirait.

Ainsi que son nom l'indiquait, deux anges surmontaient les piliers du portail de Santa Maria degli Angeli. Valaresso ayant, comme toujours, laissé quelques hommes devant la porte pour s'assurer de la qualité des visiteurs, Marco avait décidé qu'ils entreraient séparément. Lui tel qu'à son habitude, pour rendre visite à Livia. Elle comme un illustre patricien en quête de plaisirs.

Ils se retrouveraient au pied de l'escalier qui menait chez l'abbesse.

Marco la saisit par les épaules.

— Sois prudente, mais agis avec hauteur. Ton masque, ton allure, tes armes suffiront à ce qu'aucune question ne te soit posée. Si cela survient malgré tout, n'oublie pas qui tu es censée être. Toise, foudroie du regard jusqu'à ce que ces chiens baissent le leur et te laissent passer, tu as compris ?

— Plus que tu n'imagines.

Il lui déposa un baiser sur le front.

— Va.

Une heure sonna au clocher voisin.

Il leur en restait six avant le lever du jour et le départ de *La Mia Fortuna*.

« *Alea jacta est.* »

Le sort en était jeté.

# 46.

Lucia arriva devant les cerbères, le menton relevé. Ainsi que l'avait assuré Marco, l'un d'eux s'empressa d'écarter la grille, sans même la dévisager.

— Par ici, lui indiqua la sœur qui attendait derrière, silhouette voûtée à la bouche édentée, après s'être fendue d'une courbette servile.

Lucia posa une main ferme sur le pommeau de sa rapière et suivit la lueur que projetait la lanterne.

Bien qu'elle n'ait jamais été autorisée à visiter cette partie du monastère, il ne lui fallut que quelques secondes pour se situer.

*Nous allons rejoindre les parloirs par l'arrière de l'abbatiale.*

En effet, elles la contournèrent par le levant, longèrent la sacristie, puis un chemin bordé de pommiers avant d'atteindre le cloître. Lucia reconnut la porte de Livia, puis celle de la salle dans laquelle Andreini l'avait formée.

La moniale trottinait toujours devant elle, trop vieille et laide pour satisfaire aux exigences des patriciens.

Lucia risqua un regard en direction de la fenêtre de l'abbesse. Elle était plongée dans l'obscurité.

*Compte sur moi pour te réveiller, fichue garce !*

Elles obliquèrent à l'angle du bâtiment. Lucia se réconforta de voir que l'entrée en face de sa geôle n'était pas mieux éclairée que d'ordinaire. Elle gravit l'escalier jusqu'à l'étage, repéra que de nombreuses portes étaient fermées, signe que l'on badinait derrière.

La moniale finit par en ouvrir une.

— Une préférence ? demanda-t-elle tandis que Lucia franchissait le seuil d'une pièce aux senteurs de rose.

Les amandes dont Marco lui avait fait emplir ses joues déformèrent sa voix.

— Sœur Daïna.

Le battant refermé, Lucia s'installa sur une banquette de velours cramoisi. Une autre lui faisait face, séparée par la grille qui scindait le parloir en deux. De prime abord, ce parloir semblait des plus classiques, mais un mécanisme discret effaçait toute barrière. Dès lors, les patriciens pouvaient soit s'alanguir dans cette alcôve, soit gagner la pièce du rez-de-chaussée dans laquelle l'on jouait, pariait, dansait. Ballets mouvants de corps et d'esprits, de joutes sensuelles qui finissaient toujours de la même manière.

Lucia n'eut pas à attendre longtemps cette Daïna dont Marco lui avait vanté, en plus de la beauté, le principal atout : elle avait les faveurs d'un des Grimari dont il connaissait les habitudes comme les vices. Selon lui, si la richesse de son costume dupait, réclamer cette courtisane signerait définitivement son appartenance à la noblesse.

— C'est un honneur de vous recevoir, s'inclina la nonne en s'installant face à elle.

— L'habit ne sert que la condition. Comment savoir qui se cache derrière ? Vous, par exemple, qui me garantit votre dévotion ? questionna avec hauteur Lucia, s'appliquant à jouer son rôle.

Daïna lui retourna un regard sans équivoque.

— Je prie dans toutes les positions.

Lucia se recula pour la jauger d'un œil connaisseur.

— Ma foi…

— La mienne est sans faille. Puis-je vous demander cependant qui m'a si pieusement recommandée à vous ? D'ordinaire, ma compagnie est réservée.

— Pourtant vous êtes là.

Daïna laissa une once de provocation cerner son regard d'émeraude.

— Curiosité.

— Un vilain défaut.

— J'en ferai pénitence.

— À genoux ?

— Une telle gourmandise appelle plus encore un nom, monsieur…

— *Il maestro*.

Le sourire de Daïna s'élargit sous le masque.

— Et que vous a-t-il confié d'autre ?

— Que, quoi que vous en disiez, il est une posture qui est plus propice à la prière.

— Vraiment ? Et laquelle selon vous ?

— Pas selon moi, très chère, selon notre ami commun…

— J'écoute.

— J'en doute…

Lucia roula d'un rire aussi contrefait que le timbre de sa voix.

— … Il est difficile d'entendre lorsque deux cuisses vous compriment les oreilles.

Daïna lui coula un regard brûlant.

— Il semble, en effet, que vous soyez bien renseigné.

— Et d'autant plus fervent, assura Lucia en posant une bourse de cuir sur le devant de la grille.

— Vous a-t-on aussi recommandé un endroit ?

— À moins qu'elle ne soit prise, une geôle.

— Elle ne l'est pas. Et je constate que notre ami commun n'a aucun secret pour vous.

— J'en ai davantage pour lui. Comme il se doit, lorsqu'on EST la République, assura Lucia sur un ton qui, cette fois, n'admettait pas de réplique.

Un seul pouvait se permettre une telle affirmation. Le doge lui-même. Visiblement, Daïna le savait aussi bien que Marco. Durant le carnaval, Giovanni Cornaro ne détestait pas visiter, masqué, les couvents de la Sérénissime, profitant ainsi de ses « dossiers ».

Comme il l'avait prévu, Daïna s'empourpra de respect.

— Ce me sera un honneur de vous servir, rétorqua-t-elle dans un sourire avant d'actionner un bouton poussoir et de la rejoindre de l'autre côté.

Une minute plus tard, n'ayant croisé personne qui puisse affirmer qu'elle n'était plus dans le parloir, Lucia assommait sœur Daïna de la garde de son épée et rabattait sur elle la porte du cachot.

Le temps qu'elle traverse l'allée du cloître qui longeait le bâtiment de l'abbesse, Marco se détachait de l'ombre de l'escalier où il l'attendait.

# 47.

Un instant, Lucia craignit que l'antichambre ne soit verrouillée, mais la poignée ne résista pas à Marco. La lune éclairait faiblement la pièce. Lucia la retrouva telle qu'en son souvenir.

Elle se glissa devant la fenêtre pour faire le guet, tandis que Marco gagnait la chambre.

Selon lui, ce serait rapide. S'avancer jusqu'au lit, piquer Serafina à la gorge pour lui interdire de crier, lui arracher le lieu de détention de son père, puis la transpercer avant même qu'elle n'ait pu réclamer pitié. Meurtre de sang-froid, assurerait-on. Pour Marco, ce ne serait que justice.

Lucia n'y avait rien trouvé à redire.

Elle détailla les ombres sous le cloître mais n'y vit que celles, immobiles et allongées, des deux bâtiments de côté et de l'abbatiale en face.

*Étrange, tout semble poudré. Je n'ai pas eu cette sensation en arrivant*, s'étonna-t-elle, avant de se retourner en entendant Marco sortir de la chambre.

— Vide, grinça-t-il en franchissant l'espace qui les séparait.

Elle tressaillit.

— Comment ça, vide ?

— Le lit n'est même pas défait.

Lucia sentit son cœur se broyer tandis qu'il plissait le front, l'œil attiré au-delà de la croisée.

Il se tourna vers elle, l'air soucieux.

— Le sirocco vient de se lever.

*C'était donc ça. De fines particules de sable...*

— J'ai bien remarqué que l'eau était basse. Crois-tu que nous risquions une Acqua Alta importante ? s'angoissa-t-elle.

— Je le crains. Nous risquons d'être pris au piège si nous nous attardons.

Elle se mit à trembler.

— Et mon père ?

Il la prit aux épaules.

— Elle a peut-être laissé un indice ici, qui nous permettra de remonter jusqu'à lui. Cherche, le temps que je convainque le gardien de la cale de ne pas faire de zèle, et que j'y emmène Livia. Je reviens te chercher dans la foulée.

— Et si je n'ai rien trouvé ?

— Nous confierons Livia au capitaine du navire, puis nous filerons chez Valaresso. La Serafina ne peut être qu'auprès de lui. Ne t'inquiète pas, la Luciole. Je t'ai promis de te rendre ton père et je te le rendrai.

Le temps qu'elle occulte la fenêtre en tirant les rideaux épais, il s'était élancé.

Elle se glissa derrière le bureau, alluma les bougies du chandelier, vida les tiroirs et entreprit de fouiller fébrilement les documents épars. L'inventaire fut vite fait. Rien, aucun billet qui puisse la guider dans sa recherche. Elle allait renoncer, se rabattre sur la visite à Valaresso, lorsqu'elle se souvint de la cache secrète du bureau, semblable à celui de son enfance.

Elle se mit à genoux, chercha le mécanisme. Le déclic la soulagea. Elle enfila sa main dans le compartiment et en retira une vingtaine de rouleaux de parchemin. Elle se releva en toute hâte, les ramenant sur le plateau pour les examiner.

Elle déplia nerveusement les rabats d'une lettre.

Pour aussitôt sentir son cœur s'emballer.

*« Florence, palais Pitti, 18 juin 1617.*
*À Bianca Dandolo,*

*Les mots me sont pénibles, mais comment vous annoncer autrement que par les faits cette terrible nouvelle.*

*Votre fille Maria et son époux ont été assassinés il y a trois jours.*

*Ma seule certitude est que le meurtrier est un puissant de France. Et qu'il s'est déjà mis en quête d'Isabella, dans l'espoir que ses visions, propres à votre lignée, le mènent au grimoire. Tôt ou tard, il apprendra que votre petite-fille m'avait été confiée et tentera de m'arracher l'endroit où je l'ai placée.*

*Cette perspective me bouleverse. Je n'ai jamais été très endurante à la douleur. Je finirai par parler. Il me faut donc en terminer à l'aide de quelque poison salutaire.*

*De grâce, priez pour moi autant que pour le repos des vôtres.*

*Je ne doute pas qu'Isabella trouve la paix en ces murs, et son histoire grâce à vos dessins.*

*Je vous dis adieu.*

*Vous connaître, ainsi que Maria, me fut une joie immense.*

*Vous servir, vous et votre cause, une nécessité.*

*Respectueusement.* »

# 48.

Les doigts de Lucia s'étaient mis à trembler au fur et à mesure de sa lecture.

*La preuve. C'est la preuve que recherche Isabella...*

Bianca n'avait certainement jamais su que sa petite-fille lui avait été confiée. La Serafina avait estimé la valeur de sa prise et l'avait gardée. Elle avait torturé Isabella cinq années durant pour tenter de percer la cache du grimoire.

*C'est monstrueux ! Et pourtant si peu étonnant d'une femme qui n'a pas hésité à arracher les yeux de sa rivale*, songea avec écœurement Lucia avant de reposer la lettre et de s'emparer d'un des parchemins.

À peine fut-il déroulé qu'elle en resta saisie.

*Le dessin qui a servi de modèle à la gravure !*

Elle en reconnut chaque trait.

*Puisque Bianca Dandolo en est l'auteur, alors c'est à elle que l'on doit le code ajouté au moment de la taille. C'est elle qui a dissimulé le grimoire*, comprit Lucia, avant de se figer. *Grand-père aurait-il pu la lui dérober ?*

Cette pensée, détestable, se heurta à d'autres : *comment s'est-elle retrouvée ensuite entre les mains de Claude de Mesmes ? Pourquoi, si personne jusque-là n'a réussi à en percer le secret, la Serafina aurait-elle pensé papa capable d'y parvenir ? Et surtout pourquoi n'ont-ils tous pas directement arraché le secret du grimoire à l'abbesse ?*

Sa curiosité augmentée d'un cran, elle s'empara d'un nouveau croquis. Devant elle, une tête blonde au regard terrorisé et à la bouche ouverte, embrassant presque un soulier à boucle. En arrière-plan, le reste de son corps décapité. Un lieu. Une date.

*Ulpian, 1555. La mère de Bianca Dandolo...* se glaça Lucia.

Elle renonça à dérouler les autres, convaincue soudain qu'ils ne raconteraient que l'histoire de la vieille abbesse muette, l'histoire d'une femme qui sans doute, traquée, s'était cachée pour survivre. Sa fille Maria n'avait, hélas, pas eu ce réflexe, se désola Lucia, prise de compassion pour Isabella et son héritage perdu.

*Puissé-je le lui rendre ! Mais avant...*

Son œil balaya la pièce austère.

*Rien. Rien d'autre que ce bureau et ce siège.*

Marco n'allait plus tarder et elle n'avait toujours pas trouvé le moyen de localiser son père.

*Dans la chambre ? peu probable, mais...*

Elle allait s'y glisser par acquit de conscience, lorsqu'il lui sembla qu'une main se posait sur son épaule, si lourde qu'elle se retourna d'un bloc.

Elle était seule.

*Sauve-moi*, entendit-elle résonner dans sa tête tandis qu'elle se sentait irrésistiblement attirée vers le mur lambrissé, en face d'elle.

*Sauve-moi*, insista la voix.

— Papa ? appela-t-elle, prise brusquement d'un espoir fou.

Elle avança et, le cœur bondissant dans sa poitrine, vit le panneau pivoter.

Sa déception fut d'autant plus intense que le réduit qu'il dévoila ne contenait qu'une colonne à hauteur de poitrine.

*Qu'est-ce que ça veut dire ?*

Une lame d'angoisse et d'incompréhension la transperça.

*Sauve-moi.*

— Mais qui ? Qui dois-je sauver sinon mon père ? s'emporta-t-elle.

À cet instant, le pilier se mit à coulisser sur lui-même, remontant jusqu'à révéler un crâne translucide serti dans un bloc de verre.

Elle dut presque plisser les yeux pour se garder de l'éclat dont il s'illumina pendant une fraction de seconde.

*C'est comme s'il vibrait, comme s'il était... vivant ?*

Elle revit le dessin de Bianca Dandolo. Le corps décapité de sa mère.

*Serait-ce possible ?...*

Elle se mit à trembler, avant de se ressaisir.

*Non. Ce crâne-ci est forcément l'œuvre d'un des maîtres verriers de Muran.*

Elle fut pourtant certaine que c'était lui, lui qui avait parlé.

*Ne sois pas stupide, Lucia !*

Mais une émotion intense demeurait en elle.

Et elle ne put rien d'autre que, respectueusement, le soustraire à la cupidité de la Serafina.

Elle se retourna, avisa deux sacoches reliées entre elles par une bandoulière, dans un angle de la pièce.

Derrière elle, l'alcôve s'était déjà refermée.

Elle glissa les dessins et la lettre dans une des besaces, puis enveloppa le bloc de verre contenant le crâne de cristal dans une écharpe qui traînait au dossier du siège. Elle venait juste de refermer sur lui le rabat de la sacoche lorsque la porte s'ouvrit brusquement.

Son cœur se suspendit dans sa poitrine.

L'homme qui venait d'entrer, pistolet au poing, n'était pas Marco, mais Claude de Mesmes.

# 49.

— J'ignore qui vous êtes, mais je ne pense pas me tromper en affirmant que vous comptiez emporter ce que je suis venu prendre, jeta froidement l'ambassadeur, tandis qu'elle s'efforçait de garder son calme.

Il ne l'avait pas reconnue sous ce déguisement. Lui avait quitté le sien. Il n'avait même pas pris soin de masquer ses traits. Son chapeau de travers trahissait la bosse que Marco lui avait méchamment faite à l'arrière du crâne.

— C'est possible en effet, mais le bon droit revient au premier arrivé sur les lieux, lui rétorqua Lucia.

— Bon droit ne s'applique pas aux voleurs.

*Réfléchis, Lucia. Il vient de débarquer. Seul ? Ou avec son escorte ? Par la cale réservée aux habitués, ou par l'appontement devant le portail des anges ? Quoi qu'il en soit, Marco a dû le remarquer. Et agir en conséquence. Il ne tardera pas. Tenir. Jusque-là.*

— C'est une accusation grave, monsieur. Vous ignorez si je ne suis pas mandaté…

Claude de Mesmes se fendit d'un rictus cynique.

— Et par qui ? Valaresso ? Lui et sa chère abbesse m'ont déjà doublé. Cornaro ? Il est à cent lieues de la vérité. Il ignore toujours que sa sœur s'est définitivement débarrassée de sa chère Isabella. Non qu'elle ne m'ait rendu service finalement…

La nervosité s'empara de Lucia. À tout moment, Claude de Mesmes pouvait appuyer sur la détente. Face à cette menace, sa lame ne pouvait rien. Elle recula d'un pas pour se coller au panneau secret, priant pour qu'à son tour l'entité consente à la sauver.

— J'en déduis donc que vous faites cavalier seul, continuait-il, si imbu de lui-même qu'il en révélait davantage qu'il n'aurait voulu. Vous ne seriez pas le premier à vous intéresser de près à Bianca Dandolo et à son secret…

*Une idée, vite...*

— Vous oubliez quelqu'un…

— Vraiment ?

*Un nom... N'importe lequel. Qui le déstabilise. Me fasse gagner quelques minutes supplémentaires...*

Elle retrouva celui que Marco lui avait donné.

— Henri Concini, lâcha-t-elle au moment où le panneau s'ouvrait enfin derrière elle.

De Mesmes vira au vert.

— Le chien ! grinça-t-il en appuyant sur la détente.

Mais Lucia s'était déjà rejetée en arrière, évitant la balle qui vint s'incruster dans le bois à moins d'un pouce de son oreille.

Le temps que l'ambassadeur envisage seulement de recharger, elle lui fonçait dessus avec dague et épée.

Se délestant de son pistolet devenu inutile, Claude de Mesmes tira sa rapière. À temps pour parer et enchaîner un estoc. L'évitant, elle riposta avec plus de fougue encore. Si l'espace restreint gênait l'ambassadeur, l'instinct de survie de Lucia décuplait son agilité.

Elle bretta, cherchant ses failles, lorsque Marco apparut enfin.

La surprise de l'ambassadeur se changea en rage, mais il ne tarda pas à se retrouver dos à la fenêtre, gêné par le jeu des rideaux, leurs deux pointes acérées sous le menton.

— C'est bon, cracha-t-il, amer, en rendant les armes.

Ils reculèrent les leurs.

— Tournez-vous, ordonna Marco.

— Seriez-vous donc trop lâche pour prendre une vie de face ? le défia de Mesmes.

— Je ne tue pas un homme désarmé. Je vais donc me contenter de vous assommer une seconde fois.

L'ambassadeur se liquéfia. Son œil courut de Marco à Lucia. Elle arracha son masque.

Il roula des yeux exorbités.

— Toi ! Toi alliée à Concini ? Après ce qu'il…

Il s'effondra d'un coup violent sur la tempe sans avoir pu terminer.

L'agitation soudaine au pied du bâtiment justifiait la hâte de Marco. Mais Lucia avait tiqué.

— Tu sais ce qu'il a voulu dire ?

Marco ne répondit pas. Il avait déjà ouvert la fenêtre pour s'y pencher.

— Cinq, annonça-t-il en la rabattant aussitôt. Le coup de feu a dû les alerter. Viens. Ici, nous serions acculés.

L’urgence emporta la curiosité de Lucia.

Ils s’élancèrent.

— Là-haut ! Ils sont là-haut ! entendirent-ils hurler alors qu’ils atteignaient le milieu de la coursive.

Marco cueillit les deux premiers sur le palier. Vif, il les perça à la poitrine, l’un d’un coup de dague, l’autre d’épée.

Lucia se confronta à un troisième sur les premières marches, un fluet qui maniait l’épée comme un danseur. En elle coulait un sang mauvais. Elle parvint à le repousser du pied, l’envoyant valser en arrière. Il s’empala sur la dague du quatrième qui, déséquilibré, chut avec lui.

Marco descendait derrière elle. Sautant par-dessus la rambarde, elle lui laissa le cinquième, un enragé qui, esquivant la descente fracassante des deux autres, fonçait.

Elle se reçut sur ses pieds.

À quelques pas, celui qui avait été entraîné s’était déjà furieusement délesté de son fardeau, y abandonnant son poignard.

Lucia le vit dérouiller son poignet ganté, affirmer sa prise sur la rapière.

Elle para son coup d’épée en garde haute, baissa la tête pour s’enrouler sur elle-même et dégager son fer. Au passage, elle lui décocha un violent coup de talon sur la botte et le poussa de l’avant pour le déstabiliser. Le temps qu’il se reprenne, elle lui enfonçait sa dague sous les côtes et l’achevait d’un mouvement tournant.

Il s’effondra, le nez au sol, dans un hoquet de sang, à l’instant même où Marco se libérait du dernier.

Elle releva les yeux.

— Récupère le sac de bât que j'ai laissé sur le bureau de l'abbesse. Il contient des documents en relation avec la gravure, lança-t-elle au maître d'armes, impressionné.

Il remonta aussitôt.

Les sens aux aguets, Lucia sonda les alentours.

Seules des volutes chargées de sable évoluaient sous le cloître. Soit les patriciens étaient trop pleutres ou indifférents pour se soucier d'une échauffourée, soit ils ne l'avaient pas entendue. Quant aux cerbères, ils étaient trop éloignés ou déjà à l'abri.

*Rien ne nous empêchera plus de quitter Muran*, se rassura-t-elle.

Une poignée de secondes plus tard, ils ouvraient la porte de la geôle.

Livia les attendait au milieu de la pièce.

Le bout de ses doigts, crispés d'angoisse, étouffait ses prières devant ses lèvres sèches, rendant plus impressionnant encore son visage aux orbites creuses.

Et Lucia, qui en mesurait à présent toute l'absurdité, sentit son cœur se percer.

# 50.

— Tout va bien, Livia, assura Marco en se précipitant.

— Lucia ? demanda-t-elle.

— Je suis là…

Lucia la vit se relâcher d'un coup, puis tâtonner. Elle s'en troubla plus encore.

*Tant de délicatesse*, nota-t-elle tandis que Marco lui plaçait la main sur son avant-bras, la recouvrait de la sienne et la guidait jusqu'à elle.

Elle n'osa pas bouger lorsque les doigts, usés par l'égrenage permanent du chapelet, se posèrent sur son visage, s'appropriant chaque sillon, s'attardant sur l'arête du nez, sur le charnu des lèvres.

— Tu es jolie, Lucia de Seva. J'en suis heureuse. Mais si j'en juge par cette poussière sur ta peau, nous n'avons guère le temps de nous découvrir.

— Nous le regagnerons, l'en assura Marco, ému.

— J'ai tant de questions… À propos de vous, de mon père, de cet Henri Concini, murmura Lucia en lui offrant cet appui dont Marco s'était doucement dégagé.

Livia lui enveloppa la joue de sa main.

— Plus tard, mon enfant… Plus tard.

Lucia l'entraîna vers la porte. Un regard en arrière lui montra Marco en train de cisailler les liens de Daïna.

— Est-ce nécessaire ? s'étonna-t-elle.

— Nous ne savons pas jusqu'où l'eau peut monter. Elle ne mérite pas de périr noyée.

Lucia lui fut soudain reconnaissante d'y avoir pensé. Elle n'avait connu qu'une Acqua Alta mémorable depuis qu'elle était enfant. Presque une toise de haut. Le *campo* Santa Fosca avait ressemblé à un lac. Même le pont avait été submergé. Cette année-là, ils avaient tout perdu dans l'imprimerie. Les commandes, le papier, les encres. Au descendant, ils avaient vu leur logis se vider, comme un soufflet, par la cale, le bas de la porte. Ils avaient passé trois jours à nettoyer, à faire l'inventaire de leurs pertes, à repousser du balai les rats noyés, les ordures, à graisser la presse, à décaper l'escalier. Un souvenir qui l'avait hantée longtemps.

*Pourvu que papa soit protégé*… pria-t-elle.

Secouée violemment, Daïna gémit, battit des paupières. Marco la quitta avant qu'elle n'ait compris ce qui lui était arrivé.

Délaissant les trois marches qui remontaient vers le cloître, ils longèrent le mur de la geôle par un corridor étroit.

Lucia ne s'était jamais aventurée par là.

À la lumière des lampions, elle découvrit un appontement flanqué de quatre plots, séparé de la lagune par une herse.

Le gardien flottait entre les embarcations.

Marco grimaça.

— Je l'ai laissé assommé sur les marches. Ce n'est vraiment pas bon signe.

Il entra dans l'eau, maintint la barque contre le quai pour que Lucia aide Livia à s'y installer sans se mouiller, puis s'en fut relever la grille.

Il revint aussitôt, détacha l'amarre et saisit au passage un second jeu de rames qu'il confia à Lucia, avant de rejoindre Livia, assise au milieu de l'embarcation.

Celle-ci refusa de s'emmitoufler.

— Que pourrais-je craindre ? Du sable dans les yeux ?

Elle émit un rire léger, serra la main de Marco.

— Ne t'inquiète pas pour moi. Au contraire. Cela fait des années que j'attends ce moment. La liberté. Elle me sera une paix salutaire. Enfin…

Émue, Lucia la vit embrasser leurs doigts entremêlés, puis Marco se pencher pour lui déposer un baiser au front.

*Tant d'amour entre eux. Y ai-je seulement ma place ?* se troubla-t-elle tandis qu'il regagnait la proue de l'embarcation et que Livia offrait à l'avenir un visage exalté.

Le sirocco venait du sud-ouest, aussi coloré que brûlant. À peine furent-ils sortis de l'enclos qu'il les frappa, de plein fouet, tuant tout échange. Et Lucia ploya sous l'effort.

De longues minutes plus tard, Muran avait disparu et Venise refusait de se dessiner à l'horizon, avalée par une obscurité qui les enveloppait de diables fouetteurs. Si Marco n'avait solidement accroché une lanterne à sa rame, Lucia n'eût pas même su si elle dirigeait la sienne du bon côté.

Elle ne distinguait devant elle que ce phare, mouvant. *Il sait ce qu'il fait*, se rassura-t-elle, plissant ses yeux qui larmoyaient. Pourtant protégées par une épaisseur de tissu, ses narines brûlaient autant que sa gorge. Elle peinait à respirer. C'était la première fois, d'aussi loin qu'elle s'en souvienne, que *il vento del diavolo* était aussi compact, mais l'un des vieillards du *campo* assurait l'avoir vu, dans sa jeunesse, déverser une pluie de sauterelles sur Venise.

Elle pensa à Livia qu'elle avait aperçue se recroqueviller peu à peu jusqu'à s'évanouir.

*Elle se fond à la coque. J'aimerais pouvoir en faire autant. Fichu sirocco !*

Lutter contre le courant, contre les vagues de plus en plus fortes, l'épuisait. Sans compter celles qui l'aspergeaient.

*Encore un peu de courage. En temps normal, il faut dix minutes à peine pour gagner Venise. Nous les avons dépassées. Nous sommes tout près. Une fois sur le Grand Canal, les bâtis nous protégeront. Ce sera plus facile.*

Elle en était là de ses réflexions lorsque la silhouette de Livia se déplia devant elle.

*Elle l'a senti, elle aussi. Nous approchons*, se réconforta-t-elle, avant de la voir se mettre debout…

*Sur le banc ?*

… pivoter d'un bloc et s'approcher du bord, menaçant l'équilibre de l'embarcation.

Une peur panique lui fit lâcher les rames, se tendre de l'avant.

Hurler.

— Livia ! NON !

Alerté par le violent tangage, Marco s'était déjà retourné. Pas plus que Lucia, il ne put l'empêcher.

Livia avait pris son envol, les bras ouverts.

Sa grâce mourut dans son plongeon, tandis que l'embarcation à la dérive les en éloignait.

— Assieds-toi ou nous allons chavirer ! hurla Marco.

Sous le choc, Lucia obéit instinctivement.

Durant quelques instants, qui lui parurent une éternité, leur équilibre demeura précaire.

Elle dut attendre qu'il soit rétabli pour rejoindre avec précaution le banc arrière.

Elle replongea ses rames dans les eaux noires.

— Il faut y retourner ! La repêcher ! cria-t-elle à Marco dont le mouvement était redevenu régulier.

Il ne répondit pas.

Lucia s'accorda au rythme et à la direction de sa lanterne, se persuadant qu'il n'était pas trop tard encore, refusant cette obscurité qui les enveloppait, ces vagues qui battaient méchamment la coque de leur frêle esquif, le soulevant sur leurs crêtes, le brisant dans leurs creux.

Ce n'est qu'en apercevant les lumières de Venise dans une trouée moins épaisse de vent sablonneux qu'elle comprit qu'ils n'avaient pas fait demi-tour.

*Pourquoi ?* cria son cœur.

Mais elle le savait déjà.

« La liberté… Enfin. »

Livia venait de lui offrir celle d'aimer.

# 51.

La fête était terminée. Inquiet de la montée anormale des eaux, chacun était retourné chez soi pour prendre ses dispositions. Batardeaux aux portes, aux fenêtres, avaient remplacé gondoles et jeux. Les quais étaient déserts, déjà mordus par les vagues. Les lanternes du Rialto se balançaient toujours sous ses arches, mais la plupart des chandelles avaient été soufflées par le sable s'infiltrant par les interstices du verre. Venise était devenue oppressante, tableau de poussière mouvante, ondulante, poudrant les silhouettes des bâtisses sous le halo des quelques lampions restants.

Le vent transformait les ruelles en instruments. Leurs bouches s'ouvraient de chaque côté de la frêle embarcation. Le sable frappait en continu les cloches des églises, arrachant des harmoniques là où seule aurait dû monter une complainte hurlante.

Lucia s'efforçait de ne pas penser à Livia, mais cela lui était difficile. Elle ne sentait plus son corps dans ce geste répétitif du rameur opposé au courant. Elle était trempée, à la fois de sueur et d'eau saumâtre. Chaud. Froid. Les deux s'opposaient. Marco, lui, semblait loin, perdu dans sa propre détresse, alors que seul ce banc depuis lequel la nonne aveugle avait mis fin à son calvaire les séparait.

*Triste nuit. Puisse-t-elle s'effacer dans tes bras, mon petit papa...*

Elle enroula, déroula deux ou trois fois sa nuque dans ses épaules pour soulager ses muscles endoloris. Elle ne pouvait se permettre de cesser de frapper les flancs de ce serpent de mer que la Sérénissime élevait jalousement.

Il devint plus rugissant passé son dernier coude. Alors, Lucia ne songea plus qu'à le combattre, jusqu'à atteindre San Marco.

C'est en voyant Marco obliquer vers l'un des navires, presque à la pointe de la capitainerie, qu'elle comprit. La mort de Livia ne changeait rien. Ils ne pouvaient se rendre chez Valaresso alourdis par leur trésor. Quant à le laisser dans la barque…

*Au moins pourrais-je le remettre à Isabella…* espéra-t-elle en glissant un regard rougi sur ses besaces.

Elle repensa furtivement à ce crâne, à ses pouvoirs.

Une résurgence de la magie du grimoire ?

*Qui es-tu ?*

*Je suis Lucia. Bianca Lucia*, s'entendit-elle répondre.

Cela la glaça.

À l'approche du navire, masse longue, flanquée de mâts branlants et cliquetants, à peine moins sombres que le reste, Marco balança sa lanterne.

*Un signal.*

Il manœuvra de manière à accoler leur esquif à la coque, l'encorda solidement à des anneaux prévus à cet effet. Lucia vit se dérouler une échelle de corde, presque sous son nez. Ravie d'abandonner ses rames, elle ramassa la double besace, la jeta sur son épaule. Elle allait monter à bord lorsque Marco, derrière elle, l'en délesta.

— Ce sera plus facile sans.

Elle pivota vers lui. L'ombre du navire les recouvrait, son abri les protégeait de la morsure du sirocco.

— Ça va, la Luciole, assena-t-il pour couper court à sa question. Ça va… Monte. Le temps presse.

Elle s'y résigna le cœur gros.

De l'homme qui lui tendit la main pour l'aider à enjamber, elle ne vit qu'un large chapeau et une mante noire de cuir huilé. Il ne répondit à son merci qu'en tendant de nouveau sa main, pour que celle de Marco s'y enveloppe.

— Venez, dit-il lorsque ce dernier fut à bord.

Lucia se cala sous le bras que Marco venait de lui enrouler autour des épaules. Cinglée de plein fouet, elle ferma les yeux.

Elle ne les rouvrit qu'en entendant l'inconnu les avertir de la présence de deux marches. Marco la laissa passer devant lui, puis se repaître du calme qui, succédant au vacarme extérieur, régnait dans la vaste cabine lambrissée, joliment peinte de marines.

— Augusto Sforza, *signorina*, se présenta enfin le gaillard aux yeux d'un vert émeraude, en ôtant son chapeau devant elle.

Le visage, encadré d'une barbe fournie, était rieur, le nez vénitien, la bouche fine, et ses boucles aussi blondes que celles d'Isabella.

Le sourire qu'il lui adressa lui réchauffa un instant le cœur.

— Merci de nous accueillir à bord, capitaine.

— Bah, c'est peu de chose ! chanta-t-il avant de découvrir les traits tirés de son vieil ami derrière elle.

Il se figea.

— Qu'y a-t-il, Marco ?

— Paolo est mort, lui répondit-il dans un souffle en laissant tomber sa besace et du sable à côté d'un astrolabe[1] sur le plateau d'une table en acajou.

— *Santa Madonna !* se signa Sforza. Comment est-ce arrivé ?

— J'espérais que tu pourrais me le dire.

— Je ne l'ai pas vu. Vous êtes les premiers, se désola le capitaine, en délestant Lucia de sa cape.

Elle chancela, prise soudain d'un vertige. Ne dut qu'aux bras musculeux de Sforza de ne pas s'effondrer.

Marco approcha une chaise. Sforza la soutint le temps qu'elle s'y asseye.

— Ça va passer, merci. La fatigue. La faim aussi. Je n'ai rien mangé depuis… je ne sais plus…

— J'ai du parme, proposa Sforza en se dirigeant vers un coffre solidement attaché au sol.

— Sors-nous aussi ta grappa, mon ami. Nous en avons besoin, demanda Marco en s'accroupissant devant Lucia pour lui masser l'intérieur des poignets.

Un peu de couleur et de vigueur la regagnèrent.

— Technique de maître d'armes… lui sourit-il, les yeux tristes.

---

1. Adapté à la navigation maritime par les Espagnols à partir de 1485.

*Il faudra bien qu'on en parle...*

— Je n'en ai rien lu dans ton traité, se contenta-t-elle de répondre.

Il embrassa l'intérieur de ses paumes abîmées de cloques.

— Faudrait être fol pour abattre tous ses atouts.

— Et fol tu ne l'as jamais été, mon ami, assura Sforza en rapportant deux hanaps et des cubes de jambon séché.

Marco attendit que Lucia les ait mangés, puis qu'elle ait avalé quelques gorgées avant d'engloutir sa liqueur, cul sec.

— Livia vient de se suicider, lâcha-t-il enfin.

Ne trouvant cette fois plus rien à dire, Sforza lui pressa l'épaule d'une main compatissante.

— Nous ignorons toujours où est détenu son père. Alors, un autre verre suffira, affirma Marco en refusant d'un geste la bouteille que Sforza lui tendait de nouveau.

— Je pense pouvoir vous renseigner, mais ce ne sera pas une bonne nouvelle, grinça Sforza en le resservant.

Le sang de Lucia pulsa dans ses veines.

— Des soldats sont venus en début de soirée inspecter tous les navires en partance. Un de mes matelots a entendu l'un d'eux parler d'un homme détenu dans les *pozzi*. Un homme lié à la fille qu'ils recherchaient.

— Les *pozzi*, répéta Lucia. Avec cette marée...

Elle se mit à trembler, anticipant déjà le pire.

— Ça devient trop dangereux, Lucia. Tu dois me laisser agir seul cette fois, décida Marco.

Elle acheva sa gorgée puis, les surprenant tous deux, arracha la grappa des mains du capitaine.

Lorsqu'elle la lui rendit, son œil était de nouveau vif, ses joues enflammées.

Elle essuya ses lèvres d'un revers de manche.

— C'est mon père, Marco. Alors quoi que tu dises n'y changera rien. Je viens avec toi.

— Ce n'est pas raisonnable, *signorina*, essaya Sforza.

Elle se leva.

— La raison n'est pas ce qui guide mes pas.

Marco n'insista pas. Il se tourna vers Sforza dont l'œil sur Lucia s'était fait admiratif.

— J'ai besoin de ton aide.

— Tu l'as. Comment comptes-tu t'y prendre ?

— Valaresso me signera un ordre de sortie. Avec son sang s'il le faut.

Sforza hocha la tête.

— Je ne pourrai lever l'ancre qu'avec le descendant. Or, si les sbires de Valaresso vous poursuivent…

Marco lui empoigna les épaules.

— Je sais. Nous ferons en sorte d'arriver à ce moment-là. Juste à ce moment-là…

— Et pour la Rosselli ? demanda-t-il.

Marco secoua la tête. Il ne voyait qu'une cause à son absence. Celle qui lui avait ravi Paolo. Et Livia.

*La mort.*

La seule hypothèse qui lui permettrait, sans trahir sa parole, d'embarquer avec Lucia.

# 52.

Le vent avait encore forci lorsqu'ils quittèrent le navire, cette fois à bord d'un canot à fond plat mené par quatre rameurs. Augusto Sforza n'avait voulu prendre aucun risque. Le niveau de l'Acqua Alta atteindrait vite la hauteur de certains ponts.

Marco avait tenu à prévenir Lucia des dangers de leur entreprise. L'échauffourée du couvent avait été facile. Peu d'hommes, en terrain dégagé. Là, ils allaient s'opposer directement au chef de la Quarantia Criminale. Il savait comment entrer sans être suspecté. Pour l'heure, Valaresso ignorait encore qu'il l'avait aidée à fuir. Ressortir serait plus difficile si un simple grain de sable…

Lucia avait haussé les épaules.

— Bientôt c'est une dune que nous aurons sur les épaules, alors… Au pis, nous laisserons les matelots ramener mon père au navire et nous entraînerons la soldatesque derrière nous.

Il n'avait pas insisté.

Obstinée, déterminée, jamais elle ne l'avait autant été.

Il avait perdu deux êtres chers en quelques heures et elle sentait à sa froideur qu'il craignait de la perdre aussi. Mais elle avait trop donné d'elle-même, trop abandonné d'elle-même depuis une semaine pour céder à un autre, fût-ce lui, ce moment où elle arracherait son père à sa geôle.

Autour d'eux, les navires ressemblaient à des vaisseaux fantômes. Ils oscillaient dans la rade. Par moments, une lumière étonnante les nimbait, mélange de cette pluie de sable et de la lune qui tentait, vaille que vaille, d'en percer l'opacité.

Derrière, Venise n'était qu'une ombre. Une ombre dont le cœur de pierre semblait pleurer.

Marco enroula son bras autour de ses épaules, ramena sur eux les pans de son ample cape et baissa plus encore son chapeau sur ses yeux. Dans cet enclos de cuir, ils se retrouvèrent soudain à respirer leurs souffles.

— Tu peux encore rester dans le canot, Lucia…

— Non.

— Tu risques de le regretter, soupira-t-il.

— N'insiste pas. Je ne te quitterai pas d'une semelle…

C'était lui aussi qu'elle voulait sauver cette nuit. Le sauver du chagrin et de son passé, de sa culpabilité et de son impuissance, en ramenant son père à la lumière.

En prendre conscience la bouleversa.

— Je crois que je t'aime, murmura-t-elle.

Il se pencha sur ses lèvres, ne les détacha que lorsqu'ils abordèrent violemment devant le palais Dandolo[1].

---

1. Aujourd'hui l'hôtel Danieli.

L'habitation de Camillo Valaresso le jouxtait. Une façade à trois pignons et à un seul étage, comme si l'on avait accolé plusieurs maisons. Une erreur dans le paysage architectural de Venise.

Ils laissèrent la barque s'éloigner puis remontèrent le quai en direction de la nouvelle prison, de l'eau déjà à mi-mollet. Marco la fit bifurquer dans une venelle.

Quelques secondes plus tard, ils atteignaient une porte voûtée plongée dans l'obscurité.

Marco s'empara du marteau pour cogner à plusieurs reprises.

Une grille finit par s'ouvrir à hauteur des yeux.

— Qui est-ce ?

— Marco Docciolini.

Le panneau s'écarta.

Ils enjambèrent le batardeau.

Ils pénétrèrent dans un vestibule peint en ocre éclairé d'un lampion modeste. Les dalles de terre cuite étaient recouvertes d'un filet d'eau. Des éclats de voix provenaient de la pièce attenante. Une salle de garde dans laquelle, lui avait expliqué Marco, Valaresso maintenait quatre hommes en permanence.

De ce que Lucia en entendit, ils trompaient leur ennui en jouant aux dés.

— Il est là ? demanda Marco au cerbère, pressé de refermer derrière eux.

— *Si.*

— Seul ?

L'homme haussa les épaules pour signifier qu'il n'en savait rien. Il retourna s'asseoir et étira ses jambes, tandis qu'ils enquillaient un modeste escalier de bois.

Ils empruntèrent un couloir étroit, dépassèrent un second escalier de marbre qui descendait.

Lucia avançait fermement derrière Marco, décidée à en terminer au plus vite. Ils approchaient du bureau de Valaresso lorsqu'un hurlement déchira le silence de la bâtisse.

— Valaresso ! *Figlio di putana !* Je vais t'arracher le cœur et ce qui te sert de couilles si tu ne me dis pas où est ma sœur !

Lucia resta saisie. Autant par la vulgarité des termes que par leur incongruité dans la bouche de celui qui montait quatre à quatre l'escalier de marbre.

Marco lui empoigna le bras, poussa la porte d'une pièce voisine avant que Valaresso n'ouvre la sienne, et la referma sur eux au moment où Giorgio Cornaro déboulait sur le palier.

# 53.

— Je connais ce ton-là. Alors, quoi qu'il se passe, ne bouge pas ! implora Marco à son oreille, tandis que Giorgio Cornaro, jurant toujours, arpentait furieusement le couloir.

Ils distinguèrent d'autres bruits de pas, nombreux et pressés, dans l'escalier de bois.

— Messire, je vous… commença le cerbère au ton nasillard.

Le bruit d'une déflagration assortie aussitôt d'un grand fracas faucha la fin de la phrase.

*Il a probablement emporté la rambarde dans sa chute*, pensa-t-elle, le cœur battant à tout rompre.

— Quelqu'un d'autre ? hurla Cornaro.

— Allez-vous décimer tous mes hommes dans la même soirée ? grinça Valaresso.

Il les renvoya sèchement s'occuper du cerbère.

— Entrez, monsieur.

— Je n'ai que faire de tes civilités. Où est la gravure ?

Un choc, sourd. Lucia devina que Cornaro s'était jeté sur le chef de la Quarantia, car il menaça :

— Je sais tout, crevure. Presque cinq heures que je cherche à découvrir la vérité ! Et tu sais quoi ? Elle mène tout droit à Serafina et à toi !

— J'imagine que la traquer fut rude, à voir votre bras en écharpe. Il m'en reste deux. Sans compter ceux de mes hommes. Voulez-vous, monsieur, que nous jouions à ce jeu-là ? lança Valaresso, regagné de courage par l'assurance de ses renforts.

— Essaie !

— Je préférerais vous expliquer tout. Calmement.

Sa voix s'était étranglée, nota Lucia, preuve que Cornaro venait de lui glisser une lame sous le menton.

— M'expliquer quoi ? Que ma sœur s'était alliée à de Mesmes pour découvrir où était caché ce grimoire ? que tu as enlevé toi-même Giuseppe de Seva, mis le feu à son imprimerie puis l'as jeté dans un *pozzo* ? que tu as tenté d'assassiner Isabella, me forçant à la désavouer publiquement ? me forçant à la faire taire il y a quelques heures à peine ?

Le cœur de Lucia se brisa. Inutile désormais de chercher ce qui avait coûté la vie à Paolo. Quant à la courtisane, la douleur dans la voix de Cornaro était suffisamment explicite…

— Écoutez, ce n'est…

— Lorsque je promènerai la tête de ma sœur au bout de ma pique, oseras-tu encore me défier ?

— Non, monsieur, admit Valaresso, la voix plus haut perchée encore.

— De Mesmes veut récupérer cette gravure et je vais la lui rendre avant le lever du jour ! Dussé-je te saigner comme un porc !

Valaresso déglutit.

— C'est trop tard. Quoi que vous fassiez, c'est trop tard. Après ce qui s'est passé ce soir chez Foscari, la course-poursuite, l'agression de l'ambassadeur, l'assassinat d'un de mes hommes… Bon sang, monsieur… Vous l'avez abattu sur le Grand Canal, devant des centaines de témoins. Le Conseil a été convoqué il y a une heure. C'est inévitable cette fois. Renier Zen va obtenir la dissolution des Dix.

— Trop tard… répéta Cornaro.

*Elle est morte pour rien*, sembla entendre Lucia, comme en écho, dans le soudain abattement de sa voix.

— Si les plaintes de l'ambassadeur sont abandonnées, si la mort de cet homme est justifiée par quelque stratagème, vous ne serez pas poursuivi. Juste contraint de faire profil bas quelque temps, comme les autres membres de votre famille.

— Admettons. Mais cela ne change rien. La plainte de De Mesmes me fait du tort, or il ne la retirera qu'en échange de la gravure, s'était déjà repris Cornaro.

— Oui, mais il existe une autre solution que la lui rendre. Ne préféreriez-vous pas découvrir son secret ? Ce grimoire possède des pouvoirs infinis. À présent qu'Isabella…

— Ce qui m'a percé le cœur fera rendre grâce au tien si tu prononces encore une fois son nom, c'est compris ? Viens-en au fait ! Mon bras s'ankylose ! Il pourrait glisser !

— Rien ne distingue un masque d'un autre, nombre de voleurs se cachent derrière. Un de mes agents pourrait saisir l'ambassadeur et l'enfermer. Le temps que l'on s'aperçoive de cette erreur, quelques semaines se seront écoulées, débita Valaresso sans reprendre souffle.

— Est-ce tout ce que tu as trouvé pour guérir la République d'un incident diplomatique ? En créer un plus grave encore ? enragea de nouveau Cornaro.

— Une méprise ne défait pas un homme certes, mais une femme le peut. Marie de Médicis, ou, par extension, son protégé, le cardinal de Richelieu, principal ministre du roi de France.

Lucia commençait à se lasser de leurs palabres, n'espérant plus rien que de les voir quitter place l'un et l'autre, pour enfin pouvoir contrefaire l'ordre de sortie en usant du sceau de Valaresso.

Dans le couloir, Giorgio venait d'éclater d'un rire méprisant.

— Sur ton ordre peut-être ?

— Non, monsieur, sur la demande d'Henri Concini, auquel la reine ne refuse rien.

L'attention de Lucia grimpa d'un cran, d'autant qu'elle perçut nettement la crispation de Marco près d'elle.

— Henri Concini ? Le fils de Concino Concini ?

— Celui-là même. Il est à Venise. Au secret dans le palais ducal. Démis de ses fonctions, de Mesmes ne sera plus rien ici. Croyez-moi, il sera prêt à tout compromis pour recouvrer sa liberté.

— Et quel intérêt ce Concini trouverait-il à notre arrangement ? Je doute qu'un homme de sa trempe soit enclin à la générosité.

— C'est lui le véritable propriétaire de la gravure…

Lucia faillit s'étrangler de surprise.

— … Il l'a cédée à Claude de Mesmes en échange d'un accord. Mais cet accord a été rompu quand…

Il se racla la gorge.

— … Quand Isabella s'est présentée avec, chez les de Seva.

— Continue, l'invita Cornaro, d'un ton nettement moins agressif cette fois.

— Concini est venu me trouver cette nuit-là. J'ignore comment, mais il savait que votre sœur s'intéressait au grimoire depuis longtemps…

*Sûrement par Livia*, songea tristement Lucia.

— … Son intervention nous a offert l'occasion de doubler de Mesmes. C'est lui qui a suggéré de faire disparaître Isabella pour qu'elle passe pour coupable, à vos yeux, comme à ceux de l'ambassadeur, jeta rapidement Valaresso comme s'il craignait de ne pas y survivre.

Le couperet ne tomba pas.

*L'attention de Cornaro est autant captée que la mienne*, en déduisit Lucia qui eût aimé y voir assez pour découvrir les traits de Marco, tant elle le sentait, inexplicablement, tendu.

*Que ne veux-tu pas que je découvre,* amore *?*

— Et de Seva ? De ce que j'en sais, son père possédait la gravure bien avant ce Concini. Ils auraient pu s'associer… Pourquoi l'avoir enlevé ? Pourquoi avoir brûlé l'imprimerie ?

*Oui, pourquoi ?*

— C'est là toute l'ambiguïté de cette affaire, monsieur. Elle nourrit des intérêts croisés. Concini ne s'intéressait pas au père mais à la fille. Il s'en était épris et la voulait de manière… exclusive…

Lucia eut l'impression que ses jambes se dérobaient sous elle. Un visage masqué trembla devant ses yeux, toujours le même, celui de l'homme richement vêtu qui l'avait regardée danser avec l'ambassadeur.

*Où aurais-je pu le rencontrer pour attirer semblables sentiment et folie ? À l'occasion d'une commande ?*

— … Après des années dans l'ombre, Concini s'est vu menacé dans ses projets…

La voix de Valaresso s'étant affirmée, elle en déduisit qu'il n'était plus sous la menace du poignard. Il regagna même en emphase.

— … Un homme comme lui ! Vous n'imaginez pas, monsieur. Son père me semble avoir été un saint à côté. Toujours est-il que de Seva n'a compris qu'il avait été dupé qu'en le voyant me donner la gravure…

L'idée de s'être fait piéger par un inconnu ulcéra Lucia. D'autant plus que Marco venait de lui enrouler l'épaule d'une main un peu trop ferme, tout en posant discrètement l'autre sur la poignée de sa dague.

*Que comptes-tu faire ? M'assommer pour que je n'entende pas la vérité ? Est-elle donc si terrible ?*

« Tu risques de le regretter », l'avait-il avertie dans la barque.

Instinctivement, sans rien perdre de ce que disait Valaresso, elle se dégagea d'un roulement d'épaule et s'écarta assez pour le dissuader de se rapprocher.

— … De Seva lui a décoché un direct en retour. Concini ne s'en méfiait pas. Il a volé en arrière, se blessant méchamment contre la presse…

Le cœur de Lucia avait cessé de battre. Marco, lui, avait sorti ses armes.

— … Je me suis dit que le feu me permettrait de me débarrasser de lui aussi, d'autant que la fille déboulait de l'escalier. Je la pensais inoffensive. Je me suis trompé. Non seulement elle a arraché Concini des flammes, mais… vous connaissez la suite.

Lucia était exsangue.

*Luigi...*

— Donc si je vous suis bien, Henri Concini se faisait passer en réalité pour leur apprenti ?

— C'est cela, monsieur. Depuis trois ans.

Dépassant son incompréhension, une rage sourde englua le ventre de Lucia.

*Luigi...*

— Je saisis mieux pourquoi de Seva a été descendu au premier niveau des *pozzi*. Avec cette Acqua Alta, j'imagine que, demain, c'en sera fini de lui, laissa tomber Cornaro.

— Concini n'avait plus de raison de le garder en vie, et moi pas davantage, confirma Valaresso.

Avant que Marco, qui s'était lentement rapproché, n'ait pu la contenir, la fureur de Lucia l'emporta.

# 54.

Valaresso ne portait pas d'arme. Acculé au fond du couloir, il lui faisait face. À deux pas de lui, Cornaro pivota vers elle.

*Poignard à droite. Épée au fourreau. Bandage à gauche. On peut les vaincre. Sauf s'ils s'enferment dans le cabinet et appellent à la rescousse !*

Lucia n'avait pas l'intention de leur en laisser l'occasion. Elle s'élançait lorsqu'elle entendit ordonner sèchement derrière elle :

— Arrête-toi, Lucia !…. Arrête-toi ou je tire !

Fauchée dans son élan, saisie plus encore que les deux hommes, elle pivota d'un bloc.

Marco avait ôté son masque. Il tenait son pistolet amorcé braqué sur elle.

Le cœur de Lucia tomba dans sa poitrine tandis que Valaresso s'étranglait :

— Bon sang, Docciolini ! Je me demandais où vous étiez passé !

— À vos ordres, monsieur.

— Dans ce placard ?

— J'allais vous la livrer quand il a surgi. Je n'ai pas eu le choix… Je t'avais prévenue, Lucia. Lâche tes armes. C'est fini, exigea encore Marco.

Le regard qu'il portait sur elle était sans appel.

Tout en elle se refusait pourtant à y croire, jusqu'à ce qu'il lui arrache ses lames, la retourne violemment et la précipite vers eux.

— Avance… dit-il. Concini n'aime pas attendre.

— Va-t-on m'expliquer ce qui se passe ? grinça Cornaro en refermant derrière eux la porte du cabinet.

Valaresso l'avait franchie le premier, en se frottant les mains.

Lucia avait suivi, toute volonté brutalement anéantie par la douleur : les deux hommes qu'elle avait aimés étaient des traîtres, des conspirateurs voués à sa perte et à celle de son père. Abasourdi, son esprit sondait ses souvenirs, leur cherchant un sens nouveau.

La mort de Paolo ? Marco s'en était servi pour l'attendrir. Au lieu de tenter de le sauver, il l'avait sûrement achevé.

*Le connaissait-il seulement ?*

Sforza ? Un leurre pour récupérer ce qu'elle avait découvert chez l'abbesse…

*Tout semblait si vrai, pourtant…*

— C'est moi qui ai assommé Claude de Mesmes chez Foscari. Concini refusait de la voir entre ses mains, et il m'avait chargé de découvrir discrètement où elle avait caché la gravure. Il se doutait qu'elle ne l'avait pas cédée aux flammes, annonça froidement Marco, tuant en elle ses derniers doutes et la laissant plus démunie encore.

— Et… ? demanda Valaresso en posant une fesse sur son bureau.

Elle vit Marco passer deux mains sous son manteau. Un cri de détresse lui échappa lorsqu'il en ressortit la gravure, qu'elle croyait à l'abri sur le navire.

— Eh bien, voici qui répond à votre question, mon cher, se réjouit Valaresso en direction de Giorgio.

Lucia refoula la douleur dans sa poitrine, trouva la force de relever le menton.

— Puisque vous m'avez définitivement tout pris, messieurs, accordez-moi au moins de mourir avec mon père.

— Pour ma part, je n'y vois aucun inconvénient, lâcha Giorgio Cornaro en rengainant son poignard. Cette garce a suffisamment écorché mon orgueil ce soir.

— Mais l'ire de Concini est intacte, objecta Valaresso.

— Si je puis me permettre, monsieur…

— Allez-y, Docciolini.

— Si vous la jetez aux *pozzi*, Concini le saura. Et si vous la lui livrez, avant l'aube elle se sera enroulée à son cou et l'aura convaincu de quitter Venise…

Valaresso s'était tendu. Cornaro, lui, serrait les mâchoires. Lucia sentit le canon du pistolet de Marco effleurer ses cheveux.

— Pourquoi s'embarrasser de problèmes ? ajouta-t-il, aussi froidement que la lame avec laquelle il se mit à lui caresser la joue.

Désemparée, Lucia chercha en elle la force de bondir, de se battre jusqu'à son dernier souffle. Mais il venait déjà de le lui arracher.

— C'est bon. Finissons-en, décida Valaresso.

Elle baissa les paupières, se crispa. Pensa à son père qu'elle ne reverrait pas.

*Pardon, papa. Pardon...*

Elle entendit la détonation en même temps qu'un couinement.

Interdite, elle rouvrit les yeux.

Valaresso était étendu sur son bureau, un poignard fiché dans la gorge. Elle vit Cornaro en sang disparaître derrière la porte. Tandis qu'elle restait là, ahurie, Marco rabattait une bibliothèque en travers du battant refermé, éteignant avec fracas les beuglements à la rescousse du patricien.

Il se tourna enfin vers elle, un sourire penaud aux lèvres.

— Pardon, la Luciole. Tu ne m'as pas vraiment laissé le choix. Je n'ai vu que cette possibilité.

Un sanglot remonta de son ventre. Il lui fallut de nouveau baisser les yeux sur le cadavre de Valaresso, traversé encore de secousses nerveuses et spasmodiques, pour comprendre.

Marco s'avança vers elle, tandis que déjà on accourait dans le couloir.

Un élan d'espoir regagna ses veines.

— Alors tout ce que tu as dit…

— … n'était que ce que Valaresso pouvait croire. Je suis navré, Lucia. Pour Luigi. Je savais. Par Livia. Elle m'avait fait promettre de ne rien te révéler pour ne pas détruire ton mirage. Mieux valait qu'il fût mort qu'…

— … Henri Concini.

Elle se jeta dans ses bras. Il embrassa ses cheveux, ses lèvres qui tremblaient, lécha ses larmes qui ruisselaient.

— Je n'ai pensé qu'à te sauver, la Luciole. Et tu n'imagines pas à quel point cela m'a coûté.

— Mais… la gravure…

— Je l'avais emportée au cas où, en dernière extrémité, nous aurions dû négocier un échange. Tu m'avais dit t'y être préparée.

Elle lui écrasa un poing rageur contre le torse.

— Ne me fais jamais plus une peur pareille !

— Je l'espère, la Luciole, je l'espère, se défaussa-t-il avant d'ajouter : Allons, il ne faut pas traîner.

Elle le laissa repousser le corps du chef de la Quarantia Criminale par terre, ouvrir un des tiroirs de son bureau et en sortir papier, encre, plume, cire et sceau.

— Docciolini ! Fils de chien ! Je vais te faire sauter avec cette place si tu ne te rends pas ! beugla Cornaro depuis le couloir.

— Je le pensais touché à la poitrine, s'inquiéta Lucia en voyant branler la porte, derrière laquelle certainement on s'arc-boutait.

— Je n'ai pas eu le temps de viser. Je suppose que son bras a arrêté la balle, grinça Marco en relevant la tête. Dégage les ouvrages de cette autre bibliothèque. Il doit y avoir un passage derrière, conçu par de vieux amis, les précédents propriétaires.

— J'oubliais que tu ne laissais jamais rien au hasard, le piqua-t-elle.

— Ce n'est pas tout à fait vrai, s'amusa-t-il en lui retournant un œil brûlant.

Derrière la porte, Giorgio redoublait de rage.

— Je n'en ai plus pour longtemps. Mieux vaut être sortis d'ici avant qu'il ne mette sa menace à exécution.

Quelques minutes plus tard, laissant Giorgio vociférer, ils empruntaient un escalier étroit pris entre deux cloisons aveugles et gagnaient la toiture.

Plus complices encore qu'ils ne l'avaient jamais été.

# 55.

Sitôt qu'ils furent dehors, Lucia dut rabattre son capuchon sur ses yeux.

À cette hauteur, le vent cinglait plus encore, claquant comme une bannière. Les ténèbres régnaient en maîtresses.

Marco s'agenouilla. Il enfonça ses doigts dans une fine couche de sable, pour chercher l'échelle de corde qu'il espérait y trouver.

— Je l'ai.

Il la fit glisser le long du mur, s'assura de sa solidité en descendant le premier.

Un craquement brutal suivi d'un juron précipita Lucia contre le rebord.

— Marco ?

— Tout va bien ! cria-t-il deux étages plus bas. On est à l'abri du vent, ici, mais plusieurs barreaux sont rongés. Sois prudente.

Il sauta les deux derniers et se reçut dans l'eau.

Elle entama aussitôt sa descente.

— Laisse-toi glisser, conseilla-t-il en sentant sa semelle effleurer ses doigts sur le fil usé d'un des montants.

Elle se réceptionna dans ses bras, se crispa.

Dépassant la hauteur de sa botte, le flot lui emprisonnait le genou.

— Je sais, comprit Marco. Ne traînons pas.

Il chercha sa main, y enroula la sienne. Dans cette terreur aveugle qui la baignait, elle ne pouvait éloigner l'image de son père, doublement prisonnier de sa geôle et de l'eau. Elle se sentait tirée en avant, suivait le mouvement des ruelles. Comme Marco, elle devait s'aider du mur pour avancer à contre-courant, ne voyant que cette solution pour atteindre le bord du *rio* sans y basculer.

Plus ils en approchaient, plus ils devaient lutter. Lucia était glacée. Son cœur semblait vouloir s'arracher de sa poitrine au fur et à mesure que son souffle se perdait.

Marco s'arrêta enfin. Il pencha la tête en direction du pont des Soupirs et siffla pour attirer l'attention des matelots. Ils n'eurent que quelques secondes à attendre avant que ces derniers ne se rangent à leur hauteur. Deux d'entre eux agrippèrent chacun un angle de mur pour stabiliser l'embarcation.

Marco monta le premier, aida Lucia à s'asseoir. Le temps que les marins lâchent leur prise, ils filaient en direction de la porte de la prison par laquelle on sortait discrètement les cadavres ou certains prisonniers.

Le cœur de Lucia battait maintenant à tout rompre.

*J'arrive, mon petit papa, tiens bon...*

Son impatience culminait lorsqu'ils touchèrent le battant. Les plots d'appontement affleuraient à peine à la surface. Marco cogna violemment, de longues secondes durant, avant de se retourner vers elle qui, désemparée, avait déjà compris.

— Plus personne à ce niveau…

*Sinon toi, mon petit papa*, pensa-t-elle, la gorge serrée.

— … Il faut passer par le palais.

« On vous y mène », entendit Lucia dans un brouillard.

Marco se rassit en face d'elle tandis que, de leurs poignes solides, les marins de *La Mia Fortuna* contraient le sens du courant.

Ils franchirent l'arche à demi noyée du ponte della Paglia, à l'angle du palais, et se retrouvèrent dans la baie.

Une habile manœuvre les ramena sur la *piazzetta*.

Malgré son angoisse, Lucia écarquillait les yeux. Le spectacle était irréel. Le vent soufflait toujours, mais il charriait désormais moins de sable. Une lumière ocre tombait depuis la pleine lune sur les dentelles de pierre des façades. Elles s'étiraient, se décomposaient sur la surface mouvante. La lagune semblait d'encre à certains endroits, émeraude à d'autres, sous le halo des quelques lanternes qui, prises sous les portiques, avaient survécu au fracas. Lucia entendait leurs chaînes pleurer, les vagues s'enrouler, nerveuses, contre les piliers, les chiens errants prisonniers des hauteurs hurler, les mâtures des navires cliqueter dans la rade. Seules les cloches avaient cessé de bruire sous l'impact effréné du sable.

Détachées de leurs amarres, quelques gondoles filaient sans gondolier sur la place déserte. L'une d'entre elles se fracassa contre le campanile. Lucia ne se souvenait pas d'une tempête semblable. Comme s'il ne suffisait pas que la colère de Renier Zen ébranle les fondations de la République.

Prise entre le côté de la basilique et celui du palais, la porte de la Charte se découpa devant eux. Ils s'engouffrèrent sous son arche jusqu'à venir buter contre un escalier.

— Retournez sous le pont des Soupirs et attendez mon signal, demanda Marco aux matelots avant de sauter par-dessus bord et de tendre la main à Lucia.

Laissant l'embarcation faire demi-tour, ils gravirent quatre à quatre les marches.

Parvenu au sommet, Marco souleva le heurtoir de bronze.

— Il y a toujours des gardes en faction. À plus forte raison cette nuit que le conseil des Dix a été convoqué, la rassura-t-il.

Restait à prier pour qu'on ne leur batte pas froid.

# 56.

— *Per la Madonna !* Seriez-vous tombés sur la tête ? À cette heure ? Avec ce temps ? s'affola le petit homme grassouillet auquel, sitôt qu'il eut ouvert, Marco avait tendu l'ordre de sortie de Giuseppe.

Ils se trouvaient dans une salle encombrée d'armoires qu'elle devina crouler sous les documents administratifs.

— Récuseriez-vous un ordre urgent du chef de la Quarantia Criminale ? gronda Marco en posant la main sur sa rapière.

L'homme se gratta le front.

— Non, non ! Ce n'est pas ça le problème. C'est qu'on ne peut pas ouvrir la grille de la prison pendant une Acqua Alta. Le courant l'empêche, monsieur.

— Je me charge de régler ça ! Apposez votre cachet, que je puisse passer, s'impatienta Marco.

— *Va bene !* Mais je vous aurai prévenu, consentit l'homme en haussant les épaules.

Munis de la lanterne qu'il leur avait cédée, ils quittèrent le confort de la pièce en hauteur pour descendre les marches qui ramenaient à la cour du palais. À la faveur de la lune, Lucia vit à peine émerger, presque en face d'elle, l'un des deux puits de bronze ouvragé.

*Bien plus d'une demi-toise... déjà...* s'angoissa-t-elle en sondant l'obscurité pour discerner, de l'autre côté, l'entrée de la prison.

— Il faut gagner les salles constitutionnelles. Viens ! voulut l'entraîner Marco.

La sentant hésiter, il suspendit son élan et l'empoigna aux épaules.

— S'accrocher à la grille du porche et appeler le gardien ne servira à rien.

— Ce n'est pas à lui que je pensais...

— Le temps nous est compté, Lucia. Ton père nous entendra, c'est sûr, mais sans la clef nous ne pourrons pas entrer dans la prison. Il existe un accès secret... Alors préfères-tu le rassurer ou le sauver ?

— Tu le sais bien.

— Fais-moi confiance, la Luciole. Je vais te le rendre.

Les doigts de Marco s'enroulèrent aux siens. Ensemble, ils luttèrent contre ces flots qui n'en finissaient pas de monter, pour gagner l'escalier des Géants, de l'autre côté.

Parvenus en haut sans encombre, ils venaient de vider leurs bottes pour regagner en aisance et en agilité lorsqu'ils entendirent des bruits de pas en provenance de l'escalier d'Or, voisin.

*Pas de quoi paniquer. Probablement des patriciens. Le conseil des Dix a dû s'achever*, se rassura Lucia.

Confiante en cet ordre de mission qui avait si facilement dupé le gardien, elle avala les degrés dans le pas ferme de Marco.

Ils étaient deux à descendre tranquillement. Une femme au bras d'un homme, jugea Lucia à leurs silhouettes à peine éclairées par les lampions qui dansaient au gré des bourrasques.

*Une femme ? Chez les Dix ?*

Elle n'avait pas fini de s'en étonner qu'une voix lui parvint.

— Doux Jésus, Concini, vous avez vu la hauteur de l'eau dans la cour ?

Lucia eut soudain l'impression qu'on lui décochait un coup de poing dans le ventre. Le souffle coupé, elle se figea aux côtés de Marco, lui aussi arrêté dans son élan. Sans pour autant qu'on s'en inquiète.

*De toute façon, avec mes habits d'homme, mes cheveux courts et la faible luminosité, il ne peut pas me reconnaître*, nota Lucia, presque à regret.

— Préférez-vous attendre ici qu'elle se retire, ma mère ? Ou souhaitez-vous que j'exige d'un barcarol qu'il vous ramène chez Valaresso ?

*L'abbesse*, se frappa Lucia.

Si une part d'elle aurait voulu douter encore de leur entente à lui nuire, ses yeux en détenaient la preuve.

Cette rage que les accusations de Valaresso avaient poussée à l'extrême explosa dans son ventre.

Avant que Marco n'ait eu le temps de poser la lanterne, elle avait arraché sa lame et son poignard du fourreau.

Le bruit, caractéristique, fit réagir Concini d'instinct tandis que, déjà, Lucia, haineuse, montait les marches.

— Derrière moi, ma mère ! ordonna-t-il en s'armant à son tour.

La Serafina s'enfuit aussitôt en glapissant.

— Fais-la taire ! Je me charge de lui, exigea Marco.

— À chacun sa vengeance ! Celle-ci est à moi, refusa-t-elle, l'œil rivé sur Concini, solidement campé à mi-hauteur.

Marco ne perdit pas de temps à la convaincre. Si les cris de l'abbesse parvenaient à la garde, les chances de sauver Giuseppe s'amenuiseraient.

— Qui que vous soyez, vous ne passerez pas ! les menaça Concini.

— Te voici bien plus sûr de toi qu'il y a un an ! l'interpella Lucia, féroce, se souvenant comment, refusant de seulement s'armer d'un poignard, il l'avait laissée seule se démener dans cette ruelle, endosser, seule encore, la culpabilité de la mort de l'homme qui les avait attaqués.

— Lucia ? s'étrangla-t-il, sans pour autant se départir de sa garde.

— Qui d'autre, pour connaître ta traîtrise et ta lâcheté ? beugla-t-elle en se jetant au-devant de lui en même temps que Marco.

Il para le coup de taille de ce dernier. Dans la volte qu'il dut exécuter pour éviter celui de Lucia, il ouvrit un passage.

Marco s'y engouffra à la poursuite de l'abbesse. Elle avait pris de l'avance, mais sa bure, même relevée, lui interdisait de sauter les degrés. Il ne tarderait pas à la rattraper.

— Arrête, Lucia ! supplia Concini en remontant pour se garder d'une nouvelle offensive.

— Que crains-tu donc ? De me faire mal ? C'est trop tard ! Je n'ai qu'un seul regret ! T'avoir arraché à ce brasier que tu as allumé ! En garde ! hurla-t-elle, le timbre altéré par la fureur.

Au-dessus d'elle retentit le cri de rage de l'abbesse, sur laquelle Marco venait de tomber. Lucia s'en enflamma. D'autant que Concini venait, une fois de plus, de prendre de la distance.

— J'aurais voulu que ça se passe autrement, Lucia, trembla sa voix au-dessus d'elle.

Un bref instant, dans cette pénombre qui lui volait ses traits, le souvenir de Luigi la bouleversa. Un bref instant, aussitôt assassiné.

*À l'heure où je m'effondrais de l'annonce de sa mort, il était déjà là, à l'abri de son mensonge, occupé à ses basses manœuvres.*

L'abbesse cessa de couiner. Marco avait vengé Livia.

*À ma lame de laver mon innocence, cet amour que Concini a souillé !*

Elle se jeta sur lui, le forçant à riposter. Il essuya ses revers enragés, ses coups d'estoc, ses brisés, remontant toujours plus haut, jusqu'à ce que le bruit galopant des bottes de Marco se fasse entendre.

— Tu es fini, Concini ! Je vais te faire rendre gorge ! cracha Lucia, parvenue à sa hauteur sur la largeur de la marche.

Le comprenant, il contra son estoc par une volte et dévala l'escalier à toutes jambes.

Lucia allait s'élancer derrière lui lorsqu'une poigne d'acier la retint en arrière.

*Marco.*

— Nous avons été assez retardés, insista-t-il devant le regard furieux qu'elle lui retourna.

Elle vit disparaître Concini au bas de l'escalier, remit ses lames au fourreau tandis que Marco s'emparait de leur lanterne, et le suivit, au pas de course, à l'étage.

# 57.

Marco s'immobilisa devant une porte. Lui confiant le falot, il la déverrouilla, l'entraîna dans une antichambre étroite puis dans la salle des Trois Chefs. Lucia la balaya de sa lanterne pour éviter le mobilier, essentiellement composé de bancs. Seule une imposante cheminée supportée par deux caryatides et les plafonds peints par Véronèse adoucissaient la sévérité de l'espace.

Il fut un temps où franchir ces portes aurait ébloui Lucia. Mais les ors de Venise s'étaient noyés dans le sang. Trop avait été versé.

— Par là, indiqua Marco en se dirigeant vers un placard d'angle.

Sitôt le battant refermé derrière elle, elle se sentit oppressée par cette pièce étroite dans laquelle le passage secret leur avait permis de déboucher. Face à elle, trois fauteuils et une lourde table, montés sur une estrade, donnaient une impression d'écrasement.

— La salle des Inquisiteurs. C'est par là que nous allons accéder aux *pozzi*, annonça Marco en faisant jouer une moulure.

Un panneau s'ouvrit dans le mur lambrissé. Elle fut aussitôt happée par une forte odeur de moisissure.

Sa gorge se serra.

— Sois vigilante, les marches sont inégales, la prévint-il en lui reprenant la lanterne.

Elle le vit s'enfoncer dans un escalier aussi peu éclairé qu'exigu.

Et son appréhension s'accrut.

Ils débouchèrent dans un couloir très sombre, en pierre d'Istrie, de la largeur d'un homme. Le sol était sec. Des portes basses jouxtaient des ouvertures étroites munies de grilles. Derrière régnait une obscurité de tombeau.

Ils ne s'y attardèrent pas. Au bout du corridor, Marco balaya l'intérieur d'une petite pièce tapissée de panneaux d'acacia.

— Personne. Ce qui n'est guère étonnant. Aujourd'hui, les prisonniers sont gardés dans les nouvelles cellules, de l'autre côté du *rio*. Visiblement ton père a eu droit à un traitement de faveur.

— Que Concini revienne au bout de ma lame ! grinça Lucia dont l'angoisse n'avait pas éteint la fureur.

Marco lui désigna un escalier qui remontait à la chambre des tortures et aux Plombs.

— C'est de là qu'il déboulera avec les hommes qu'il doit être en train de rameuter. Viens, notre seul espoir est d'être ressortis par le *rio* avant son arrivée.

Ils allongèrent le pas, descendirent de nouvelles marches.

*Pourvu qu'il ne soit pas trop tard !* songea Lucia, la gorge nouée par ce silence que trouait seulement le bruissement de l'onde.

Son pied s'y enfonça, puis le haut de ses cuisses. Lorsque ses hanches furent prises, elle n'en supporta pas davantage.

Elle avança férocement en hurlant :

— Papa ! C'est moi ! C'est Lucia ! Où es-tu, papa ?

Le sang lui vrillait les tempes, gênant sa perception, l'amenant à douter du moindre bruit, du moindre mouvement. Son cœur resta suspendu dans sa poitrine jusqu'à ce que lui parvienne une voix étouffée :

— Lucia ! Je suis là, Lucia ! Je suis là !

*Vivant ! Il est vivant !*

— Je suis Marco Docciolini, le maître d'armes. J'escorte votre fille, monsieur de Seva. On va vous tirer de là.

— *Santa Madonna !* entendit de nouveau Lucia, emportée de joie.

Ils progressèrent.

— La porte qui donne sur le *rio*, indiqua Marco.

Voûtée et massive, barrée par une traverse, elle leur faisait face dans un renfoncement.

Ils obliquèrent.

Lucia vit s'égrener d'autres cellules de part et d'autre du couloir au bout duquel se trouvait une grille de fer forgé.

— Papa ? appela-t-elle de nouveau, bouleversée par les relents de marée qui s'accrochaient aux pierres, cette obscurité seulement percée par le halo de leur lanterne.

Elle ne parvenait pas à faire taire son appréhension dans la certitude que c'était terminé, qu'il était vivant, qu'elle allait pouvoir le toucher.

— Ici ! Ici, ma Lucia ! cria Giuseppe, la voix altérée.

Elle vit une main fébrile jaillir d'un des trous qui servaient à distribuer la mangeaille.

— Je te vois ! cria-t-elle, envahie par une bouffée d'amour.

Elle entendit son sanglot, laissa éclater son soulagement.

Ils franchirent la distance qui les séparait de lui.

Avant même que Marco ne se soit attaqué au verrou, Lucia enroulait fiévreusement ses doigts à ceux de son père.

— Tout va bien, Lucia. Tout va bien, chevrota Giuseppe de l'autre côté du mur.

Elle embrassa ces phalanges rongées par l'humidité et le froid.

— J'ai eu si pcur. Si peur pour toi !

— Et moi, ma petiote ! Et moi !

Ils rirent au milieu de leurs larmes.

— Reculez-vous, Giuseppe, lui demanda Marco.

Il lança un coup de pied pour forcer le battant, prisonnier de la marée. Cela ne suffit pas.

Il pesta, glissa, jura. Lucia se précipita, perdit appui dans l'eau. Elle ne pouvait s'empêcher de penser aux autres qui risquaient d'arriver, de les acculer, de les enfermer, ruinant leurs efforts à la dernière seconde.

Ils poussèrent ensemble tandis que Giuseppe tirait de son côté. Ils finirent par dégager un passage.

Lucia se recula pour permettre à Marco de tendre son bras.

— Accrochez-vous, Giuseppe.

À la faveur de la lanterne que brandissait toujours Marco, Lucia vit apparaître un visage creusé, mangé de barbe, une silhouette amaigrie flottant dans des vêtements trempés.

Mais le regard qu'il posa sur elle pétillait de confiance retrouvée et d'amour.

Marco n'eut que le temps de s'écarter, ému.

Père et fille se jetèrent dans les bras l'un de l'autre.

Alors, veillant à leur laisser cet instant de grâce avant d'affronter de nouveau la tempête, Marco remonta, seul, jusqu'à la porte extérieure, pour en vérifier le sens d'ouverture.

# 58.

— Viens, mon petit papa. Il ne faut pas nous attarder là, se reprit enfin Lucia en voyant la lueur de la lanterne disparaître.

— À qui le dis-tu ! J'ai bien cru ne pas finir la nuit. Passe derrière et pousse-moi, ma fille. J'ai perdu de mon allant entre ces quatre murs ! Et cette eau me tétanise les jambes.

Elle le maintint solidement, mais à peine eurent-ils dépassé la seconde geôle que l'effort arracha à Giuseppe une méchante quinte de toux.

— Tu es sûr que ça va ? lui demanda-t-elle, inquiète, une fois qu'il eut retrouvé son souffle.

Il recouvrit ses mains qui lui maintenaient les épaules.

— Oui, oui. Ta chaleur me fait du bien. J'ai seulement besoin d'air frais.

— Tu vas être servi. Il tempête dehors.

Marco revenait vers eux d'un pas vif.

— La porte s'ouvre sur l'intérieur. Ce qui est une bonne nouvelle. La mauvaise, c'est que le niveau du *rio* est plus haut que celui que nous avons ici.

— L'eau va s'engouffrer d'un coup, résuma Lucia.

— Le mieux est que je vous accompagne jusqu'aux marches, et que vous y restiez le temps que ça se stabilise. Je reviendrai vous chercher lorsque la barque sera là.

— Je ne comprends pas… Puisque vous avez obtenu ma libération, il…

— Ce n'est pas une libération, papa, le coupa Lucia.

Giuseppe s'immobilisa.

— Comment ça ?

— Je te raconterai plus tard. Sur le navire.

— Un navire ?

Elle prit une profonde inspiration. Elle eût voulu avoir plus de temps, un meilleur endroit…

— On doit quitter Venise. Au plus vite. L'imprimerie, le *campo*, tout a brûlé après ton enlèvement. Ils couraient tous après la gravure, Valaresso, Giorgio Cornaro…

— Luigi… se brisa la voix de Giuseppe.

— Luigi… C'est une longue histoire, soupira-t-elle tristement… Sans Marco je ne t'aurais jamais retrouvé.

— Je vois, se désola-t-il.

— Je suis navrée, papa.

— Ne le sois pas. Tu es là, dit-il en pressant ses doigts avec ferveur avant de se tourner vers Marco. Merci d'avoir pris soin d'elle, monsieur. Et de moi…

— Nous ne sommes pas encore tirés d'affaire. Enroulez vos mains autour de ma taille. Je vais casser l'eau devant vous.

Poussé, tiré, Giuseppe de Seva parvint à l'escalier. Une fois qu'ils furent au sec, Marco remit son pistolet à Lucia.

— Si quelqu'un surgit, quel qu'il soit, abats-le, ça fera réfléchir les autres.

Elle hocha la tête.

— Je vois qu'il n'y a pas que ta coiffure qui a changé, s'attrista Giuseppe tandis que Marco dévalait les marches.

— Ces chiens ne m'ont pas laissé le choix… s'attrista-t-elle avant de lui déposer un baiser sur le front.

Elle coula un œil tendre dans le sien.

— … Nous regagnerons ce qu'on nous a enlevé. Je te le promets, mon petit papa.

Marco n'eut que le temps de s'accrocher à la porte. Une vague la repoussa violemment contre le mur pour venir se briser aux pieds de Lucia et de Giuseppe. Ils comptèrent les secondes, prisonniers de ces marches à demi avalées, du danger que représenterait Concini s'il surgissait et des hommes de Cornaro qui avaient dû enfoncer maintenant la porte du bureau de Valaresso. Peu à peu, ainsi que Marco l'avait espéré, le niveau descendit, aspiré par la cour du palais depuis la grille. Il attendit à peine qu'il soit stabilisé pour s'élancer et soutenir Giuseppe, tandis que, le pistolet à la main, Lucia marchait à reculons pour surveiller leurs arrières.

Le vent hurlait à présent dans le corridor, tuant toute possibilité de discussion. Lucia craignit un instant qu'il n'éteigne le falot que Marco balançait en direction du pont des Soupirs.

Mais il repassa la tête à l'intérieur et tendit sa main en direction de Giuseppe.

— C'est bon. Ils arrivent, venez !

— Et toi ? s'affola l'imprimeur dans un regard vers sa fille.

— Je te suis, mon petit papa, assura-t-elle, alertée l'instant précédent par du bruit en provenance de l'escalier.

Elle fut incapable de déterminer s'il n'était pas simplement l'écho de ce vacarme, causé à la fois par le frottement de la coque contre la pierre et les bourrasques.

Elle se mit à prier :

*Quelques secondes de plus,* Santa Madonna *!*

Deux bras puissants empoignaient déjà Giuseppe.

Soulagée, elle commença à reculer vers eux.

— Filez ! Filez ! entendit-elle hurler.

Saisie, elle se retourna. Elle aperçut des lanternes de l'autre côté du *rio*, une silhouette choir de la barque. La torche vola en éclats entre les mains de Marco. Elle se sentit plaquée dans l'obscurité. Elle s'enfonça dans l'eau vive, charriée vers un renfoncement.

Elle émergea, le cœur arraché.

— Ça va, Lucia ?

— Oui… Papa ?

— Il n'a pas été touché, la rassura-t-il.

À cet instant, un bruit de cavalcade résonna dans le couloir au-dessus de leurs têtes.

*Concini.*

— Plus le choix ! dit-il en s'emparant de sa main.

Il l'entraîna de nouveau vers la porte, aussi vite qu'ils le pouvaient.

Les ténèbres les engloutissaient. Mais pour combien de temps encore ? En face, les hommes de Cornaro rechargeaient leurs armes. Derrière, les gardes n'allaient pas tarder à vider les leurs sur eux.

Marco la fit basculer dans le *rio*. Et Lucia s'emplit de l'espoir que les marins de *La Mia Fortuna* les attendraient en amont.

## 59.

*Où es-tu mon petit papa ?* se demanda Lucia avalée par les eaux noires.

S'assurant en permanence qu'elle reste à flot, Marco luttait à ses côtés, mais elle comprit vite que nager longtemps lui serait impossible. Ses jambes avaient trop souffert de leur long passage dans l'eau glacée. Elles se tétanisèrent sitôt eurent-ils dépassé l'arche, à peine dessinée, du premier pont.

*Où est cette fichue barque ?*

Et soudain il lui sembla la deviner, accolée contre le parapet du suivant, en bloquant tout passage.

Un étau oppressa sa poitrine. La douleur lui fit un instant perdre le rythme. Elle s'enfonça dans la lagune, en avala une gorgée, par le nez, la bouche, recracha en remontant à la surface.

Elle chercha Marco à côté d'elle, mais cette fois ne le vit pas.

Elle coula de nouveau, battit des bras et des mains, sentit une douleur fulgurante lui faucher une jambe.

S'affola plus encore.

*Pas mourir comme ça ! Pas...*

Elle se sentit hissée à la surface.

— Accroche-toi, la Luciole. On y est presque !

— Crampe ! expliqua-t-elle, paniquée.

Il passa son bras sous son omoplate, allongea l'autre pour parcourir les quelques brasses qui les séparaient de la coque vide contre laquelle battait le flux.

Lucia s'y accrocha, les doigts gourds, le mollet raide. Incapable de déterminer si cette eau qui ruisselait sur son visage n'était pas ses larmes.

Marco l'aida à se hisser à bord.

— Nous allons devoir continuer à pied. Comme eux.

— Souffler. Je dois souffler, hoqueta-t-elle en s'allongeant dans le fond.

— Impossible. Nous avons trop peu d'avance.

Son cœur s'emballa dans sa poitrine.

— Papa…

— Ne t'inquiète pas pour lui. Trois solides gaillards habitués au vent, à la tempête et à la mer le soutiennent. Ils le ramèneront sauf à bord. Je ne peux en dire autant de nous si nous restons là.

Elle porta ses mains à son mollet droit, s'arracha un cri de douleur lorsqu'elle tenta de le faire bouger.

— Je vais essayer de réchauffer ton muscle pour le détendre.

Il le battit à travers la botte, mais ne réussit qu'à la faire hurler davantage.

— D'accord. Je vais te porter.

— Avec de l'eau jusqu'au thorax ?

— Nous n'avons pas le choix.

Il escalada le parapet, aperçut quelques lueurs percer l'ombre. Cornaro et ses hommes devaient contourner plusieurs bâtiments avant de pouvoir les rejoindre.

Mais ils auraient tôt fait de remarquer la barque en passant près du pont et de conclure qu'ils n'avaient pu nager plus avant.

Il aida Lucia à le rejoindre, passa un bras sous son aisselle pour descendre les marches.

— J'ai l'impression de traîner une branche morte, grinça-t-elle, furieuse d'être vaincue par si peu après tout ce qu'elle avait surmonté.

— Ne t'inquiète pas pour ça, la Luciole, je suis aussi solide qu'un tronc, trouva la force de plaisanter Marco pour désamorcer sa colère.

Mais elle n'en perçut pas le trait.

Il la souleva sitôt touché le sol de la ruelle qui s'ouvrait devant eux. Les maisons qui la bordaient étaient closes, battues par l'eau jusqu'aux appuis des fenêtres. Pas un bruit n'en filtrait, comme si tous s'étaient déjà noyés. Elle en ressentit une angoisse plus grande encore. Combien de temps faudrait-il pour que cette mare se vide ? Combien de temps avant de retrouver son père ? Un sanglot étrangla sa gorge.

Elle le refoula en pensant à l'effort de Marco pour les éloigner de leurs poursuivants.

*Boulet ! Voilà ce que je suis ! Un boulet !*

Dès que son pied rencontrait un obstacle, il lui semblait que son muscle se déchirait. Elle retint chaque cri de douleur, comme une victoire sur elle-même.

Marco obliqua à la première intersection, puis encore à la suivante.

Alors seulement, il s'arrêta et la remit debout.

— Fichue jambe. Elle refuse toujours de me porter, grommela-t-elle en prenant appui sur le mur derrière elle pour ne pas basculer.

— As-tu fini de râler ? Écoute…

— Je n'entends rien d'autre que le clapotis de l'eau autour de nous… Et crois-moi, j'en ai plus qu'assez de tous ces bains forcés !

— Le vent est tombé. La mer semble à l'étal. À partir de maintenant, le niveau va baisser.

— Mais nous sommes toujours dedans…

— Plus pour longtemps.

Il allongea le poing et cogna à une porte que l'obscurité lui avait masquée.

— Si tu crois qu'on va nous recueillir…

Il insista jusqu'à ce qu'un volet s'ouvre à l'étage.

— *Chi è ?*

— C'est moi, Marco.

— Marco ? Si ! Si !

La tension de Lucia retomba d'un coup.

— Tu le connais ?

— Un gondolier. Il me doit un service. C'est le moment ou jamais de le lui réclamer, tu ne crois pas ?

Le temps que ledit barcarol descende leur ouvrir, Lucia s'était jetée au cou de Marco pour l'embrasser.

## 60.

Il se nommait Alfonso.

— Alfonso, il Napoletano, précisa-t-il.

Petit, sec, noir de teint, d'œil et de cheveux.

*Il me plaît*, se réconforta Lucia devant ce sourire qu'il promenait sur eux, l'éloquence de ses gestes et son empressement, surtout, à lui rendre son autonomie.

Même si, dans un premier temps, accéder à sa modeste demeure par la fenêtre n'avait pas aidé à la soulager.

Devançant Marco qui la portait, Alfonso s'était précipité à l'étage pour leur trouver des serviettes et des vêtements secs, s'excusant presque de ce qu'ils seraient trop petits pour lui, trop grands pour elle.

— Ça ira, Alfonso. C'est déjà beaucoup, avait assuré Marco en lui pressant l'épaule.

Les laissant tous deux, le Napolitain était passé dans l'autre pièce de la maison, avait posé chandelle, grappa, pain et jambon sur la table, puis regarni l'âtre.

Lorsque Marco l'installa devant ce festin, Lucia se sentit revivre.

— *Bella signora*, Alfonso va te réchauffer la panse ! Goûte ça ! lui dit-il avec un clin d'œil en lui tendant un gobelet de métal.

Lucia avala deux gorgées, partit d'une quinte de toux qui arracha à leur hôte un rire jovial.

— Bois, bois ! Dans cinq minutes, tu danseras !

— Il dit vrai, la Luciole. Bois, l'encouragea Marco en avalant cul sec.

Elle sentit ses yeux larmoyer depuis la chaise où Marco l'avait déposée, puis tout aussitôt une vague bienfaisante se répandre en elle.

*Si elle pouvait arriver jusqu'à ce maudit pied !*

Non loin d'eux, leurs bottes fumaient sous la chaleur des flammes.

— Combien de temps, à ton avis, avant de pouvoir de nouveau passer sous les ponts ? demanda Marco en tranchant l'épaisseur du jambon.

— Deux heures tout au plus.

— Et d'ici, pour rallier l'un des navires qui mouillent devant la capitainerie ?

— Une dizaine de minutes.

*Nous avons le temps*, se rassura Lucia en jetant un œil vers la pendule qui indiquait cinq heures du matin. La Mia Fortuna *ne lèvera pas l'ancre avant l'aurore, vers sept heures et demie.*

— Je suppose que vous avez besoin d'un transport, comprit Alfonso.

— Ça risque d'être dangereux.

Alfonso haussa les épaules.

— Si ça ne l'était pas, *amico*, tu ne serais pas là.

À quelques pas d'eux, Lucia laissa échapper un bâillement tout en massant sa jambe.

Le gondolier lui désigna le lit dont ils l'avaient arraché.

— Tu peux dormir là en attendant, *bella*. Ton homme et moi avons de vieux souvenirs à échanger.

— Avec cette maudite crampe, je doute d'y parvenir.

Alfonso se leva, s'en fut fureter sur une étagère. Il en revint muni d'un pot de terre cuite.

— Aussi efficace que la grappa de mon cousin ! Allez, *bella*, fais chanter les yeux d'Alfonso ! *Guarda la gamba !*

Il frotta ses mains l'une contre l'autre puis s'accroupit. Il remonta le tissu jusqu'au genou avant, avec d'infinies précautions, de faire jouer le talon nu de Lucia dans sa paume calleuse.

Un sifflement admiratif.

Il tourna la tête vers Marco.

— *Magnifico !* Si tu veux un conseil, épouse-la !

— J'y songe, lâcha Marco avant de porter à ses lèvres le morceau de jambon qu'il venait de piquer de sa dague.

La chaleur des mains d'Alfonso s'ajouta à celles de son onguent et du regard aimant de Marco.

Le cœur de Lucia s'allégea.

Durant quelques minutes, au rythme léger d'une barcarolle, Alfonso allongea, pressa, malaxa, tapota son muscle tétanisé, lui ramenant le souvenir de ces heures douces à Santa Fosca, quand elle n'était encore qu'une enfant et que son père la soulageait d'une chute.

*Épouser Marco… Reconstruire un foyer…*

Elle ferma les yeux, s'abandonna à cette promesse.

Si bien que, lorsqu'elle les rouvrit en sentant une pression à son épaule, elle ne s'était pas même rendu compte qu'on l'avait étendue, endormie, sur la couche.

# 61.

Un ciel poudré enlaçait les toitures lorsqu'ils quittèrent la maison d'Alfonso à bord de sa gondole. Les ruelles étaient toujours noyées et sombres, mais l'annonce du jour ramenait sur cette eau tranquille des reflets apaisants, comme si, après avoir voulu avaler la cité, elle ne songeait plus qu'à la répercuter à l'infini dans son miroitement.

Lucia n'avait gardé aucune séquelle de sa crampe.

Au contraire.

Elle se sentait ragaillardie, certaine de retrouver son père sur le navire, certaine de regarder cette aube grandir avec lui qui en aimait tant la magnificence. Leur pause auprès du Napolitain avait atténué la morsure de cette nuit infernale, lui rappelant qu'un demain était possible. Ailleurs. Avec Marco.

Loin des masques de Venise.

Un clocher sonna sept coups, qui se répercutèrent comme un écho de *sestiere* en *sestiere*. L'embarcation de leur nouvel ami filait, rapide, sur les *rii*, appelée par le descendant.

Venise était encore prisonnière des eaux, mais, à l'instant où ils débouchèrent en face de *La Mia Fortuna*, Lucia, elle, se sentit libre.

Une barcarolle se mit à danser dans sa tête, sur ses cheveux courts soulevés par le vent, sur son sourire.

Une barcarolle dont les paroles disaient :

*Ensemble, mon petit papa. Ensemble nous regarderons les dessins de Bianca Dandolo en souvenir d'Isabella. Nous percerons le secret de ce crâne. Nous essaierons de comprendre comment Luigi, mon cher et tendre Luigi, ce presque fils pour toi, a pu se révéler être un monstre assoiffé de sang et de vengeance. Ensemble, nous ferons le deuil de Santa Fosca, de nos chats, mais pas de nos rires, pas de nos embrassades, pas de ta main qui serrait la mienne pour guider mes premiers pas. Ensemble, nous reconstruirons là où Augusto Sforza nous mènera. Et s'il ne nous mène pas assez loin pour toi, alors ce sera où tu le voudras. Dans un endroit où je pourrai à nouveau te porter ton café, t'entendre rire, te voir soulever mes paniers et te lécher les babines. Et plus personne, non, plus personne ne nous séparera. Tu regarderas grandir les enfants de Marco, nos enfants, et tu leur apprendras ce que tu m'as appris. À fouiller dans les livres, à en dénicher ces trésors de connaissance qui me servirent tant pour te ramener à moi. Ensemble, mon petit papa.*

Rassérénée, elle offrit son visage à ce vent d'est qui les poussait allégrement vers lui, voulant partager sa confiance regagnée avec Marco. Marco qui l'avait encouragée à ne pas baisser les bras, à ne pas douter des matelots de Sforza.

Mais l'œil du maître d'armes balayait la baie de Venise redevenue miroir. Et elle vit : une dizaine de galères s'étaient détachées du quai devant l'arsenal et semblaient vouloir se mettre en formation de combat.

Son cœur manqua un battement.

— C'est pour nous, tu crois ?

— Pour qui d'autre ? dit Marco dans un souffle. Je me doutais qu'ils liraient le nom du navire sur notre barque.

De nouveau un sentiment d'angoisse l'envahit. Elle le refusa.

— Nous arriverons avant eux, n'est-ce pas ?

— Si, *bella* ! Et tu seras à bord avant d'être à portée de leurs tirs, la rassura Alfonso.

— Et toi ?

— Ne t'inquiète pas. Le flux du Grand Canal aura tôt fait de m'avaler.

Lucia se relâcha un peu, mais ils avaient laissé tant de cadavres et de blessés derrière eux…

*Valaresso, l'abbesse, Concini, Giorgio, de Mesmes… On ne nous laissera pas partir.*

La main de Marco pressa la sienne.

— Détends-toi. Ils ne nous repéreront qu'une fois qu'ils nous verront nous accoler à la coque. Et ce sera trop tard.

— Et s'ils refusaient à Sforza l'autorisation de lever l'ancre ?

— Ses papiers sont en règle depuis hier. Crois-moi, il n'attendra pas d'être à portée de tir, assura Marco en lui caressant la joue. Avec ce vent en poupe, nous nous éloignerons vite de tous ces chacals.

Alors Lucia tourna le dos à Venise et ne songea plus qu'à cet instant où, de nouveau, elle allait serrer son père dans ses bras.

*La Mia Fortuna* se rapprocha, baignée par cette palette d'or poudrée qui grandissait et en accrochait les cuivres. Des matelots s'agitaient sur le pont, préparant les manœuvres.

Sforza souriait. Elle reconnut près de lui un des matelots à qui elle avait confié son père.

Son cœur dansa dans sa poitrine.

Plus encore lorsque la barque s'aligna à la coque et que l'échelle de corde tomba à ses pieds.

— Adieu, *bella* ! chanta Alfonso en lui clignant de l'œil.

— Adieu, *amico*. Ne traîne pas là !

— Rien ne ressemble plus à un gondolier qu'un autre ! se mit-il à rire. Va ! Va !

Elle s'envola.

— Lucia ! Ma petite Lucia ! entendit-elle, à peine fut-elle à bord.

— Papa !

Il portait des vêtements secs, ses cheveux étaient propres et peignés, sa barbe réduite. Il venait de se détacher du bastingage, à tribord, pour la rejoindre. Elle courut vers lui et, comblée, l'enlaça.

Marco embarqua à son tour.

— Toujours décidé à lever l'ancre ? lança-t-il à Sforza.

— Plus que jamais ! Tu viens de faire de moi le plus recherché des capitaines de la Sérénissime !

— Tu te reconvertiras, assura Marco en lui donnant l'accolade.

C'est alors que son œil accrocha une silhouette sur le quai, noyé, de la capitainerie. Une silhouette familière. Étrangement immobile.

Son instinct le fit repousser Sforza et se précipiter vers Lucia.

Il n'eut que le temps de crier « Attention ! » qu'un coup de feu éclatait comme un tonnerre.

Comme au ralenti, Lucia entendit le galop des bottes de Marco sur le bois, l'ordre de Sforza de lever immédiatement l'ancre et de donner de la voile, la riposte des matelots en direction du quai d'où l'homme, arme au poing, ne bougeait pas.

Elle sentit son père s'affaisser dans ses bras à cet instant où le soleil illuminait enfin Venise.

Marco, livide, le rattrapa.

— Viens, dit-il, le visage grave. Il faut l'emmener en bas…

C'est alors seulement qu'elle comprit.

L'ire d'Henri Concini lui dégoulinait, poisseuse et rouge, entre les doigts.

La suite…

… c'est pour bientôt, chers amis lecteurs !

Mais avant d'aller plus loin, je tenais à vous faire partager le secret de ce premier opus.

Vous ne les connaissez pas autant qu'Aliénor ou tant d'autres héros et héroïnes de papier, mais ils ont existé et leur histoire a rejoint la mienne.

En voici quelques-uns, avec les liens afférents qui vous permettront de les approcher plus que par ces quelques pages.

**Giorgio Cornaro (ou Corner)**

Né en 1587. Fils du doge Giovanni Cornaro. Ses frasques sont réellement à l'origine, en plus des nombreux « écarts » de sa famille, de la dissolution du conseil des Dix par Renier Zen, le 27 octobre 1627. Le 30 décembre, il attaqua sauvagement Renier Zen avec un groupe d'hommes. Condamné et destitué de tous ses biens, il disparut… Où, avec qui ? Mystère…

– *Mémoires historiques et politiques sur la république de Venise rédigés en 1792 par Léopold Curti*, Charles Pougens, 1802.

– *Le Quatorzième Tome du Mercure François, ou Suite de l'histoire de Nostre Temps sous le règne du Très-Chrestien Roy de Navarre Louys XIII*, p. 464.

**Camillo Valaresso**

Né en 1580, il fut le chef de la Quarantia Criminale de septembre à décembre 1627, sur la recommandation du doge Giovanni de Médicis lui-même. Il disparut en même temps que Giorgio Cornaro. J'en ai retrouvé la trace dans des pièces d'archives, uniquement disponibles et consultables à Venise.

**Don Giovanni de Médicis (1567-1621) et Livia Vernazza (1591-1627)**

Si l'histoire officielle veut que don Giovanni de Médicis soit mort de la variole à Murano en 1621, une autre version circule. Livia Vernazza aurait été énucléée dans sa chambre, leur fille nouveau-née assassinée (je n'en ai pas fait mention), et don Giovanni surpris le poignard à la main par son ami Marco Docciolini. Après la mort de don Giovanni, la famille de Médicis, qui n'avait jamais admis ce mariage, l'a fait annuler par le pape. Livia a été séparée de son fils, puis placée en secret au couvent Santa Maria degli Angeli. C'est Marie de Médicis qui paya son entretien jusqu'à son suicide en 1627.

– *The Renaissance Romance of don Giovanni de Medici and Livia Vernazza*, Brandon Dooly, Harvard University Press, 2014.
– « Don Giovanni de Médicis », page Wikipédia, bien qu'elle ne mentionne que peu de sources…

**Marco Docciolini**
Né en 1580 à Florence. Maître d'armes réputé. Entré au service de don Giovanni de Médicis, il lui dédia son ouvrage, puis disparut mystérieusement après la mort de ce dernier.
– *Trattato in materia di scherma*, par Marco Docciolini, Fiorentino, 1601.

**Isabella Rosselli**
Née en 1607. Courtisane vénitienne, égérie de Giorgio Cornaro (ou Corner), elle disparaît mystérieusement en 1627 après la dissolution du conseil des Dix. Comme pour Valaresso, j'en ai retrouvé la trace dans les archives vénitiennes.

**Claude de Mesmes**
Né en 1595. Comte d'Avaux, ambassadeur de France à Venise.

– *Biographie universelle ancienne et moderne*, tome III, Paris, Michaud Frères, 1811.

**Michel de Nostredame**

Dit Nostradamus, dont les quatrains, célèbres, sont toujours l'objet de controverses.

Et celui-ci en particulier qui vient en support de cette histoire :

*Quand l'escriture D.M. trouvée,*
*Et cave antique à lampe descouverte,*
*Loy, Roy & Prince Ulpian esprouvée,*
*Pavillon Royne & Duc sous la couverte.*

Personne n'a, hélas, dans aucune tentative de traduction, trouvé le lien qui pouvait exister entre ce quatrain et le siège de la cité d'Ulpian, même si tout se trouve dans les archives.

– *Histoire universelle sacrée et profane depuis le commencement du monde jusqu'à nos jours par le R.P. dom Augustin Calmet, abbé de Senones et président de la congrégation de S. Vanne et de S. Hydulphe.* Tome XVI, p. 72, édité à Nancy en 1771.

– *Histoire de France, depuis l'établissement de la Monarchie Françoise dans les Gaules, par le p. G. Daniel de la compagnie de Jésus*, tome 6, nouvelle édition de 1722, p. 97-100.

– *Mémoires de Brantôme et de Montluc. Histoire de la Milice française, par Daniel*, édition de 1760.

**La gravure**

Si la plaque est introuvable, l'estampe existe. Elle est attribuée à Johannes Wierix dans le *New Hollstein*. Toujours d'après cette publication, elle appartient à une série sur les âges de la vie. Elle en constitue la troisième pièce, âge de trente-deux à quarante-huit ans. Le *New Hollstein* publie une épreuve dotée d'une légende qui en explicite la portée allégorique (*New Hollstein*, The Wierix Family, part IX, p. 130).

Vous pouvez demander à la voir au service des estampes à Paris. Elle s'appelle *La Révélation*[1], volume QB1-1558-Fol.

... et bien entendu, je me sers, dans cet ouvrage, autant de sa légende que de sa réalité...

Un chaleureux accueil m'a été réservé, à ce propos, par Mme Caroline Vrand, grand conservateur du patrimoine, chargée des estampes des XVe et XVIe siècles, Service de l'estampe ancienne et de la Réserve, Département des estampes et de la photographie, Bibliothèque nationale de France. Je vous en remercie profondément, madame.

Je tiens aussi à remercier Isabelle Lucak, présidente de l'association des Fines Lames du Médoc et vice-championne du monde 2012 d'escrime artistique, qui m'a offert sa technique pour scénariser quelques-uns des combats de ce livre.

Envie de vous mesurer à elle ?

Les Fines Lames du Médoc, page FB.

---

1. Pour la reproduction de la gravure p. 35 : © Michel de Nostredame, consulté sur le destin des sept enfants de Catherine de Médicis et Henri II – École française / Bibliothèque nationale, Paris / Bridgeman Images

Ou le Festival de cape et d'épée qui se tient en général en été au château de Vayres en Gironde et dont je suis la marraine.

De même, je dois un immense merci à Mehdi Cruchade et Damien Le Bras, de La Mesnie du Blanc Castel, association d'escrime médiévale, qui ont eu la gentillesse de m'aider pour mes précédents ouvrages, et cette fois concernant Marco Docciolini.

Là encore, vous pouvez les contacter via leur page FB.

Je ne saurai refermer ces pages sans adresser ma tendresse à Bernard Fixot qui, cent fois sur le métier, m'a permis de remettre cet ouvrage… À Édith Leblond, Catherine de Larouzière, Amandine Le Goff, et, bien sûr, à toute l'équipe XO.

Et à toi, ma chère Gwenaëlle, dont l'aide, plus que précieuse, l'attention, l'écoute et l'affectueuse amitié m'ont permis de dépasser mes réserves et de plonger à corps et cœur perdus dans les eaux troubles de Venise.

Que dire de vous, mes amis, mes amours, sinon l'essentiel ?

Vous êtes ma lumière.

Mireille Calmel,
31 mars 2017

Composition et mise en pages
Nord Compo à Villeneuve-d'Ascq

Imprimé à Barcelone par:
BLACK PRINT
en octobre 2018

S28286/01